豪門守灶女 6

文創風 107

玉井香 著

目錄

人物簡介

(註：此人物簡介主要以文中較為重要的焦家、權家、楊家為主，幾個頗常出現的重要人物則歸為其他；焦、權兩個家族主要以主子所居住的院落來作為劃分；主子的名字或頭銜有加上外框，餘則為較有臉面的奴僕、丫鬟等。)

焦家

★焦閣老權傾天下，但焦家崛起不過三代，是連五十年都沒過的門戶。焦閣老母親八十大壽當日，黃河改道，焦家全族數百人全死於惡水中，人丁變得極為單薄。

焦　穎：即焦閣老、焦老太爺，為內閣首輔，相當於宰相之位。
有一妻二妾，頭四個兒子都是嫡出。除四子外，其餘子女皆死於惡水中。

焦　鶴：焦府大管家。焦閣老最為看重、信任之人。

焦　梅：焦府二管家。後跟著焦清蕙陪嫁到權家當她的管家。

焦　勳：焦鶴的養子。眉清目秀、氣質溫和，是個溫潤如玉的謙謙君子，焦家一手栽培起來，頗有才幹之人。和焦清蕙一起長大，原本內定要和她成親，在她出嫁前被外放出焦府。

▼【謝羅居】

焦　奇：焦閣老四子，人稱焦四爺。惡水後身體即不好，拖了多年亦病逝。

焦四太太：焦奇元配，育有一雙子女，皆死於惡水中，腹中胎兒亦因過於悲痛而流產。心慈、不愛管事，對任何事皆不上心。

綠　柱：焦四太太的首席大丫鬟。

▼【南岩軒】

三姨娘：溫和心善，惡水時四太太找人救了她，此後就一心侍奉四太太。

符　山：三姨娘的首席大丫鬟，一心向著焦清蕙。

四姨娘：四太太的丫鬟出身。亦是溫良之人。

▼【太和塢】

五姨娘：麻海棠，出身普通，因生下焦子喬，在焦家地位突升，頗有一人得道，雞犬升天之勢。為人短視近利，手段粗淺。

透　輝：五姨娘的貼身丫鬟。焦老太爺安插在太和塢中給他遞送府中消息之人。

焦子喬：小名喬哥，焦奇的遺腹子，焦家獨苗。

胡嬤嬤：焦子喬的養娘、焦梅的弟媳。和五姨娘關係極佳。

堇　青：府裡最大的一個使喚人家族姜家的一分子。

▼【自雨堂】

焦清蕙：小名蕙娘，三姨娘親生之女，焦家女子中排行十三。
從小作為守灶女將養起來的，才智心機皆非一般，頗有手段。
婚前莫名其妙被毒死，幸運重生後作風一變，一心要找出凶手。

綠　松：蕙娘的首席大丫鬟，貌美。蕙娘親自從民間簡拔上來、從小一起長大的，
唯一敢勸諫主子之人。

石　英：焦梅之女。頗有能耐，算是綠松之下的第二人。

瑪　瑙：布莊掌櫃之女。專為蕙娘裁製衣物。

孔　雀：蕙娘的養娘廖嬤嬤之女。清甜嬌美，性子孤僻，一說話總是夾槍帶棒的。
專管蕙娘的首飾。

雄　黃：帳房之女。焦老太爺安插在自雨堂中給他遞送府中消息之丫鬟。陪嫁後為蕙娘管帳。

石　墨：姜家的一分子。專管蕙娘的飲食。

方　解：貌美，專管蕙娘的名琴保養。

香　花：貌美，專管蕙娘的妝容。

白　雲：知書達禮，琴棋書畫上都有造詣，但生得不大好看。

螢　石：專管著陪蕙娘練武餵招的，因怕蕙娘傷了筋骨，還特地學了一手好鬆骨功夫的。

廖嬤嬤：蕙娘的養娘。

▼【花月山房】

焦令文：小名文娘，四姨娘之女，非親生，焦家女子中排行十四。對蕙娘又妒又愛。
嫁給祖父的接班人王光進的長子王辰為繼室。

雲　母：文娘的首席大丫鬟。性子太軟、太溫和，無法拉得住主子。

黃　玉：姜家的一分子。還算機靈，會看人臉色，可有眼無珠，看不到深層去。
性子輕狂，老挑唆文娘和姊姊攀比。

藍　銅：焦老太爺安插在花月山房中給他遞送府中消息之丫鬟。

權家

★良國公是開國至今唯一的一品國公封爵，世襲罔替的鐵帽子，
在二品國公、伯爵、侯爵等勳戚中，一向是隱然有領袖架勢的。
權家極重子嗣，且承襲爵位的不一定是嫡長子，因而引發世子爭奪戰。

▼【擁晴院】

太夫人：喬氏，良國公之母，府中輩分最高者。三不五時就吃齋唸佛，不愛熱鬧。
較偏心長孫權伯紅，希望由他當世子承襲國公位。

▼【歇芳院】

權世安：良國公，看似不問世事，實際上深藏不露。

權夫人：繼室，與丈夫兩人較看好權仲白當世子，偏偏二子愛自由、不受控，
故千方百計娶進焦清蕙，希望能治一治他。

雲管家：良國公府的總管，與良國公之間有不可告人之秘密。

▼【臥雲院】

權伯紅：元配生，與妻子成婚多年，頗為恩愛，卻一直生不出孩子。
為人熱情，面上不顯年紀。喜愛作畫。

林中頤：永寧伯林家的小姐、皇帝好友林家三少爺林中冕的親姊姊。
林氏看似熱心，其實一心希望丈夫成為世子，但苦於生不出孩子，
眼見二房娶媳，只得趕緊抬舉身邊的丫頭當丈夫的通房，以求子嗣。

巫　山：本為林氏的丫鬟，後成了權伯紅的通房，懷孕後抬為姨娘。

福壽嫂：大房林氏的陪嫁丫頭出身，是林氏身邊最當紅的管事媳婦。

▼【立雪院】

權仲白：元配生，字子殷，聞名於世的神醫，帝后妃臣皆離不開他。
為人優雅，性喜自由，淡泊名利，講話直接、不愛打官腔，
但實際亦是很有城府之人，只是不愛爾虞我詐的算計。
前兩任妻子皆歿，本不願再娶，婚前親口向焦清蕙拒婚，
未果。與蕙娘道不同不相為謀，不喜她的個性，
兩人一路走來，磨擦不少。

達貞珠：達家三姑娘，小名珠娘，權仲白的元配。是權仲白真心喜愛
並力爭到底娶進權家的，可惜過門三日便因病而逝，權神醫來不及救。

焦清蕙：京城中有名的守灶女，一舉一動皆蔚為風潮。

張管事：是二少爺權仲白生母的陪嫁，也是他的奶公。

張養娘：二少爺權仲白的奶娘。

桂　皮：權仲白跟前最得力的小廝，母親是少爺張養娘的堂妹。
精得很，頗會拿捏二少爺。娶石英為妻。

當　歸：權仲白的小廝，人品人才都好，隻身賣進府裡服侍的。娶綠松為妻。

甘　草：權仲白的小廝，張奶公之子，為人木訥老實、不善言辭，但心地好。娶孔雀為妻。

陳　皮：權仲白的小廝，人品人才都好，一家子在府中各院服侍的都有。

註①：蕙娘在焦家時的一群丫鬟亦陪嫁過來權家了，此不再複述。

註②：二房在香山另有一個先帝御賜給仲白的園子【沖粹園】，兩邊都會居住。

▼【安廬】

權叔墨：權夫人所生，為人嚴肅，是個武癡，對兵事上心，對世子位沒興趣。

何蓮生：小名蓮娘，雲貴何總督之女。極機靈，是個見人說人話、見鬼說鬼話，
看碟下菜的好手，亦希望丈夫成為世子而努力想掌府中事務。

▼

權季青：權夫人所生，膚色白皙、面容秀逸，甚至還要比權仲白更英俊一些。
為人沈著，為達目的不擇手段，是個深藏心事之人。
對生意、經濟有興趣，亦學了些看賬、買賣進出之道。
覬覦二嫂焦清蕙，一心希望她與之攜手，共謀世子位。

▼

權幼金：年紀極幼，通房丫頭喝的避子湯失效，意外生下的。

▼

權瑞雲：權夫人所生，權家長女、楊家四少奶奶，丈夫楊善久為楊家獨子。

▼【綠雲院】

權瑞雨：權夫人所生，權家幼女，熱情活潑。後嫁至東北崔家。

楊家

★楊閣老是焦閣老在政壇上的死對頭，兩派人馬纏鬥多年。
皇帝一手提拔起來的人，預備等焦閣老辭官退隱後，接任他的首輔之位。

楊海東：即楊閣老，字樂都。有七女一子。
楊太太：楊海東元配。
楊善久：楊家獨子，與七姊楊善衡為雙胞姊弟，妻子為權瑞雲。
孫夫人：嫡二女，定國侯孫立泉(皇后的哥哥)之妻。
寧　妃：庶六女，皇帝寵妃之一。
楊善衡：庶七女，又名楊棋，人稱楊七娘，是楊善久的雙胞胎姊姊，
嫁給平國公許家世子許鳳佳為繼室(元配是楊家嫡女五姑奶奶，產後歿)。
楊善桐：嫡三女，與楊善衡是一族的堂姊妹，兩人關係頗好，小桂統領桂含沁之妻。
楊善榆：是西北楊家小五房的三少爺，與權仲白有深厚的情誼。
不喜四書五經，卻對工巧奇技愛不釋手，也喜歡擺弄火藥，奉皇命在研製火藥。

其他

封　錦：字子繡，朝廷特務組織燕雲衛的統領，極為俊美，是皇帝的情人。
桂含春：嫡子，亦是桂家宗子，字明美，為少將軍，妻子鄭氏乃通奉大夫嫡女。
為人溫文爾雅，頗能令人放心。
桂含沁：偏房大少爺，字明潤，小桂統領、小桂將軍皆指他，
世人亦愛戲稱他「怕老婆少將軍」。心機深沈、天才橫溢。
把太后賞的宮女子賣到窯子裡而大大地得罪了太后，結下宿怨，牛李兩家遂成仇人。
是和皇帝一同長大的好友。
許鳳佳：許家世子，字升鸞，是一名參將。
先後娶了楊家的嫡女五小姐及庶女七小姐。
是和皇帝一同長大的好友。
吳興嘉：戶部吳尚書之女，嫁牛德寶將軍的嫡長子為妻。
焦清蕙及焦令文的死對頭，老愛和焦家姊妹相比，
卻每每敗下陣來，唯有在「元配」的頭銜上
勝過「續弦」的兩姊妹。
牛德寶：太后娘娘的二哥，也掛了將軍銜，雖然不過四品，
但卻是牛家唯一在朝廷任職的武官，前途可期。
張夫人：阜陽侯夫人，伯紅、仲白的親姨母。
太后 娘家：牛家。
太妃 娘家：許家。
皇后 娘家：孫家。
寧妃 娘家：楊家。

焦家人物關係表

閣老首輔 焦穎

- 四子 焦奇
- 元配 四太太（子息皆歿）
- 三姨娘 —— 十三姑娘 焦清蕙（權家二少奶奶）
- 四姨娘 —— 十四姑娘 焦令文（王家大少奶奶）
- 五姨娘 —— 十少爺 焦子喬

權家人物關係表

太夫人

- 三子良國公 權世安
- 元配 陳夫人（歿）
  - 長子 權伯紅
    - 元配 林中頤 —— 長子 栓哥
    - 姨娘 巫山 —— 長女 柱姊
  - 次子 權仲白
    - 元配 達貞珠（歿）
    - 繼室（歿）
    - 繼室 焦清蕙 —— 長子 歪哥；次子 乖哥
- 繼室 權夫人
  - 三子 權叔墨
    - 三媳 何蓮生
  - 四子 權季青
  - 長女 權瑞雲（楊家四少奶奶）
  - 次女 權瑞雨（崔家大少奶奶）
- 姨娘 —— 幼子 權幼金

第一百二十八章

皇后的病情，可以說是一直牽動著好些人的心事。蕙娘肯定也很關注這種牽扯到未來二十年間政治風雲變幻的大事。雖說已經知道皇后身有病根，在未來十年內，病情很可能瞞不下去，但這種瘋病，總也有一個發展的過程。

這一年多來，權仲白按時進宮給皇后扶脈開方，治療失眠，光是皇后一個人的脈案就寫了有厚厚一冊子，平時在炕上看醫案的時候，還經常把和皇后一樣，家傳有失眠症、有失心瘋的幾張醫案拿來研究。蕙娘雖沒有和他談過這事，但這麼冷眼看來，再結合宮中風聲，倒還以為皇后在悉心治療之下，病情有所好轉了……沒想到權仲白一開口就這麼肯定，還留存在她身體裡的最後一絲慵懶，頓時不翼而飛了。

現在這事兒，也不只和皇后有關、和孫家有關，不說和權家有關吧，起碼也和權仲白有很大的關係，要是皇后的病情被拖到五年後、十年後發作，那倒好說了。可皇后前陣子才鬧失眠，緊接著孫太夫人去世，現在孫家還沒出孝呢，這一陣子就鬧瘋病的話，皇上一起疑心，稍微一查，以燕雲衛的本事，以及封錦同皇后之間的宿怨，這要是查出太夫人得病的真相，權仲白可就尷尬了。

當然，從情理上來說，皇上也無法責怪權仲白什麼。太夫人的病不體面，受孫家所託，遮掩一二，不對外傳揚，也是人之常情。可皇上是那麼好糊弄的嗎？他心裡少不得是要鬧點不痛快的，會不會對權仲白有什麼額外的猜疑，那也就不好說了……

此事若只牽扯到權仲白一人，很可能在當時他就直接和皇上說了。不過權神醫雖然在家裡不大玩弄心機，一直是有一說一，更討厭和自家人講求策略，但在該有政治素養的時候，他的敏感度一直也不低，而當時權家雖然在這事上沒什麼政治訴求，可焦家有哇。為免楊閣老上位太早，權仲白作主把這事瞞了兩年，也算是給孫家一個喘息的機會，一個扳回一局的希望：皇后的病要能夠治好，那孫家在今後的幾十年，終究還是有希望的；這病要是治不好呢，若捨得壯士斷腕，太子也不是沒有登基的可能。

「你也給東宮把過脈吧？」蕙娘沒問皇后的具體情況，權仲白說兩年內必定會發作，那肯定是有他的理由在的，她又不是醫生，在這種事上，肯定得信賴他的判斷。「東宮身上，是否也繼承了母系的病根呢？」

「其實妳要說這是病根，也不很對。」權仲白說。「與其說這是病根，倒不如說這是一種中毒症狀。三十幾年前，元德、昭明年間，修道煉丹蔚然成風，這兩年來我詳加查問，此風興起時，孫侯已經出生，而此前是沒有聽說過孫太夫人服食金丹的，所以說，皇后是在有毒母體中孕育而成，還沒有出生就已經中了丹毒。再加上孫太夫人娘家，本就有人過中年容易失眠的病根，皇后自己心事又重，幾重因素重疊，這才導致她和孫太夫人的脈象特別相似。我給太夫人扶脈有近十年的工夫了，在此之前，孫家專用的另一位醫生也留了脈案，太夫人的脈象在起病前後變化很大，這兩年來，我雖然盡力為皇后調製，但她身在那個環境，要無憂無慮真是談何容易。次次扶脈，脈象都有細微變化，現在已經很靠近太夫人起病後的脈象了……當然，從太子的脈案來看，他更像父親一些，從胎裡帶的是父系的病根，似乎沒有遺傳到母親的丹毒，不過這種事，也很難說的。我不可能永遠閉口不言，否則，將來若他登基之後忽然發病為禍，我是難辭其咎的。」

蕙娘不免道：「聽你這個意思，你遲早都要向皇上揭開娘娘的病根，現在又在猶豫什麼呢？和孫家打聲招呼，主動和皇上說開了，甚至把你隱瞞的原委都談給他聽，不正符合你光風霽月、坦坦蕩蕩的作派嗎？」

語調裡難免些微諷刺，權仲白不可能聽不出來，但如今她回心想來，似乎除了為雨娘動氣那一次，他還真的很少動過真怒，這點鋒銳，自然也不足以撩動權仲白的情緒。

「妳的意思，是覺得我雖總想著拋下一切，可卻出入宮廷，毫不避諱地把手插在立嗣繼位的大事裡攪和，難免有口是心非、言行不一的嫌疑？」他自問自答，毫不動氣。「說得也不錯，若我真不在乎，直接談開也就是了，皇上對我有沒有心結、不滿，那是他家的事，最好以後都別找我扶脈，我也樂得清靜，更有機會為我真正想收容的那些病人診治……」

談到這裡，他的語氣自然而然，就透出了無限渴望。「其實以我本心，我也寧願如此。但我的作派，是離奇古怪的作派，我自己一意孤行無所謂，卻不能因此而影響了旁人。一旦說明實情，別人不說，首先祖父就要被捉住把柄，更別說孫家了……多一事不如少一事，當時我還以為東宮可能都活不到成年，可能會在皇后發病前就去世，那時候，自然也就沒有這份顧慮了。」

東宮身子不好，也不是新聞了，聽權仲白的意思，這兩年經過治療，倒是有所好轉，起碼不比兩個弟弟差了。現在局勢就更加尷尬曖昧了：東宮在逐漸轉好，皇后在逐漸轉差。一旦先和孫家打過招呼，孫家很有可能故技重施，讓皇后在發病之前「安然」去世，人死無憑，到那時候權仲白要想說什麼，那就是和孫家作對了，先不說孫家會如何對付他，起碼這件事必須先和家裡溝通清楚，不然，那不是給權家惹禍上身嗎？

可要不和孫家溝通，直接就和皇上揭開真相，先且不說如何保住皇上對自己的信任，把自己和焦家給撇清出來吧，這不是明擺著給孫家插刀嗎？利害關係都不計較了，單以權仲白的為人，他是肯定不會接受這個做法的……

也難怪權仲白成天到晚都想著去廣州了：這種政治漩渦，一旦沾染進去，哪裡是說抽身就抽身這麼簡單的？當時他依了焦閣老的請託，保了太子兩年，現在就硬是多出重重顧慮、無窮首尾，要去解決這些隱患，難免又要帶出更多的因緣牽扯，如此環環相扣，彼此勾連，可不就形成了一張巨大的網？除非有大智慧、大決心，否則要從這張網中跳脫出來，那真是談何容易！

而一旦身處局中，就恍若在一條激流湧動、暗礁密布的河中航行，就算有天大的本事，也都不敢輕言自己能平安上岸。好似孫家這樣的龐然大物，不就因為說錯了一個媳婦，吃錯了幾枚金丹，現在立時就由盛轉衰？最要命的是，即使度過了眼前的危難，在當家人的血脈之中，也始終潛伏著難言的隱憂……

「難怪你要和我商量。」蕙娘也不由得嘆了口氣。「現在這個局勢，實在是太複雜了，要是孫侯能夠回來那還好說……他現在幾年內都不能回來，倒更多添了好些顧慮了。這些都先不說了，你先告訴我，你是怎麼想的？」

「我也很亂。」權仲白很坦白。「妳知道我對這些勾心鬥角的事沒興趣，政治場上的得失大勢我心裡還有個數，要從這種紛紛亂亂的棋局背後去琢磨陣眼，我是又沒有這個興趣，又沒有這個工夫。這件事最尷尬的還不是尷尬在這個地方，雖說妳心裡也多半有數，但我還是和妳挑明了吧——我們家之所以在昭明末年改朝換代的風暴之中能夠安然無恙，背後肯定是做過功夫的。昭明二十年皇上重病，當時皇后、東宮在病程上處處製造障礙，要不是皇上急召閩越王入京執掌軍權，又有魯王在地方上虎視眈眈、我親自到西域去尋藥採藥，他能否熬過來，都是兩說的事。在此一事後，實際上皇上心裡非常忌恨太子，錯非太子羽翼豐滿，幾乎又有被廢的危險。曾被打發到地方上去的魯王，又有了東山再起的希望……那時皇上只信任我在他身邊服侍醫藥，多次目睹皇上和魯王使者談話，均是春風化雨般慈愛關懷，處處都飽含暗示、耐人琢磨。」

儘管是多年前的舊事，勝負已分結果，再難更改，權仲白的口吻也很平淡，但當時京師的驚風密雨，蕙娘是陪在父親、祖父身邊經歷過來的，哪裡還想不起當時那厲兵秣馬、風雨欲來的氛圍？她倒是沒想到，權仲白竟得先帝信任如此，甚至能與聞先帝和魯王使者的密談。

「雖說憎恨之心熾熱，父子親情幾乎蕩然無存，但從天下計，當時地方上幾個軍中巨頭雖然都忠心於皇上，沒怎麼和太子眉來眼去，但許家軍功彪炳，牛家也不容小覷，在軍中根基深厚，三親六戚為將為帥的不少。在魯王被打發到山東去以後，達家勢力大為萎縮，幾乎已經半殘，難以和這兩家抗衡。再說，許家一系剛立下大功，皇上大病一場幾乎沒緩過來，朝野間都做好了易日的準備，要廢太子，那是談何容易？那時我們家已經暗地裡轉向太子，太子的意思，是想讓皇上提前過身，但我沒有答應，他們遂用另一計，當時魯王在宮中有個極為信任的心腹，定時會和我溝通消息，詢問皇上身體……」

權仲白一生不說謊的人，說一次謊話，效果肯定非常的好，當時魯王起兵，就是打著皇上駕崩，太子秘不發喪、居心叵測的幌子。可既然這一切已經落入太子算中，則起兵的結果，那還用說嗎？有此謀逆行徑在前，皇上要以魯王代太子，起碼得做些前置布置來洗刷罪名，再鋪墊些聲勢……可當時他卻已經沒有這個時間了。

「這一計結果很好，可卻令皇帝更加憤怒，起到了火上澆油的效果。當時魯王在山東督造船隊，其實就是為了開埠所用，皇帝派一萬多精兵去『銷毀船隊』，接管魯王自己的私兵……這是他駕崩前三個月的事，當時大秦沒有開海，海無片板，太子和海盜勢力當然又從沒有一點關聯，倉促間要找人牽線都來不及，這一支規模龐大、兵強炮足的艦隊已經離港不知所蹤。據說他們離港的時候，船艙裡塞滿火器……單是帶走的炮彈，都足夠轟沈一座小島了。」

說得這麼明白了，那孫侯去南海是為了什麼，蕙娘也就用不著權仲白再解釋了。她不禁喃喃道：「也逃得夠遠的，居然連泰西都沒有待，直接就去那個什麼新大陸了……」

「孫侯出海，經商只是順帶，實際上還是為了追人。他處事謹慎，沒有明確線索，肯定不會貿然去那遙遠的地方。」權仲白說。「就算他只有一條船回來也好，甚至是本人捐軀了也罷，只要那條船，能把當今皇上心心念念、最為恐懼的那個人頭帶回來，孫家的這份功，那就是鐵打鐵鑄，誰也貪不走的。而與此同時，一個帝國，當然不能交給一個很可能會在盛年發作失心瘋的太子……如果孫侯把魯王的人頭給帶回來了，而皇上已經廢掉太子的話，在感激和愧疚的作用之下，孫家只要不把天翻過來，即使是做得過分一點，皇上應該也會睜隻眼閉隻眼，以此作為對孫家的補償。」

他頓了頓，又道：「當然，要是孫侯全軍覆沒，沒有回來……按泰西人對新大陸的說法，那個地方富饒得很，居民又少，對魯王一行人來說，自然是天賜之地，而魯王的性子我也很明白，和先帝是一脈相承，被皇上陰了這最後一招，他心裡一定非常憤恨。他本來本事也不小，為了成為為所欲為之輩，當時甚至會和羅春眉來眼去，想要借著北戎在西北鬧得天翻地覆之機培養自己的聲望……羅春手裡的火器，我懷疑就是他暗地裡提供的，現在他人雖然離開大秦，可這夥人卻顯然還在活動，將來有一天若能重臨故土，那也肯定會掀起一場風浪。而這世上還有誰，比他更懂得銀錢的力量？

「要知道早在當年，他就擁有山西晉幫的支持，現在支持王家的渠家，從前可是他的錢袋子。那夥人會圖謀宜春票號，簡直是順理成章——這道理，我明白、妳明白，皇上不會不明白。所以，我們還要考慮這一點。現在還好，要是一年內皇后發病，皇上對孫侯還有所望，暫時還不會發難，孫侯一年後要還是毫無音信，足證其可能敗在魯王手裡，那時萬一皇后發病，皇上很可能會借我隱瞞皇后病情的藉口，向妳我發難，把妳手裡的票號股權給握在手裡，補上這個明擺在外頭的破綻。」

說是對政治毫無興趣，其實只從這一席話來看，權仲白對一個政治家的無恥和冷血，實在是極為瞭解的。

他沈默片刻，又補了一句。「即使皇上因他事掣肘，並未如此行事，只要票號保持這個步調發展下去，一貫支援魯王的這個組織，也是肯定不會干休的。孫侯、太子、皇后、孫家、票號，實際上已經連成了一條很微妙的線，若要保全妳我，則在考慮對策時，絕不能顧此失彼，須得在皇后發病之前，尋覓出一條萬全之策，以應對可能發生的種種情況。但這一策，只能是妳想，我想不出來。」

他一邊說，蕙娘一邊就在心底盤算，盤算到後來，她所能想出的最好情況，也就是孫侯先把魯王人頭帶回，隨後皇后發病，權仲白在取得孫家諒解的情況下，對皇上直言相告個中原委，並以較低的代價獻上票號股份，平息皇上的怒氣。當然這麼做，肯定會失去皇上的歡心和信任，他在權家地位也將大降……

對從前的她來說，這當然是一條最不理想的路，可謂是財勢兩失，還談何庇護娘家？可就是這樣一個結果，也都算是極為走運了。要是孫侯始終都沒有回來……

蕙娘轉頭去看權仲白，他也正看著她。

「我一直都很想去廣州，」他輕聲說。「並不是沒有原因的。但每個人走的路，都應該自己來選，這件事關係票號頗多，該怎麼辦，也只有妳說了算。」

蕙娘忽然間覺得，也許她和祖父，甚至是喬家人、李總櫃，都把票號想得太簡單了點。時至今日，它已經不再是焦家手中的聚寶盆了，單單憑宜春票號這四個字，就已有資格進入大秦最上層的權力博弈之中。

可它在這幾股經營多年的龐大力量跟前，又顯得如此弱小……它能做到的事是這麼的多，可它卻沒有一點能夠保護自己的力量。在軍權跟前，它不過是個羞答答的紅官人，不論是皇上也好，游離在外的魯王也罷，他們誰都沒有想過，它是否願意被他們占有、玩弄……

這天晚上，蕙娘當然沒有睡好。

第一百二十九章

在六月，權仲白倒是鬆快下來——今年天氣偏涼，才六月，熱浪便已經過去，京中貴人年老有病，本來每年夏天是最不容易熬過去的，今年倒是安安眈眈的，沒有誰家的老人需要他頻繁前去問脈。至於宮中，除了每月三次按時問一圈平安脈以外，有數的那幾個主子，倒是都身康體健，就連皇后娘娘最近的睡眠也都好。

「天氣涼下來，心裡就沒那麼犯堵了。」皇后端端正正地坐在窗邊和權仲白說話。「這一陣子，愛吃稀粥，鹹菜也進得香。依您上回的吩咐，這幾個月來常給東宮吃鴨血、豬血，雖是下賤東西，可咳嗽吃了倒又好些，上回您進來以後，就是前兒晚上受了涼，咳了有一炷香時候，也就再沒犯咳嗽了。」

她雖是一國之母，地位尊崇，平時在六宮妃嬪之前，也是不怒自威，在和氣後別有一番凜冽，可當著權仲白，這些年來是越來越軟和，倒比一般的病患還要更客氣。權仲白也明白她的恐懼和苦楚，在皇后跟前，說話一直都很注意，倒是比對皇上都客氣委婉得多。「那就好，最怕身子沒病，心裡擔憂畏懼的，反而折騰出病來。只要按時服藥，不妄動嗔念，娘娘自然就睡得香，睡得香，那百病自然也就跟著消退嘍！」

這番話說得很肯定，聽著就讓人安心，皇后倒是聽得住了，清減容顏上，也泛起了一絲紅潤——因這些年來睡眠一直不好，她早已經不復幾年前面頰圓潤的富態相，如今是雙頰微陷，把顴骨都給顯出來了，才三十歲多一點的人，額頭上是深深的抬頭紋，瞧著和皇上幾乎都要差著輩了，只有在聽到權仲白這麼個說法的時候，她情不自禁地露出了一個天真的微笑，在這微笑中，倒還有些當年的樣子。「真能和您說的這樣，那就好了。」

「我說了能好，那自然能好。」權仲白也把方子給寫完了，他一邊拾掇藥箱，一邊吩咐皇后身邊侍立著的幾個侍女。「針灸方子我改了，妳們自己依法而為就好，藥方改為三個月前吃的那種，藥量增減我寫在下面。還有注意別讓娘娘著涼受寒，否則又要睡不好……」

叮囑了幾句後，他起身給皇后行禮。

皇后忙道：「先生太客氣了！」

她態度堅決，竟站起身來，避過了權仲白的動作，權仲白也就只好從善如流了。他回身退向門口時，皇后卻又把他給喊住了。

「先生……」皇后是一臉的患得患失。「您也知道，自從家母去世，嫂子有幾年沒有進宮了。眼看就要過了孝期，家裡親戚們起復在即，關於家兄——」

三年孝期將過，孫家幾兄弟謀求起復，等於是重新進入官場，皇上的態度，幾乎取決於孫侯的下落。而太子的將來，恐怕就取決於孫家這一次起復了——一個世家的根基，還不就應在族人的官位上？說是不操心，皇后又如何能真的不操心？可如此操心，病情又如何能夠緩解？

「娘娘放心吧。」權仲白心中暗嘆，面上卻顯得自信而從容，彷彿他口中說出的每一句話，都必定能夠實現。「孫侯雖然現在沒有消息，但吉人自有天相，他一定能平安回來的。」

皇后已不止一次探問兄長的下落，得此答案，已成習慣。並且權仲白沒有一次肯接她的話頭，為她和孫夫人傳遞消息。她面上怒色一閃，似乎是想要駁斥權仲白那肯定的保證：海外風高浪急，誰有這麼大本事，保證孫侯的平安？這麼說其實還不是在騙人？可這怒色，硬是被她壓抑了下去，畢竟，得罪了誰，她不能得罪權仲白。

「借先生吉言吧。」皇后輕輕地嘆了口氣。

權仲白無話可回，只好又衝她笑了一笑，便轉過身去，出了坤寧宮。

就是繞過了彎，他都彷彿還能感覺到皇后那幽怨而無奈的嘆息。雖然陽光明媚，但坤寧宮卻像是個沒有底的黑洞，在紫禁城中心，散發著無窮無盡的陰霾之氣。

牛淑妃居住的咸福宮，就要熱鬧得多了。皇次子正是剛開蒙的年紀，很熱衷於讀書，權仲白才一進院子，就聽見他朗朗的讀書聲，讀的是《詩經》。「維天之命，於穆不已……文王之德之純……」

才這麼點點大，讀書聲就透著精神，絲毫不像一般的私塾學童，背起書來有氣無力，任誰都能明白他的不甘願。來往的宮人、中人，在廊下聽見童聲，都免不得要交換一個眼神，再抿著嘴發自內心地一笑。

牛淑妃當然也很得意，她知道權仲白在皇上、皇后跟前的體面，不敢讓他下跪行禮，可一個長揖，卻是受之不疑。

「一轉眼，又是十日了。」她斜倚在美人榻上，把白生生的手腕擱到了迎枕上。「真是光陰易過，一轉眼，皇次子都要出閣讀書了。」

快活快活，得意的人，總覺得時日過得很快。權仲白不接她的話頭，只是垂眸為牛淑妃把脈。

牛淑妃有些沒趣，她輕輕地哼了一聲，安靜了一會兒，不知想到什麼，又高興起來，讓底下人。「把我新得的那一串珠子拿來，給權先生過過目。」

見權仲白有幾分詫異，她便笑著抽回手，向權仲白解釋。「底下人貢上來的，說是此石極為珍貴難得，可以明目潤肺，貼身佩帶大有奇效。皇上都大為喜歡，說這一般的夜明珠，沒有這樣發光的。正好我在一邊，也瞧得眼熱，便貿然為皇次子討要，承蒙皇上看重，得此恩賞。回來細細鑑賞，也覺得比一般所謂夜明珠高出不知幾輩，恐怕舉世也難尋匹敵之物了——曾聽說二少夫人收藏裡，有一枚無須光照，就能日夜發光的夜明珠，不知我這一串，和二少夫人那一顆，是否同出一源呢？」

一般的螢石，當然也都是會發光的，但螢石必須白日在陽光下放置，晚上才能發光，並且光亮微弱，經此琢磨而出的夜明珠，不過是下乘之物。倒是清蕙收藏裡，有一枚祖母綠夜明珠，相傳是昔年元代大汗珍藏，碩大無瑕、瑩瑩發亮，在暗室中足以取代燭照，也算是她的愛物之一。當時在立雪院裡是放不下未曾拿出，待到沖粹園中，自然陳列在她的多寶格裡，還是權仲白嫌它過分發亮，晚上有時亮足百丈，光透臺閣，這才又妥善收藏起來。牛淑妃特地提起這東西，個中用意，自然不言而喻：一個，是在炫耀自己新得寶物的珍貴，炫耀自己在皇上跟前的體面；還有一個，就是在變著法子索要清蕙的收藏啦！

這幾年權仲白對皇后的看顧，是有目共睹的。雖說他醫德好，誰也不便多說什麼，但牛淑妃有所不滿，也很自然。權仲白本來都懶得接她的話，只聽說是夜光石，難免心中一動，他不置可否。「賤內那一枚石子，雖沒有外間流傳的神奇，比不過皇上秘藏那幾顆夜明珠的光亮，但的確光色難得。不知和娘娘的這一串石頭鍊，是否同出一地了。」

兩人正說著，宮人已經送來一個錦盒，牛淑妃揭開錦盒，玉指輕揚，從盒中挑出了一串石珠——果然是顆顆圓潤、粒粒有光，光色均勻發白，在天光中都特別顯眼，只可惜珠串大，珠子少，看著疏疏落落的，不太好看，如要改成小串，成年人恐怕又繫不上的，倒是的確很適合幼童佩帶。

這樣珍貴的好東西，按理是該給太子的，可皇上給了皇次子，這其中的寵愛，便可見一斑了……權仲白仔仔細細地打量了這珠子好一會兒，又請牛淑妃將珠子放回盒內，他再拿起來鑑賞了一番，心中已是驚濤駭浪，面上卻不露神色，只道：「的確是罕見難得，這是哪裡上貢來的東西？恐怕不是北邊能有的吧？」

「是從南洋一帶流過來的。」連權神醫都鎮住了，牛淑妃自然是連唇角的弧度都透了喜興。「南邊一個縣令偶然得到，自然如獲至寶，趕快往上貢。這東西，先生看著，比之貴府秘藏何如？」

何如，何如，何妳娘的如！蠢成這個樣子，真是罕見離奇！權仲白在心中大罵一聲，面上也頗為冷淡。「此物盡善盡美，可謂天下奇珍，自然不是我們家那枚破石頭能比得過的。不過我也有一句話要勸告娘娘，這種奇石本來難得，恐怕天下間也就只有這麼幾枚，從前也未見諸於記載——既然前人都未能得到此物，那所謂明目潤肺的功用，恐怕也是附會上去的吧。這東西供著賞玩賞玩倒好，貼身佩帶，我看也許沒有多大的效用，可能反而有害，也是難說的。」

焦府夜明珠沒要到，還討了個沒趣，牛淑妃的神色自然淡下來，她不鹹不淡地說：「先生言之成理，真是有心了。」

只看她的表情，就明白這勸告根本沒往心裡去。權仲白聽著外間那高亢而有節奏的讀書聲，心裡真是一陣憤鬱，他忍不住輕輕嘆了口氣，便毫不猶豫地起身告辭。「還要去寧妃那裡，不打擾娘娘燕息了。」

因有這串石頭珠，回香山的一路上，權仲白都不大高興。回到沖粹園後，他沒進扶脈廳，而是往甲一號去——第一個，是想梳洗一番；第二個，也是想和清蕙說說話。自從他將這一陣子心底最大的憂慮和她點明後，她這幾天都很有心事，不過，令他頗為寬慰的是，國公府就不說了，連老爺子那裡，也沒打發人回去送信。不論這想出來是什麼結論，起碼這一次，她沒有自作主張，就把他給的消息四處傳遞。

本是滿腹心事的，可才一進屋子，聽見歪哥咿咿呀呀的說話聲，權仲白的心忽然就靜了下來。他掀簾子進了裡屋，才道：「在院子裡沒看見你們，簾子又放下來了，還以為妳不在屋裡呢。」

清蕙貪亮，人在屋裡時，簾子都是高高捲起的，今日放下了一半，想必是為了歪哥要午睡——這孩子身上只穿了個肚兜，想是午睡剛醒，還沒起身呢，賴在母親身邊，手舞足蹈地，一邊啊啊地道「涼、啊涼」，一邊握著自己的腳，熱情地往清蕙口中送。清蕙自己，則是釵橫鬢亂、睡眼惺忪，一手撐著側臉看兒子弄鬼，眉眼若有笑意，見到權仲白進來，才打了個呵欠，坐起身來。「還不都是小歪種，在我身邊玩了一會兒，便要睡覺，還不肯回去自己屋裡。有主見得很，指著床就不肯放鬆了，我把他拳頭按下來，他還要哭呢！」

她摟過歪哥，在他頭上嗅了一口，便嫌棄地皺眉道：「一睡又出一頭汗，臭死了！」

雖說嫌臭，可還是啃了啃兒子的額頭，又握著他的腳，佯裝咬了一口，糊弄得歪哥格格直笑，又衝娘張手。「……涼！涼！要！要！」

權仲白人都進了淨房，還能聽見清蕙逗兒子——

「要什麼？你不說，我怎麼懂？」

歪哥急得嗚嗚地叫起來，終於又憋出一個字。「抱！抱、抱！」

蕙娘終於樂得笑出聲了，從歪哥心滿意足的傻笑聲來判斷，她終於是把歪哥給抱起來了。這笑聲，比沁人的涼水還能滌蕩權仲白的情緒，等他步出淨房時，已能發自內心地微笑起來。

「娘不抱，爹抱。」他把歪哥從清蕙懷裡奪過。

兒子自然樂意，撲在他懷裡軟軟地喊：「爹——」

倒是比喊「涼」更字正腔圓，清蕙又不樂意了。「幹麼？這麼喜歡，自己生一個抱，我才抱上呢，你又和我搶！」

兩人你來我往，抬了幾句槓，又逗歪哥玩了一會兒，只到孩子餓了要吃奶，這才令乳母抱走。

權仲白見清蕙面上隱帶心事，兒子一走，笑容散去之後，便更加明顯，也知道她心裡有塊石頭，自然心情沈重，這幾天晚上連睡眠都少了，要不然，也不會說午睡就真睡到這時候才起來。

本想和她提一提牛淑妃新得那串夜光石的事，可這會兒權仲白又不忍心說了：她要煩惱的事，已經足夠多了，多得幾乎連一艘船都承載不了了。

見清蕙坐在床上，似乎還不願起身，他興之所動，便握住清蕙的肩膀，道：「妳想不想和我出去走走？」

第一百三十章

沖粹園就是再大，也不過是那些地方，清蕙沒動。「外頭那麼熱，太陽還沒下山呢。上哪兒也不如屋裡蔭涼，一動就是一身的汗……不去。」

「那晚上出去？」權仲白說。「晚上總不熱了吧？」

「晚上不熱了，可晚上蚊子多呀！」蕙娘和他唱反調。「上回在蓮子滿邊上，被咬了多少個包，難道你忘了？我手上現在還留著痕跡呢！」

這對夫妻，素來是喜歡抬槓鬥嘴的，權仲白便不理蕙娘，自己開衣箱去尋衣物。

蕙娘在床上又伏了一會兒，自言自語。「出去走走，去哪裡走走好呢？這會兒除了屋裡，也就只有杏林那兒蔭涼了，可也就是一處林子、一個鞦韆，難道你推著我盪呀？」

「誰說帶妳在園子裡玩了？」權仲白本來對自己的衣箱瞭若指掌，可自從蕙娘過門，給他添置了無數衣物，如今他自己的夏衫，就能堆了有兩個箱子，想找的衣服化在這大衣箱裡，猶如游魚入海，哪裡還尋得出來？他隨手抽了一件丟給蕙娘。「妳那個丫頭來香山沒有？要是來了，便讓她改改，我們出園子走走。」

大戶人家，門禁森嚴，庭院深深深幾許？深得很多女眷一輩子只出過二門幾次，從這戶人家嫁到那戶人家，還要算是一次。長廊套長廊、院子套院子，就是一輩子了。改男裝出去遊玩，那是戲文裡的事——青樓名妓都不敢為之，她們學大家閨秀的作派，是學了個十成十的。當然，蕙娘在父親去世之前，並不受這個限制，當時她年紀也還小，時常扮了男裝，跟父親出門辦事，她對外頭的花花世界並不陌生，可就是因為曾體驗過軟紅十丈的好，這五、六年來，被拘束在一個又一個後院裡，要說不氣悶，那是假的。可這但凡身為女子，又是大戶人家錦衣玉食長大的，除了接受這既成事實之外，又還能如何？

權仲白這句話，真正是搔到了她的癢處，蕙娘眼睛一亮，什麼煩惱，登時都飛到了九霄雲外，她一下子翻身坐起。「你好大的膽子，這要是被家裡知道了，可得釀成不小的風波……出去走，去哪裡走？這外頭是野地呢，連天都是田，有什麼意思——」

「進城就有意思了。」權仲白隨口一說，見蕙娘眼神晶亮，倒不禁一笑：女人就是女人，焦清蕙有時候，真是女人中的女人，尤其這口是心非的功夫，絕對修練到爐火純青的地步。「本想帶妳去嚐嚐德勝門外頭一間野館子的手藝，妳不耐煩起身，那就算了。」

「我去、我去！」清蕙蹦起來了——但又很快地察覺到自己的激動，偷偷地看了權仲白一眼，見權仲白似笑非笑，似乎不打算揪著她的失態不放，她略鬆了一口氣，這才清了清嗓子，儼然地道：「瑪瑙雖說沒跟我回來，可我丫頭裡，手藝好的也不止她一個嘛！」

當下就把孔雀的妹妹海藍給喚了進來，立刻揀選了權仲白的一件西洋布夏衫改小，三、四個丫鬟圍著飛針走線，不消一刻便做得了。香花開了妝奩，拿出螺子黛來，為她加厚了眉毛，又在唇邊細細黏了些青青的毛茬子，還給黏了一個同膚色一樣的喉結，若不細看，梳上男髻，束了胸，穿上夏布道袍，蕙娘又咳嗽幾聲，腰一直，手一擺，一轉身衣袂帶風，倒很有男子漢的霸氣。

「看著像不像？」

見權仲白直勾勾地看著自己，又是驚訝又是好奇，不用說，自然是已被鎮住，她這才莞爾一笑，同他解釋。「若要照管生意，長年累月地在家蝸居肯定也不是辦法，自然是要時常出去行走的，女子之身，畢竟不便。我自己也學了全套易容手段，只是做得不如丫頭們熟練罷了。倒是當年那些男裝，現在發身長大，是再穿不上——再說，花色也舊了。」

面上看著再像，這一句話，終究還是露了底。權仲白免不得露齒一笑，領著蕙娘直出甲一號，在車馬廳裡牽了兩匹馬，又帶上桂皮隨身服侍，一行三人策馬出門，從小路走了片刻，便拐上了官道。

浮雲半掩了日頭，香山方向的風吹過來也是涼的，官道僻靜，前前後後，目光所及之處，只有這麼三人三馬。

桂皮識趣，遠遠地撥馬跑在前頭。

權仲白和蕙娘並肩策騎，見蕙娘不論是坐姿、手勢，還是撥馬的小動作，都熟練得緊，不禁感嘆道：「妳在京城閨秀裡，也算是個異數了。我跑了這麼多地方，不是將門出身，大家女兒能騎馬的，全國就只有西北一處。妳雖生活在京城，可有西北姑娘的自由、江南姑娘的精緻、京城姑娘的矜持——」見蕙娘似笑非笑，吊眼望他，彷彿在等他的下文，雖是一身男裝，眉眼肩頸都做過修飾，看起來像個脂粉味道濃了些的公子哥兒，可眼波流轉，一雙星一樣燦亮的眸子，又冷又熱，亮得彷彿能直望進心底……他打了個磕巴，才續道：「還有西南苗家姑娘的霸氣。妳要是到了西南，沒準兒還真如魚得水，一輩子都不想回來了。那裡雖然清苦閉塞，可卻是以女方為主，掌事的都是女人，行的是走婚，孩子有的一輩子也不知道父親是誰，只跟著母親生活。」

「聽說更高一點的地方，還有一妻多夫呢！」清蕙終是比一般姑娘要博學得多了，換作其餘人，對權仲白所說，恐怕只能瞠目以對，她就接得上話。「我乾脆去那兒住吧，把你帶去，把紉秋給接回來，我也來個一妻多夫。」

這還是清蕙頭一回這麼直接地在他跟前提起李紉秋……權仲白不易察覺地皺了皺眉頭，口中卻笑道：「是啊，只許一男多女，是不大公平。不過那些地方是真的窮了，我去過的，在青海偏遠些的山溝溝裡，兄弟共妻乃是司空見慣的事，其實也還是沒有女人挑選的餘地。妳要想一妻多夫，那可得謹慎挑選了，一家子兄弟要有一個不討妳的喜歡，那都不成呢！」

「喔，這可難辦了。」蕙娘翹著鼻子說。「你們家兄弟，別人先不說了，第一個你呀，就很不討我的喜歡。」

權仲白平時來往的全是老成之輩，就算楊善榆也是個怪人，可他一心撲在各色雜學上，對人情世故卻很淡漠，哪裡能和蕙娘一樣，你一言我一語、半真半假的，真是透了說不出的趣味。這兩人仗著四周寥落無人，說的全是這些大逆不道的話，凡有一句傳揚出去，權仲白還好，只怕蕙娘以後都不要做人了。可越是如此，在光天化日下談論這樣的話題，就越有一種打破禁忌、說不出的爽快感。他看了蕙娘一眼，正好蕙娘也正看著他，兩人目光相對，都看出了對方眼中的新鮮和興奮，也不知是誰先開的頭，竟是相對失笑，還在馬上呢，已經揉著肚子，笑彎了腰。

話匣子被打開來了，這寂靜而無聊的長路，便不覺得難走，官道兩邊農田之中，傳來那淡淡的肥料味道，也不覺得刺鼻了。權仲白給蕙娘講了一些他在各地的見聞，蕙娘聽得亦是津津有味。她雖然見識廣博，尤其是對南邊富饒之地，從經濟到政局，都是瞭若指掌，可說起風土人情，哪裡比得上權仲白是真正吃過見過？兩人東拉西扯，總覺得沒有多久，已是紅日西斜。

權仲白點著遠處一個小黑點道：「那就是野店啦，也不知這會兒過去，有桌子沒有？這家店可紅得很，京裡頗有人騎半個時辰的馬，過來吃的。」

蕙娘在馬鐙上站起身來，眺望了遠處幾眼，又坐回鞍上，忽道：「啊，我知道這裡！從前我們從德勝門出城的時候，時常在這裡午飯，他們家的翡翠雙絕做得的確是不錯。恩承居嘛，大師傅是鍾師傅的徒弟，那肯定得有座兒，沒有座兒，拿我們焦家的腰牌一撂，大師傅也能給安排出座兒來。」

說到吃喝玩樂，她就要比權仲白精通多了，說起來是一套一套的，連著京城各大名廚之間的恩恩怨怨，都能如數家珍。「他們家剛做起來的時候，生意其實也淡，大師傅仁義，託了鍾師傅求我試了菜，別的都只是還成，就是那味素炒豌豆苗做得真是好，襯上綠茵陳酒，是夏夜最好的下酒菜了。後來就是因為這麼一搭配，恩承居火了，同仁堂的綠茵酒也走得好。以後我們外點，大師傅一律加工細做，還免收賞錢，我們倒有點不好意思，便也不常叫了。」

她想到往事，不禁噗哧一聲，笑了起來，道：「唉，其實說真的，素炒豌豆苗，再好能好到哪裡去？當然差別你還是能吃得出來，可不過一道菜，至於那麼費事嗎？總是京城的公子哥兒，有錢沒處花，窮講究罷了。真和祖父一樣，閒來無事粗茶淡飯的，那才是真富貴呢！」

「妳分明看得透，自己卻又講究。」權仲白刺她。「說到有錢沒處花的窮講究，妳是祖師爺，妳認了第二，誰能認第一呢？」

「祖父呀！」清蕙理直氣壯地說。「我再講究，那還不是祖父養出來的？祖父只有比我更講究！」

權仲白倒被她噎住，正要憋幾句話來和她較真，清蕙已經嘆了口氣，露出幾分傷感。

「都說我們焦家是超一品富貴，」她低聲道。「外人看來，是糊味兒都能燻了天，損陰德的熱鬧。其實人都是這樣，看別人只看得到好，吹起來那就更沒譜了，三分的好，也能給吹出十分來。焦家那是窮得只剩下錢了，都說富貴傳家，不如詩書傳家，連家都沒有了，還傳什麼傳？不著勁兒花錢、挖空心思在錢上找點樂子，那就真的窮得連錢都沒有啦……」

她素來處處要強，尤其對於祖父、父親，那發自內心的尊崇，更是形諸於外，從未用這樣的語氣談論過祖父——似乎隱隱約約，還藏了有幾分不滿……權仲白心中一動，試探著道：「那不是還有妳和妳妹妹嗎？」

「女孩子哪算是家裡人。」蕙娘靜靜地說。「你難道沒覺出來嗎？這世上享用所有好處的全是男人。從上到下，從皇上到乞丐，有了好處，先給男人，有了壞處，那是女兒先上。就是走投無路，也從來只有先賣女再賣兒。嘿，遠的不說，就說你們權家選婿，可曾有人問過雲娘、雨娘的意見？可因為叔墨不喜歡倪姑娘，他就能換說蓮娘。女兒算什麼？永遠都是外姓人，傳不了根的。說是守灶女，可祖父那個花法，還是絕戶的花法，恨不能閉眼之前，把家業花得河乾海落。對我還好，對文娘，只求一個仁至義盡……連上心教養都懶。可自從有了子喬，他作風就是一改，個中微妙區別，當我看不出來嗎？……真正放在心尖上的是誰，我清楚得很。」

焦閣老把宜春票號陪給蕙娘，在所有人眼中，那都是他對蕙娘的寵愛，可權仲白私心裡其實是有點意見的。以老人家算無遺策、一切盡在掌握的作風，應該不至於察覺不到來自暗處的壓力，魯王背後那股力量就不說了，皇權對票號的覬覦，難道他一無所知？這個擔子，重得連他自己都可能挑不起來，至於要把孫女逼到這個分上嗎？再怎麼說，她嫁人以後也只能是內宅婦人，如此殫精竭慮的，又是何苦來哉？蕙娘妹妹的親事，他所知不多，可從她幾次談起時的態度來看，也有許多不盡如人意的地方。而與此同時，焦子喬卻沒半點責任，家裡錢財以後全是他的就不多說了，即使將來錢花得盡了，兩個姊姊能不養著他？得蕙娘這麼一語，他才覺出來：老爺子確確實實，就是在盤剝姊妹兩個，為孫子鋪路……

「妳在票號的事上，這麼為難猶豫，迄今沒能下定決心，是顧忌到老爺子？」雖是疑問，可他卻已很肯定。「宜春票號的股份，怎麼說和焦家是大有淵源，將來子喬要是不成器，妳還給娘家一點，沒人能說三道四。可若是脫手以後，再行置產，這份產業可就和子喬一點關係都沒有了。」

「這是一方面。」蕙娘沒有否認。「還有一點，票號是祖父一手保駕護航培養起來的，你也知道，老人家子孫後代全都沒了，唯獨這一個票號，還算是他親自看大的，明裡暗裡，有多少壓力想要謀奪這個親生的孩子？可軟硬兼施，全被他給頂回去了。尤其是天家……幾次結怨，第一次是那年水患，都御史吳正怎麼都有個失察之罪，其實說來他身上也的確有這個嫌疑。當時我們家大壽，河南所有官員都去了，就他一個人沒去，雖說吳家和焦家關係不好吧，可一般也不會這樣。就因為當時老吳閣老還在，安皇帝又要用他——其實這都是冠冕堂皇的藉口，真正是因為吳家給安皇帝獻了二十萬兩銀子，讓他能把當時的北宮重新往下修著，安皇帝就沒有給他入罪。說起來，還是要逼我們家出錢……」

她輕輕地吁了一口氣，不帶任何感情色彩地往下講述，即使四周空曠，聲音能傳得挺遠，她亦彷彿是不知道自己談論的是多大逆不道的話題一般，連一點畏縮都不曾有。「錢我們多得是，可祖父受不了這樣的作派。太下作了，哪裡還是君父，簡直就是臭流氓。這他沒有和我說，可我猜，自此他已經深恨天家……尤其最恨天家對宜春號的覬覦。可臣子恨君父，也只能乾恨著，他還能怎麼報復不能？一腔怒火，只能集中在吳正身上，緊鑼密鼓，要給他尋出罪名來……」

往後的事，權仲白倒也知道了。「可吳正命好，事情還沒有定論呢，他那邊就已經病故了。死人不議罪，還是以都御史身分下葬的，並且得了個挺不錯的封贈……」

「病故？」清蕙哼了一聲，「是病故才好……吳家這是和我們賭上氣了，吳正是上吊自盡的，老吳閣老還特地讓祖父給他擬謚號，兩邊這是結下了再解不開的仇怨。娘偷偷和我說，當時老吳閣老笑話祖父『無後又何妨？守財有真味，宜春號就是你的後代嘛』。自此以後，祖父作風丕變，我們家的一飲一食，不僅是按天家的講究來的，而且還要處處比天家更好。糊味兒燻著天，這說得不假，那根本就是有意為之。只有宜春號又如何？祖父就是要把宜春號的可貴渲染得人盡皆知，饞著安皇帝、饞著吳家，可又讓他們只能看，不能吃……」

此等密事，哪裡是一般人能夠與聞？就是權仲白也萬萬沒有想到，在焦家的富貴作派下頭，還隱藏了這樣深的原委，而焦閣老原來亦有這樣執拗偏激的一面。忽然間，他有些理解清蕙的性格了：她是老人家放在身邊教養起來的，哪能不像祖父？只是老人家的激烈，埋藏在了一層又一層的傷心裡，而她的性子，終究藏得還淺。

眼看恩承居在望，那花木殷殷、燈火隱隱的小院子，已為將黑未黑的藏青色天空添了幾許紅塵活氣。桂皮先進去店裡安排了，青山下一條逶迤的路，只有兩人並騎而行，蒼茫天地間，不見古人來者，只有他們二人，與那熱熱鬧鬧的小逆旅（注）。權仲白忽生感慨，胸臆間柔軟滾燙，在翻湧間，又有極度寧靜，一時竟進入了禪定一般的至境。

他慢慢地說：「家人重男輕女，妳也一定有些不甘心吧？凡是老爺子所想望的，妳一定要為他摘取；凡是他所執著的，妳一定要做到極致。妳始終還是想要向他證明，妳雖是女子，可能回饋給他的，卻並不比孫子少……妳所要堅持的，始終是他給妳劃定的那條大道，只要有一絲可能，妳還是想在這條路上走下去的。」

清蕙一時並不答話，權仲白扭頭望她，見她眉眼盈盈，雖未開聲，但儼然已經默認。想到焦家幾十年來的坎坷，竟全經焦閣老傾注到清蕙身上，她看似百般矜持嬌貴，其實這所有嬌貴，亦不是出於家人對她的憐惜痛愛，權仲白百感交集，不禁嘆道：「原來這其中竟還有許多轉折、個中委屈，妳為什麼從不說呢？」

清蕙並不作答，反而策馬前行幾步，仰望漫天新星，待權仲白趕上身前時，她才回過頭來，柔軟地道：「那，你又為什麼從來不問呢？」

話中似有幽怨，似有深情，又似乎有些委屈，苦辣酸甜五味俱全，權仲白一時，竟聽得癡了。

此時恩承居已然在望，馬蹄得得，輕快而從容地將兩夫妻載到院牆外頭，權仲白翻身下馬，正要去接清蕙時，已見桂皮站在院門口，殺雞抹脖子般地給自己使眼色，面紅脖子粗的，比什麼時候都上火著慌。他不禁一怔，踱過去才要發問，已被桂皮一把拉到了牆根。

「那一位在呢！」桂皮跺著腳、咬著牙輕聲說。「還有他那位公子——」

話還沒說完呢，門口一聲長笑，已是有一把鴨公嗓子，興致勃勃地道——

「咱家還當是瞧錯了——這不果然是神醫大人嗎？」

注：逆旅，即旅館、客舍。

第一百三十一章

蕙娘人還在馬上，已覺出不對——要知道中人宦官，雖然可以作日常打扮，但始終還有些特徵是遮掩不去的，譬如那一把鴨公嗓子，雖然嘶啞難聽，但始終還有一點童聲特有的高亢，這就是從小淨身的中人藏不去的痕跡。雖說這起當紅的太監公公，下了值也時常呼朋喚友地在各酒肆作樂，但因為第二天要入宮當值，眼下天色快黑，城門都要關了，他們是不會往城外來的。除非——

「啊，李太監。」權仲白已端出他那親切疏離的風度，笑著一拱手。「連公公沒來？」

「乾爹在裡頭伺候二爺呢！」李太監擠眉弄眼、親親熱熱地說。「今兒二爺有興致，出城來走，還愁著沒什麼伴當相陪，這不是鄭大爺有事，其餘幾位爺又不在京裡，少人說話嗎？正好，您快進去吧，這才剛坐下，還沒上菜呢！」

「這就不必了吧？」權仲白笑了。「月白風清，如此良夜。有子繡在，又還有美酒佳餚，我就不進去殺風景了。再說，這裡還有生客，貿然引見給二公子也不好，撂下他就更不好了。這兒讓給二爺，我們再去別地好了。」

「您這話說的！」李太監不樂意了。「別人帶著的生客，是不大好見主子，可您就不一樣了。奴才剛才同主子開口，彷彿是見到您身邊的小廝，主子當時還說呢，一定要請您進去喝兩盅。再說，又不是沒有別人在，楊大人就在跟前呢！」

一邊說，一邊來招呼蕙娘，竟是熱情地要扶她下馬。「來來來，別客氣，也不要拘謹。得了主子的賞識，您的好處可多了去了！」

蕙娘雖然不是一般姑娘，可也不願被外人沾身，只得自己先跳下馬來，微笑道：「李公公客氣了。」

這種情況，要堅持辭去，別的不說，先就要死死得罪拍皇上馬屁不成的李公公了。太監這種人，沒了那話兒，最看重的就是臉面，你下了他的臉面，他對景兒就和你為難！能不得罪，還是別得罪的好。蕙娘同權仲白對視一眼，便主動道：「要不然，我自己騎馬回去吧。」

權仲白才要說話，院門吱呀一響，又有一人走出來笑道——

「子殷兄，難道李公公還請不動你？今兒皇——二爺、子繡兄都在，我們剛還談起你和那車東西呢，正好你就來了，快進去吃酒細說！」他一邊說，一邊無意打量了蕙娘一眼，登時面露駭然之色，結結巴巴地，說不上話來。

蕙娘一陣無奈，只好衝他微微一笑。

權仲白也吐了一口氣，笑道：「來，子梁，見過這位——」

「小姓齊，齊佩蘭。」蕙娘接了話口，同楊善榆微微一揖。

楊善榆猛地跳起來，慌慌張張地長揖到地。「齊兄好！」

聽見「齊佩蘭」三字，權仲白的眉頭微微一皺，卻並不多說什麼，只和楊善榆說：「還請子梁打聲招呼，今日實在是不方便，就不進去了。」

楊善榆一迭連聲道：「是是，自然。」見李公公要說什麼，便扯了他一把，一邊附耳低語，一邊拉著他進院子了。

蕙娘和權仲白重又翻身上馬，帶著桂皮才走出不多遠，身後又亮起燈籠來，還有人呼喚道——

「子殷兄，請留步吧。」

其人聲線清朗，隱含笑意，未見其人，只聲入耳中，便使人忘俗，蕙娘自有幾分好奇。權仲白卻無奈地吐了一口氣，低聲道：「是封子繡……看來今天是走不脫了。」

蕙娘便隨他一道撥馬回轉，徐徐行回牆邊燈下，得馬高之便，她也能居高臨下，偷得一眼，鑑賞這位名震天下、毀譽參半，未至而立之年，便已經執掌情報大權，力能通天的燕雲衛統領。卻正巧封子繡也正有些好奇地仰首望她，兩人目光相觸，都是微微一震、微微一怔，彼此都有些驚豔流露，卻也只是片刻，便各自轉過了眼去。

「二爺讓我帶話，」封錦便含笑對權仲白道。「他好久沒和你把酒言歡了，今天這一頓，逃不掉的。就連這位齊公子，也是久聞大名，知其身世特出，不同一般，盼能一晤。子殷兄都把她帶出來了，可見世俗規矩已不在眼中。二爺說，只是見一面而已，護花之心，不必過分熾熱了吧？」

末尾這句話，已是帶了很濃重的調侃了。

頭回這麼溜出門來，就撞了大彩，蕙娘還能說什麼好？她亦不是一般女子，把心一橫，衝權仲白微微點頭。

權仲白也就灑脫笑道：「見就見了，誰怕誰啊？二爺這話說的，是欺我膽小？」他一抬手。「子繡，請！」

一行三人，便從院門魚貫而入，進了恩承居。

恩承居雖然被皇上包了下來，但並不只接待他們一桌客人，大堂中坐了一半，有些看著是外頭進來吃飯的散客，有些則一望便知是燕雲衛中人，甚至還有幾個小中人，也縮著脖子在角落裡喝酒。皇上只在後頭一座小院子裡吃酒——竟然毫無架子，也和一般客人一樣，在天棚底下，當院的石板地裡擺了一桌，取的就是院中的涼意。

天棚底下高掛了幾盞羊角宮燈，借著星光熠熠，把小院映照得白晝一般，闊闊綽綽的八仙桌上，北面放了兩把椅子，一把空著，看來是封錦的座位，還有一把上坐了個鳳眼青年，他隨意穿了一襲淡紅色圓領胡袍，更顯得膚色白皙、身材勁瘦——雖然相貌不過中上，但當封錦在他身邊落坐時，他從容自在的氣魄，卻自然而然壓了封子繡一頭。

八仙桌西面已坐了一個中年太監，此時正衝清蕙頷首微笑，這就是皇上身邊最當紅的連太監了，蕙娘和他也有數面之緣，並非頭回相見。

楊善榆自然而然，在連太監身邊落坐，蕙娘眼前一花，他已經拿了一個小饅首咬起來，絲毫不顧皇上就在上首，蕙娘兩口子還沒有入座呢！

這也好——隨著皇上忍俊不禁，院內那淡淡的尷尬，登時消弭於無形。這個年少時便運籌帷幄，將魯王一手逼反，迫得皇上不能廢立的九五之尊，在楊善榆跟前，就像個和善的兄長，半點都沒有架子。「子梁，你怎麼回事？當著齊小兄還這麼沒出息，你讓齊小兄怎麼放心子殷和你廝混？」

「中飯就沒吃，才要吃晚飯呢，你又說出城來吃！」楊善榆大大咧咧的。「我餓得胃疼啊！子殷兄說了，我最不能餓的，醫者父母心嘛，能體諒、能體諒！」

他雖生得清秀，但憨頭憨腦、稚氣未脫，這麼明目張膽耍起無賴，也別有一番可愛。

眾人都被逗得樂了，皇上以掌心撫弄他的後腦，雖然按說和他年紀相近，但口氣卻如同長輩一般，多少帶了些自豪地對蕙娘道：「這個子梁啊，本事太大，在我跟前橫行霸道久了，是被我慣出了一身的脾氣，齊小兄可別和他一般見識。」

居然是親切熙和，略無一絲為人君的傲氣。

他越是這樣，蕙娘對他的評價也就越高，她微微一笑，客氣地道：「二爺太多禮了，楊兄至情至性，大才蓋世，實是不可多得的棟樑之材。我巴不得子殷多和他親近呢，又哪會不讓他同善榆往來呢。」

她這麼一誇，楊善榆臉色頓時變作火紅，饅首都嗆在嗓子眼了。

封子繡和連太監皆莞爾，皇上也是拊掌大笑，又指權仲白。「子殷，河東獅吼，拄杖茫然喲！聽齊小兄的口氣，在後院當家作主的人，怕不是你吧！」

權仲白敲了敲桌子，神色自若。「注意口吻啊，別人家後院的事，你也要來管，真是管家婆當上癮了你。」

「哎，話不能這麼說，我後院的事，你可也沒少管，怎麼就許你管，不許我管？」

皇上還和他抬起槓來了……從眾人的反應來看，這樣的對話，並不出奇，看來，在這些親近臣子跟前，皇上也是不擺什麼架子的。

「再說，懼內有什麼丟人的？我手下兩個將星，升鸞是怕老婆少元帥，明潤是怕老婆大將軍，那都是天下知名的，你再做個怕老婆神醫，湊做『懼內三傑』，名揚宇內，我看就很好嘛！」

「瞎說，你後院的事，當我情願管？我倒懶得管呢，你答應不答應？」權仲白也是放得開，見桌上菜齊，便給蕙娘搛菜，又偏首問她。「喝不喝酒？來，妳路上惦記了半日，這裡的叉燒肉也做得好。」

蕙娘只覺得滿桌人的眼神都匯聚過來，目光灼灼中，飽含了興味和調侃，她有點受不住了，索性也豁出去，自己拿起筷子笑道：「你不必照顧我，想吃什麼，我自己搛。」

連太監一直未曾開口，此時方讚道：「真不愧家學淵源，作派爽利，好！來，我敬小兄弟一杯！」

「世伯太客氣了，您和我父親平輩論教，這一聲小兄弟如何當得起。」蕙娘也就依足男客禮數，和連太監碰了一杯。有連太監這個中人身分開頭，桌上氣氛也就更放鬆了些。

皇上也動筷子吃菜，又笑向權仲白道：「也真是天作之合，非得你這樣蔑視禮教的人，才配得上齊兄弟不可。來，喝酒喝酒，為此痛快奇事，浮一大白！」

眾人於是都放開胸懷，挾菜吃酒，毫無顧忌。

楊善榆一直大談特談自己這幾天試炮的事，又說起好些新近造出來的奇物。「倒不是我誇自家族妹，可真不知許家那位少夫人哪來的眼光，我自己妹妹也往回送書，卻不如許少夫人送得好，一本是一本，每一本都有新知識。昨兒剛收到的那什麼……達……達、《達芬奇筆記》！真是包羅萬象，應有盡有！可惜只才在廣州譯了半本，可我看到那圖裡有畫得極細緻的人體，非常逼真，連一條條肉絲都給畫出來了！」

權仲白頓時就聽得很入神了，連皇上和封子繡都聽住了。

等楊善榆說完了，皇上方才嘆息道：「都說泰西是窮山惡水之地，其人都是茹毛飲血的蠻夷，其實哪裡是真呢？先不說別的，自從廣州開埠以來，多少外國商船雲集過來，據說從泰西打個來回，最長也就是兩年時間。動作快、消息靈的，都走幾趟了。我們孫侯呢？幾年了，都沒有一點音信……」

蕙娘心中一凜，面上卻若無其事，她比較擔心的是權仲白——見權仲白也是神色如常，未露一點端倪，這才放下心來。

封子繡給皇上倒了一杯酒，和聲道：「也不必過於擔心了，這種時候，沒消息也好，這麼大的船隊，就是沈沒了，也一定會有消息傳回來的。」

儘管他和孫家已經結了仇，可說起孫侯，封子繡的關懷之色還真不似作偽。

皇上似乎懵然不知其中恩怨，他拍了拍封子繡的手背，嘆息著喝了半杯酒，才續道：「是啊，沒消息也好，沒消息，就還能和閨怨詩裡寫的一樣，深閨夢裡人一般地等。唉，只盼孫侯別做無定河邊骨就好了！」

他說話詼諧風趣，此時語調故意拿捏得有幾分幽怨，真是滑稽至極，蕙娘險險沒忍住笑意。

權仲白倒是哈地一聲。「喝酒喝酒！」

皇上始終還是對泰西念念不忘，喝了一杯酒，又道：「還是他們的火器造得好！更新換代得很快，十幾年來，起碼已經是換了一代了。子梁這裡研製出了新式火藥，新火銃還在做……從做得到全軍換代，起碼還要十年，這麼算，我們是五十年才換一代……慢，慢啊！」

他這麼感慨，似乎和權仲白全無關係，可蕙娘卻聽得脊背發麻，心知他絕對是有備而來。果然，皇上話鋒一轉，又問楊善榆——

「密雲那邊繳獲的火器，送到你那裡了沒有？」

「送到了，是前一代神威銃，改良過了，軍中沒有用這種火銃的。從走線來看，都是有模子的，也不是自己小作坊打出來的私槍。」楊善榆說起這種事，立刻頭頭是道、條理分明，憨氣不翼而飛。「而且，模子刻得很細，鐵水非常細膩……應該是不止做這一批。」

鐵礦是國家管制之物，大量開採，那是要砍頭的……這一批火器驚動天聽，引起皇上的注意，也不是什麼稀奇事。

封子繡輕輕地咳嗽了一聲，正面向權仲白問道：「當時亂得很，子殷兄又受了傷，嗣後我們忙著查案，也是疏忽了這麼一問。子殷兄當日問我借人伏擊，可見是早有準備，預料到了個中危險……敢問這消息，是從哪裡來的呢？」

隨著這一句問，滿桌人的眼神，頓時又齊刷刷地匯聚到了權仲白身上，卻是人人神色各異，各有心思。

第一百三十二章

以在座諸人的腦子——也許要刨掉一個滿面安詳，正微笑挾菜的楊善榆吧——誰也不會想不明白：這要是方便說的話，權仲白肯定早和封錦吐露實情了。為什麼不方便說？也許就牽扯到了權家從前的老關係。權仲白可以用如此委婉曲折的做法，向燕雲衛通風報信，把這個膿包給刺破，但要他出賣家族，把家中的暗線向皇家出賣，恐怕也是有些強人所難了。

明知如此，封子繡卻還親口詢問，這簡直是有點耍無賴。往大了說，可算是在故意找權家的茬了。雖說權仲白也算是自己找事上身，怨不得別人，但如此行事，以後有了什麼線索，誰還會扯燕雲衛入局……

到此地步，蕙娘自然眼神微沈，略帶關切地向權仲白投去詢問的眼色，她能覺察到皇上似乎望了她一眼，才又轉向權仲白，他還扮好人呢！

「子殷，要是不方便說，那就算了。」

不方便說，那不就等於是直認這事和權家有關，權家同這個私賣軍火的組織有密切的連繫？可要直言不諱，權仲白又是不願說謊的性子，遷延猶豫間，恐怕難免露出端倪……

「這事，是不大好說。」權仲白卻顯得成竹在胸，他掩在桌下的手，不知何時尋到了蕙娘的手指，輕輕一捏，又鬆了開去。「還要從西北往事說起，這該如何開口，我一時竟也沒有頭緒。既然子繡你都當著二爺的面這麼問了，也好，那我就從昭明末年在西北的那番見聞開始說起吧。」

聽聞是昭明末年、西北見聞，皇上面上忽然湧起一抹潮紅，蕙娘正隨著權仲白的話望向他呢，如何能察覺不到？他亦有所自覺，不知為何，竟衝著蕙娘微微露出苦笑，這才肅容道——

「好，子殷爽快，那我們就……洗耳恭聽。」

語調軟和，竟然不帶半點威嚴，反而還隱隱有些心虛……

「昭明二十年那場仗，打得相當艱難，西北在打仗，朝廷裡也在打仗。局勢很複雜，我也就不多說了。」蕙娘未曾明白皇上的表現，但權仲白卻似乎心領神會，他衝皇上微微一笑，倒也是體貼。「總之我到西邊前線欲要採藥時，可以說拖後腿的是自己人，可鬼王叔羅春一派反而對我大開方便之門。他想要先帝活著的心思，恐怕是比他的任何一個兒子都熱切得多。當時他正在何家山營地，和平國公、桂元帥談判，事前魯王已和他的屬下通過氣了，他帶了一批先帝十分需要的藥材過來，正事辦完了以後，自然就要來找我交割了。」

提到魯王，皇上不由自主就是一呲牙，像是有人在他的屁股上戳了一錐子一樣。

封子繡按住他的手背——竟絲毫不避嫌疑——在皇上耳邊輕聲道：「老西兒。」

「其實說來也有意思，當時那回碰面，雖說是碰得很隱蔽，可桂元帥心裡多少是有數的，無非是隻眼睜隻眼閉罷了。在座子梁，那時候還小呢，就在我帳子裡躺著針灸，如今在座這六個人裡，倒有三個當時就在營地裡，可子繡知不知道羅春到訪的事，就要問他了。」

權仲白似笑非笑的，瞅了封子繡一眼。

楊善榆雙眼瞪得老大，先看權仲白，再看封子繡，幾次要說話，又都欲言又止。

「這真不知道。」封錦似乎有些無奈。「何家山那時風雲詭譎，各家勢力雲集一地，我年小德薄，威望很淺，哪敢輕舉妄動呢？」

這倒也是實話，蕙娘在心底回憶著當時的朝局，昭明二十年封錦才剛進入燕雲衛做事，就算有太子的寵愛作為支持，可算是他特派來的心腹欽差，可自身威望不足，能力畢竟也是有限的。

「總之，藥材交割完畢，我們難免也聊上幾句。」權仲白說。「我看到羅春腰間鼓鼓囊囊的，便打趣他，連到我這個手無寸鐵的大夫帳篷來，都不能失去戒心。羅春卻說，人在敵營，不能不小心為上。」他面上閃過一絲奇怪的神色，慢慢地道：「他也多半是有炫耀武力的心思，便揭開腰間皮囊，拔出一把火銃來給我看，當時看到的火銃，和密雲查獲的那一批，很明顯都是出自一個作坊。我不知道子繡留意到了沒有，這種火銃雖說形制和官產的一樣，但鐵色發黑，特別油潤，是一般官產之物所比不上的。」

封子繡還沒說話，楊善榆忽然一拍大腿，激動地道：「有！有！三妞從前——」

待一桌子人都看向他時，他似乎又自覺失言，捂住嘴，眼珠轉動，大有尷尬之色，反而不說話了。

如此無禮，皇上卻並不生氣，他溫言道：「是說明潤媳婦？在座都是自己人，你可以放心說話。」

封子繡、連公公，那都是皇上近人，沒什麼好不放心的，其餘人等，早在權仲白開腔前就遠遠退走，沒有資格與聞此等密事。楊善榆猶豫片刻，便也爽快地道：「三妞從前自西安回去老家的路上，曾經和羅春碰過一面，當時羅春是蒙面扮作馬賊，在西北幾省燒殺擄掠。遇上我們家的車輛，當時是想殺人搶掠的，可我們人多，他們也吃不下，便給了買路錢——他們不要男人送錢，我母親和姊姊膽子又小，這錢是三妞送去的。她和羅春碰過一面，也在近處見識過他的火銃，當時年小不覺得有什麼分別，只以為是一般軍隊兵士用的那種，後來上京以後，因我時常擺弄這個，她閒談時無意說起，說自己有時作噩夢，就夢見羅春腰間的那把黑銃，隨著他的腳步擺啊擺啊，越走越近……我再一細問，她也想起來了——因後來羅春圍困我們老家楊家村時，她也從村牆附近窺視得見，他的兵士們腰間懸掛的火銃，的確是鐵色特黑，和官產不同！」

蕙娘雖然知道這個桂少奶奶，但竟從未聽說過她和羅春之間的這段故事，想當年她不過是個手無縛雞之力的少女，恐怕年紀不過十二、三歲，竟有如此膽量，和羅春這等凶名赫赫的大人物對峙。忽然間，她對這個「三妞」倒是起了興趣，就連皇上、封子繡，都有詫異之色，倒是權仲白面色自若，顯然不是頭回聽聞此事了。

「天下事，只要是做過，就肯定會留下線索。」權仲白繼續往下說。「前年冬天，我有事在密雲那客店留宿，當時就遇見了這麼一個車隊，大家一道在大堂烤火用飯，彼此沈默不語並無來往。我瞧見那幾個漢子，每個人腰裡都鼓鼓囊囊的，似乎纏有兵器，便也並不願和其有什麼牽扯，很快就帶著小廝回房了。只是天冷月明，一時並未成眠，下樓時，正好就和其中一個撞到了一塊兒，他也是要上茅房……」

他看了蕙娘一眼，便沒往下細說，只道：「既然解開腰帶，被我撞見了那火銃，又留心到了那顏色，餘下的事就好說了。當時我只帶了桂皮一人，肯定不能貿然跟蹤他們。不過隨意和掌櫃攀談時，掌櫃卻說，這夥客人每年寒冬臘月裡都一定要經過此處運貨，不等得他們來，他不能關門歇業，這個天氣錯過宿頭，那是要凍死人的——當然，更有可能是被砸了門闖進來留宿，是以年年等著他們，通常都是臘月初七、初八過來，最晚也要等到臘月十五。」

皇上看了封子繡一眼，封子繡微微點頭，低聲道：「掌櫃一家人已經都在我們這裡了。」

更多的細節，自然就可以直接審問掌櫃，不必由權仲白來說。權仲白的敘述至此也到了尾聲。「當然，這事往大了說可能非常驚悚，往小了說可能完全是我過分緊張。去年臘月，我早就向子繡打了招呼，令他在沿線早布眼線——這群人眼神凶狠，攜帶的是見不得光的火器，當然不可能束手就擒。餘下的事，子繡都已明白，我用不著多說什麼了。」

故事至此，似乎已經清楚明白，最關鍵的那一點鐵色區別，由於有楊善榆主動作證，作偽的可能性也很小。

可這故事依然也不是沒有疑問，皇上就覺得奇怪。「沒聽說你這麼愛冒險呀，早和子繡言明了不好嗎？非得親身過去，又神神秘秘的，事前一句話都不肯多說……」

權仲白很有意味地笑了笑。「二爺，隔牆有耳啊！」

這麼一撥人，年年往京城送幾大車的火器……甚至還定期向羅春走私，有沒有供給達延汗，還都是難說的事。燕雲衛會一點端倪都查不出來？權仲白這擺明了就是不信任燕雲衛。

皇上和封錦對視一眼，面色均有幾分陰沈，皇上強笑著道：「我就說，子殷雖不入仕，但實則胸懷天下，大有俠氣。這事本是燕雲衛分內之事，勞累你前後奔走安排，自己受傷不說，嫂夫人也受驚了吧？」

看來，對人頭的事，他們瞭解得要比檯面上更深得多。那個毛三郎的人頭，現在就在楊善榆手裡呢！這個組織，真是全身心都掛在火器上了，工部那場大爆炸，如今看來已絕對是他們的安排。蕙娘不用做作，自然而然都露出一臉擔心。

權仲白倒是哈哈一笑，輕鬆地道：「在她祖父那裡避了幾日，她過來看我的時候，差些沒把我另一隻腿也打折了！不過可惜，到底還是沒釣出底下的大魚來。」

這麼一來，就把不回國公府的事也圓過了。回了國公府當然也可以釣魚，但妻小就在身邊，權仲白自己不要命可以，但不能不掛念妻兒；而在封家養傷嘛，燕雲衛統領的屋子，又委實過於安全了一點，誰也不敢在太歲頭上動土的；倒是焦家人口少，主子都深居內院，在重重護衛之中，他一個人在外院小書房附近，似乎很容易下手……

「齊世姪儘管放心。」連公公此時對蕙娘點頭一笑。「事發之後，沖粹園附近已經加強守衛，國公府也被納入防護的重點。不是我誇口，外頭就算有人想要進來，也不是那麼簡單的。」

「子殷乃是國家瑰寶，」皇上也回應道。「誰出事，他都不能有事。齊小兄就儘管放心吧。好了，不愉快的事，不要再提了吧？來來來，喝酒喝酒！」

眾人自然賣給他這個面子，觥籌交錯之間，氣氛很快又熱鬧了起來。

皇上喝了幾杯，面上浮了一層紅霞，倒格外添了風姿，封錦在一邊道：「您不能再喝了。」

「再一杯，再一杯吧。」皇上和封錦討價還價，好不容易又得封錦舉壺給他斟了一杯，他有點暈暈乎乎，對封錦展顏一笑，封錦唇角微動，也還他一朵微笑，只這尋尋常常的相視一笑中，竟有說不出的旖旎溫馨流轉。

蕙娘看在眼中，忽然多少也有幾分明白皇后的心情了。再一想婷娘，真是要打從心底嘆一口氣：有封子繡珠玉在前，餘下後宮女子，縱有他的美貌，怕也無他的才幹，哪能和皇上如此平起平坐、詩酒唱和？恐怕連吟詩作賦的本事都沒有……

正如此想，皇上又抿了一口酒，忽然摸著酒杯邊緣，若有所思地直直看向了她。

男女有別，雖然她也有分入座，但蕙娘無事自然不會胡亂開腔，別人出於禮貌，也不好長時間直視她的容顏。倒是楊善榆，時常坦率而欽慕地望她一眼，時而又看看封錦，他的眼神充滿善意、天真，並不惹人反感，眾人也都並不在意。

而現在，皇上的眼神，卻不一樣了。哪管他表現得平易近人、口舌便給，似乎是青年好弄，很有幾分頑童模樣，可一個人再怎樣，也遮掩不了自己的眼神。皇上的眼神就像是燕雲衛慣使的繡春刀，纖薄鋒利，一刀就能戳進骨縫裡，只是在面上巡視，都令人徹骨生疼。

蕙娘平靜逾恆，只淡然以對，皇上的眼神只是盤旋片刻，便又若無其事地移開了。

「齊小兄，」他道。「妳是宜春票號的大股東，票號生意，做遍了大秦天下，甚至連雲南、貴州，我們的官進不去的地方，你們的票號也都進去設了櫃。雖說妳聲名不顯，但其實在我看來，也是個大人物啊！若要給妳封官……起碼那也得是一品銜。」

「那我可不就連仲白都蓋過去了？」蕙娘笑道，轉頭瞅了權仲白一眼。「跟著你也只是三品，你跟著我，倒有一品誥命得。誥命先生，聽著覺得怎麼樣？」

眾人不免發一大笑，權仲白笑得最開心，他目注蕙娘，又是好氣又是好笑。「妳就這麼著急，非要坐實我懼內的名聲？」

蕙娘衝他擠了擠鼻子，並不說話。

皇上也笑，笑完了，又肅容道：「可話說回來，你們做票號的人，對天下的經濟，沒準兒比我這個大當家的還更瞭解。齊小兄，酒後亂談，妳不用太當真，想到哪裡說到哪裡，就給我談談我們這大秦商業，最大的隱憂在哪兒吧！」

輕輕巧巧，居然給蕙娘劃下了這麼一道大命題來。

蕙娘看了權仲白一眼，見權仲白對她微微點頭，便知道此問可能才是戲肉，非答不可，再做推託，也是矯情。她一時心緒不定，沈吟著還未答話時，只覺大腿微沈，卻是權仲白把手擱了上來，緩緩撫動，似乎是在安撫她的情緒。

她心底一暖，略作猶豫，終究是主動尋去，握住權仲白的手掌緊緊捏著，一揚眉，口中卻道：「要說實話……那二爺這問題，問得就不對。」

居然第一句話，就把皇上給堵回去了！

第一百三十三章

皇上雙眉一揚，倒是很有興味。「這是什麼意思？齊小兄要說什麼國勢蒸蒸日上，毫無遠慮近憂的，那就太敷衍我了吧？」

「國勢如何，這不是我可以妄言的。」

出乎權仲白意料，清蕙的語氣竟相當穩定——對於一個初次得見天顏的人來說，不論男女，她的表現實在已經出色得讓人吃驚了。

「但生意本身，沒有所謂隱憂，只要錢財還在國內，本國的生意，無非是這行做垮了，那行又起來。你站在一國的角度去看，錢財總量永遠都不會變，反而會不斷增多，尤其是隨著前朝中晚期，日本輸入的白銀越來越多，國內的錢，當然也就隨著越來越多了。」

「這是另一回事。」皇上立刻就被她惹來了談興。「死銀多價賤，單說銀子，沒什麼意思的。」

「是沒什麼意思，金銀等物多了，只有和外國做生意的時候才占便宜。不過，我們大秦總歸是不缺金銀的，只要開放口岸，綢緞、青瓷和茶葉，永遠都能掙回金銀的。」清蕙緩緩說。「要破大秦商業的題，不能這麼破。我猜您的意思，是想問，目前大秦商業，對朝廷來說，隱憂何在？」

說到雜學、奇物，楊善榆是口若懸河，可談到這商業、金銀，他就傻了眼了。聽清蕙這麼一說，他不禁嘀咕道：「這……有什麼區別嗎？」

「這區別可大了。」卻是皇上作答。他專心望向清蕙，神氣已經變了。權仲白很熟悉他的這副表情——皇上這是真正地被勾起了興趣！

「不愧是票號東家，妳繼續說！」

話到末尾，已有些命令意味，出來行樂時所帶的嬉笑，似乎正慢慢褪色。權仲白心下有一絲憂慮，不禁望了清蕙一眼。

焦清蕙似乎一無所覺，握著他的手卻緊了一緊，口中方續道：「以史為鑑，可以知興替，要說我朝的隱憂，從前朝來看，那是再好也不過了。前朝晚年，天災頻頻、民不聊生，當然原因不少，具體到工商業來看，其實還是那句老話，南富北窮，北邊連活下去都難，還談什麼做生意？當然，前朝商稅輕，稅銀入國庫的也少，到那時候，已經很少有人在操心商業上的事了。

「對我大秦來說，以史為鑑，吸取了前朝教訓，國庫充實，地方空虛，是以儘管南富北窮這一點依然沒有改變，但北邊得到朝廷貼補比較多，只要能澄清吏治，使十成款項，有七成能落到該落的地方，北方的民生，不至於崩潰的。事實上也正是如此，儘管西北多年大戰，但朝廷銀子水一樣地花下去，這些年來終於漸漸元氣恢復，不至於南邊是天堂之地，而北邊卻是衣不蔽體。可總有一個問題，未曾得到解決：南邊富裕，一年可以幾熟，但如今南邊人是不願意種地的，更願意做工；北邊貧瘠，成年耕種也不過勉強果腹，但北邊人除了種地以外，竟無工可做。」

她淺淺啜了一口清茶。「這就是國朝商業第一個大隱憂了。此憂不解，恐怕長此以往，是要出事的。起碼人丁向南邊遷徙流動，那就是擋不住的潮流。」

權仲白素來知道焦清蕙不是一般閨閣女子，可在他眼中所見，清蕙除了每年兩季看看帳、理理家，平時練練拳，和人鬥鬥心眼以外，你要說她哪裡特別與眾不同，還真要耐足了性子去找。雖說見識談吐，自然高人一籌，但和他權仲白比，平時自然只覺得氣性大，不覺得本事高了。直到今日，她在皇上跟前挺直腰桿，侃侃而談的時候，他才真覺得她的確是極為不凡的——這天下行商的人很多，可能從這樣的高度去看問題的，卻並不在多數。就算不獨她一人有此見地，這更可能是秉持了焦家老爺子、焦四爺一貫的看法，但即使是家學淵源，怕也不是所有人都能把這想法吃透的……

北人南遷，當然不是什麼新鮮事了，皇上並未露出訝色，而是冷靜地道：「不錯，這幾十年間，北邊人口不增反減，南邊戶口也沒有增加多少，國朝人口出入間的那些數字，除了戰爭減員之外，只怕都是逃到江南，做起了黑戶。這是個老問題了，要解決，也不是一時一日的工夫。」

「一國之大，」清蕙說。「什麼事能在旦夕間解決呢？自從西北通道打開，可以通商，北邊情形已經好得多了，但往北走，要跨越茫茫沙漠瀚海，只要泉州、漳州逐漸開埠，北邊這條路，終究會漸漸衰弱的，對南富北窮並無多大改變。」她頓了頓，又續道：「還有一個，對朝廷來說，現在商稅收得還是不夠多。商富和朝廷無關，只有遇事半強迫的捐輸，長此以往，其實非常不利。」

這話說得很簡單，她也沒有往下延伸的意思。

可皇上卻是眼神大亮，摸著下巴沈吟了半晌都沒有開聲，許久後，才緩緩道：「別的地方也就罷了，廣西十萬大山，那樣險惡窮困的地方，你們票號還把分櫃開了進去，這能給你們帶來什麼好處？這事我好奇已久，現下，終於可以問出來了。」

「分號遍布全國，」清蕙緩緩道。「自然是有好處的。廣西雖然窮困，可也不是沒有人在外做工，好似南邊的蘇門答臘，宜春都有分號，很多海商更寧願把銀兩存在分號，開出匯票回國兌銀子，對他們來說，這太省事了。票號規模越大，生意就越興隆，其實這對朝廷來說，也不失為一件好事，畢竟票號的人能進去，總有一天，官軍也能進得去的。據我所知，現在雲南一帶，已有不少人出江南做工了，畢竟，那個地方的人，窮起來真是連飯都沒得吃，會造反，也還是圖一口飯。」這番話，她說得很斟酌，比前番回答要慢得多了。

權仲白隱約捕捉到了一點線索，卻又茫然不知所以，倒是連太監眼神閃爍，望著清蕙沈思不語，看來，是聽懂了清蕙話中的深意……

只聽得「啪」地一聲，皇上猛然擊了桌面一掌。「不患貧而患不均，妳說得對！南邊那些苗族，也苦得很。苗漢之間誤會重重，其實為了什麼？還不是因為地就那麼多，你有飯吃了，我就沒飯吃。」他又苦笑起來。「唉，可朕又該上哪兒找飯給他們吃呢？地就這麼大，人口越來越多，糧食卻也是有限的……」

這就是皇帝和朝臣考慮的事了，權仲白見清蕙又有開口的意思，便輕輕握了握她的手，示意她不要談得過分忘形。

清蕙卻並不理會，徑直道：「地不夠，那就去搶啊！從前征高麗、征日本，武帝征匈奴，其實還不都是為了搶地盤？皇上您看出這銀多價賤的道理，便可知道其實銀錢和民生沒有直接關係，票號開得多，那是方便商業繁榮地方的好事，不是把票號銀子散出去，吃不上飯的人就能吃上飯，沒有這麼簡單的！」

皇上哈哈一笑，欣然衝權仲白道：「嫂夫人動情緒了，別急別急，來，子殷你也勸勸，我就是問問票號嘛，沒有別的意思，嫂夫人別多心。」

都問起來了，還能沒有別的意思？權仲白輕輕咳嗽一聲，正要說話，清蕙搖了搖頭，已逕自續道——

「我也沒有別的意思，皇上不要多心。宜春號做得大，肯定引發您的關注，這麼一支力量，要收歸國有，不論歸皇家還是官家，都是好事，能令您做到很多從前做不到的事。」

她揚起眼來，怡然望著皇上。「可您要是收編了宜春，以後還有人敢做票號嗎？票號官營，絕對做塌，這才興起了二、三十年，就能盤活地方民生的好東西，可就被您給毀了……我也就先妄做個小人，把話說透吧！收編宜春，其實毫無意義。前二十年朝廷出爾反爾，壓榨商戶的事，那是屢見不鮮。現在先帝去世還不到十年呢，商戶對朝廷根本毫無信心，一旦朝廷全股，則商戶銀錢必定外逃，到時候，難道朝廷不肯兌銀？很可能就是竹籃打水一場空。我勸皇上，還是別想得太好了。」

她無視皇帝陰沈如水的神色，逕自續道：「當然，宜春也需要朝廷的監管，其實任何一個資本上億，分號規模遍布十三省以上的商號，我看都需要朝廷或者入股或者派人，監管其資金動向，免得他們仗錢欺人，靠著和朝廷作對牟利。若皇上頒布此策，宜春願效犬馬之力……不過，該如何行事，我也還需要和其餘幾個東家商量。」

這番話，說得皇上神色數變——他現在看起來，完全就像是個天子了，哪裡還是那個愛說愛笑的年輕人？斜倚椅上、一手掩鼻，遮去了半邊神色，望向清蕙的眼神，猜忌有之、深思有之，甚至還有些讚賞……

清蕙卻表現得非常穩定、平靜，她今晚實在穩得都有點滲人（注）了，甚至大出權仲白的意料。他是熟知清蕙的，她在任何時候，都喜歡搶占主動，他開始時還有些擔心，怕她在皇上跟前，也是積習難改。皇上畢竟是皇上，龍威還是冒犯不得的——他是白擔心了，即使她的說話大為激烈，可她的語氣，卻一直從容冷靜，彷彿一應說法，早已深思熟慮，再不會有錯。而皇上不論是作玩笑狀，還是作深沈狀，對她來說，彷彿都沒有一點區別。

局面漸漸地就冷了下來，封子繡在一旁輕聲道：「齊小兄就在京裡，只要有子殷相陪，要見，隨時能見，不急於一時吧？夜深了，昨晚就沒睡好……」

皇上猛地回過神來，他冷著臉站起身，衝權仲白、清蕙的方向勉強一笑，一拂袖。「擺駕回宮吧。」

眾人頓時都跪了下來，權仲白自也不例外。這一回，皇上沒和他客氣，而是在「恭送皇上」的呼聲中，攜手封錦，在連太監的陪伴下，緩步出了院子。

時日晚了，皇上心緒不好，估計是直接擺駕香山離宮。

楊善榆卻號稱自己沒地方去了，硬是跟著權仲白回到沖粹園，直入扶脈廳，擺弄他的那些醫療器具去了。

權仲白招呼他一會兒，他善解人意地道：「快回去和嫂夫人說說話吧！今晚這番奇遇，在我看真是精彩得很，在你們看，應該是挺驚魂的。」

這個楊善榆……權仲白免不得哈哈一笑。「那我走了啊？我把桂皮留下，你有事就招呼一聲。」

「去吧去吧！」楊善榆巴不得他快走，他的一雙眼，已經盯上了權仲白剛到手的一套精鋼刀。

權仲白也拿這個大孩子沒有辦法，他搖搖頭，苦笑了一聲，才轉過身去，還沒走到門口，楊善榆又在他身後嘆了口氣，道——

注：滲人，可怕、使人害怕之意。

「哥，你還記不記得我們一道去青海採藥的事？」

「怎麼不記得？」權仲白有些詫異，回身笑道：「那時候，你身量都還沒長全呢，說話結結巴巴的，就是個傻大膽。」

「現在也挺傻的。」楊善榆摸了摸腦袋，憨憨地道。「你那時候說了好多你和達嫂子的事給我聽……我聽了，心裡非常羨慕你，這些話，我也和你說過好多次了。」他真誠而友善地凝視著權仲白，真心地道：「現在我就更羨慕你了，子殷哥。我那時就時常想，像你這樣有本事、有容貌、有身世的人，天下間有誰能配得上你呢？唉，子殷哥，我好羨慕你……」

權仲白心下惻然，他走回善榆身邊，拍了拍他的肩膀。「人生在世，其實很多時候根本都不知道下一刻會發生什麼。你沒娶她，怎麼知道她同你合不來？不要多想了，其實我和你嫂子也是磕磕碰碰的，現在也並非和和美美，一樣吵架、一樣鬧彆扭。」

「這不一樣。」楊善榆低聲道。「這是不一樣的，感覺就不一樣……」他長長地嘆了口氣，又換出笑臉來，催權仲白。「快回去吧，別讓嫂子等久了！」

清蕙的確也在等他，她已經洗過澡了，卻未上床，只是盤膝坐在竹床上閉目養神，昏黃的燭光，在她面上投下了深淺不一的陰影，使她看來不但出奇的美麗，而且還很神秘。權仲白走進屋內，返身關門的動靜，都未能讓她睜眼。

他在淨房洗漱過了出來時，清蕙已經睜開眼，望著天棚出神，面上表情，依然玄而又玄，不過，這作派，已經不再令權仲白反感了。他在清蕙身邊坐下，也跟她一起望著天棚，用徵詢的語氣道：「宜春的事，妳覺得皇上是怎麼看的？」

「我們的對話，你聽懂了幾成？」清蕙不答反問。

權仲白老實道：「三、四成不到吧。」

清蕙默然片刻，才輕輕地道：「你看錯他了。你看出來他想要票號，可卻錯估了他的野心。他的意思，票號，他是想全要，而且，還想要由我們雙手獻上，他自己占足面子裡子，兩面實惠。他的胃口，大得很啊！」

權仲白驀然而驚，忙道：「那他最後那樣不高興，是因為你們談崩了？」

「談崩倒沒有，無非是各自開出條件而已。」清蕙冷冷地說。「這個條件，足以令他動心，卻又沒有優厚到讓他下定決心。」

她似乎是自言自語，又似乎是和權仲白商量。「唉，很多事，手上沒有一點自己的力量，真是很不方便去做……看來，宜春是真到了增股的時候了。」

第一百三十四章

票號增股，當然是件大事，要達到令皇上投鼠忌器的目的，其實增股人選也並不太多，喬家原本看好的楊閣老就是最好的人選。當然，楊家、焦家曾經不睦，但那也是從前的事了，隨著焦閣老致仕，清蕙、令文分別出嫁，實際上兩姊妹的親緣關係，已經不足以維持票號和王家的親密關係。王家既沒有認下宜春票號這個親家的意思，那麼票號請楊閣老入股，在道義上似乎也不至於站不住腳……

權仲白略略皺了皺眉，他的語氣很和緩。「其實剛才，妳也未必就一定要把態度給擺出來，稍微敷衍幾句，還是可以拖延一段時間，從容考慮的。」

蕙娘也明白他的心思，對於權仲白來說，宜春票號的龐大勢力只是一種負累，夫為妻綱，他一個做醫生的，哪裡用得著票號的勢力？當然蕙娘就更不需要了。對於一個政治家來說，票號是他求知若渴的寶貝，但對他們夫妻而言，保住票號，可沒有多少看得見的好處。用這個思路去向，換一門生意來做，那是海闊天空的事，大家都能得到安寧。

「我已經試探過喬家幾位的態度了。」蕙娘也沒有動氣，權仲白的想法，不能說沒有道理。「不論是老西兒還是安徽、揚州那幫生意人，其實對朝廷都是一個態度。這也難怪他們，從前朝起，任何一門同朝廷合作的生意，獲利甚微不說，還要重重打點、受氣受累，隨著上頭風雲變幻，朝令夕改那是常有的事。喬家人決計不願和朝廷合作……畢竟是幾輩子的老交情了，大家同心協力把宜春做起來的，我忽然撤股引入天家，是要被人戳脊梁骨的。」

商場上勾心鬥角、彼此算計是很常見的事，不論是喬家壓她，還是她壓喬家，大家各憑本事，總是在一種默契下行事。喬家可以逼她稀釋股份，但卻絕不會先斬後奏地私下轉讓自己的股本，蕙娘自然也不會率先毀約。

權仲白長長地「嗯」了一聲，沈吟著道：「這總還是有辦法解決的……」

要在另一人之前坦露自己的想法，非但違背了她所受到的教育，甚至還違背了她的習慣、她的本性，打從一開始命令自己多少敞開心扉時，蕙娘就從未感到這是一項容易的任務，今晚也不例外。

她深吸了一口氣，平穩著不知為何加速少許的心跳，沈聲道：「還有一些顧慮，我也和你說了。祖父一輩子和天家賭氣，就是拿宜春票號作為籌碼。現在臨老才一下臺，我就把票號讓給天家，老人家心裡恐怕是難以平靜……你說得也對，我生性好強，的確是想證明給老人家看，我焦清蕙雖然身為女兒，但卻不比一個男人差到哪裡去。」

她頓了頓，見權仲白在燈下微微偏首，丹鳳眼專注地凝視著自己，白皙面孔上寫滿了不容錯認的專注與關心，彷彿她要比任何醫學鉅著、名貴草藥都要來得吸引，心頭不禁又是一跳。

她忙再深深呼吸吐納，方才有些僵硬地說：「但往深了說，這些也都只是藉口而已……

從根子上來說，我就是捨不得。捨不得的，不是銀錢，我夠有錢的了。賺錢對我，並非難事。」在這點上，她不過輕描淡寫，一筆帶過。「我是真的捨不得票號……權仲白，我出生的時候，宜春才只有七、八十個分號，全開在京畿一帶，等我開始識數的時候，他們已經把鋪子開到南邊去了。我是按票號東家養起來的，宜春號和我一起長大，我親眼見到它發展成今日這番模樣，我有很多雄心壯志、很多夢想，都寄託在票號身上。要我因為皇上的顧慮放棄它……我，我考慮過，可我還是做不到。」

權仲白細細地審視著她的容顏，似乎在尋找著什麼，蕙娘覺得他是在尋找她說謊的證據，又或者，他是在探索著她的情緒。他許久都沒有答話，黑曜石一樣的瞳仁裡映著她的臉，卻沒有一點自己的情緒。

不願放棄票號，那起碼在十餘年內，她是不能離開京城太久的。兩夫妻攜手共遊天下的夢想，恐怕才剛要開始孕育壯大，就又要破滅了。而這一次，他還會提議用和離來解決這難以調和的分歧嗎？

「票號、孫侯、皇后。」權仲白總算開腔了，一開口，果然就是質疑。「這條線妳能理順嗎？」

「其實這倒不是什麼天大的難事。」蕙娘倒是早有準備。「皇上適才以民生訛我，什麼意思呢？其實就是想引我說到現在北方貧富相差懸殊的問題。朱門酒肉臭，路有凍死骨。山西一地，屢出豪紳鉅富，地方勢力很強，其中就以宜春號為出頭鳥。相形之下，陝甘一帶卻曾經赤地千里，就是現在，大多數人也不過落個溫飽罷了。他認為這是票號積聚財富所致，再借著你剛才的話頭，一說起老西兒不老實，矛頭頓時就指向了票號……可在我看來，最大的癥結卻是南北物產的差距。這一點他不能駁我，大義上無法立足。我再讓一步，給他畫一個餅，讓他能名正言順地把手插到老西兒的鋪子裡，去盤點他們的家產，皇上心動著呢，他不能不心動。而一旦朝廷開始商議監管所有票號的事，這就不是宜春一個商號的戰爭了。」

她迫自己露出一個微笑。「困難重重中，就算能把章程定下，少說也要一、兩年的時間。這一、兩年，足以讓我從容準備後續應手了。而皇上一旦邁出了這一步，上了這麼一艘船，下不下船，那就由不得他了。到時就算我們和孫家結怨，那又如何？扳倒我，宜春也不是他的，畢竟才說要監管，緊接著就吞併，這吃相，也太難看了一點。」

這監管之策，當然並非在皇上跟前靈機一動，拍腦袋想出來的。事實上蕙娘自己也不知醞釀了多久，才擇中這麼一個主意。不論皇上是答應還是不答應，短時間內都失去對票號出手的理由，這就把票號從太子、皇后、孫侯這條線上給摘出來了。少了這麼一重顧慮，兩人行事，頓時就輕快靈巧多了。

權仲白緊繃的唇線慢慢地放鬆了下來，他的態度雖還有些保留，但已經鬆動了不少。「票號是妳的陪嫁，怎麼處置，當然還是妳說了算。這麼一來，宜春增股，起碼就要先增官府這一股嘍？」

「朝廷未必拿得出銀子來。」蕙娘說。「要真拿得出來，我也是樂見其成。但這只是第一步而已，你也知道，足夠的財富，要足夠的權勢來保護。既然你對國公位毫無野心，我們也未必要去爭這個位置，那就要做好不得國公位的準備。到那時，你我沒有權位護身，很可能我會被喬家聯手朝廷逐漸排擠，失去對票號的影響力，強買強賣稀釋股份……到末了，不得不把大頭讓給別人，這當然也是很有可能的事情。」

她說得嚴峻，可權仲白神色倒是一寬，他擺了擺手。「往下的事，妳自己作主就好，倒不必和我說了。這些商場手段，我不懂，也沒有多大的興趣……只要妳有完全的準備、足夠的信心，那就隨妳去做吧。」

其實還是在顧慮這一點：要保票號，就要去爭國公位。現在探得她的意思，並不把兩件事捆綁在一起，他一放心，當然不會再探問下去了。

蕙娘也鬆了口氣，她略帶感激地衝權仲白一笑，主動伸手握住了他。「到時候若要用到你，也許免不得還要請你出面穿針引線，來回傳話了。」

權仲白回捏了她幾下，忽然失笑道：「這好像還是我們頭一回就一件事情達成共識吧？」

「這倒是有點像在做買賣了。」蕙娘也覺得挺有意思，她抿唇說。「我漫天要價，你落地還錢，最後成交的價錢嘛，倒是和我們兩個想的都不一樣。」

「我覺得這比兩人吵來吵去，也吵不出一個結果要好得多。」權仲白一向是要比她坦誠得多的，現在兩個人都願意放開自己，說起話來，就要比從前更融洽一點了。最起碼，兩人都保持了足夠的自制，也都很明白如今的處境：這種時候，是容不得任何猜忌、爭執的，非但不能對抗，他們還必須開誠布公，能拿出來談的都要拿出來談。「今晚，其實還有一件事想要告訴妳的……」他將牛淑妃得到的那串鍊子描繪給蕙娘聽。「盈盈發亮，光色發白，從石質、石紋上來看，和神仙難救中所必須用到的那種石頭，幾乎一色一樣。只是那串鍊子，當然要比我們得到的碎石精萃得多了。」

「是哪個縣貢上來的？」蕙娘頓時面色一變。「這石礦，應該是極為罕見，恐怕天下間，不會有第二處了吧？」

「的確。」

她忽然留意到，權仲白的聲調有幾分沈重。

「就算不是當地出產，如此奇珍，也很好追查來歷。屆時順藤摸瓜，便能夠尋到石礦產地，如此守株待兔，或許能混到那組織老巢裡，摸一摸他們的底。說不定，就能找到線索，找出他們的明線，查證出害妳的人，究竟是不是他們。」

兩人之前那一番談話，事實上都迴避了這麼一點：權仲白讓她放棄宜春票號，除了皇上的覬覦之外，還有就是對這神秘組織的忌憚。蕙娘能擋住皇上的招數，那是因為皇上終究是個君子，他有他的面子要顧。可這神秘組織，卻不會遵守不成文的規矩。暗殺、爆炸、走私……他們什麼事幹不出來？只有千日做賊，卻沒有千日防賊的道理。蕙娘想繼續領導宜春票號，就必須面對這麼一個問題。

而她自己願意同這股勢力戰鬥、周旋，卻並不代表權仲白有興致如此殫精竭慮地過日子。她還以為權仲白會提出這一點，會發火、會和她辯……沒想到他倒是乾脆俐落地，才一確定她不會放手，就開始談繼續查案的事了……

「這麼危險的事，你預備讓誰來做？」她望著權仲白，輕輕地問：「讓我？」

「那肯定是我來安排。」權仲白毫不猶豫地道。「妳……妳雖然也挺有能耐的，可畢竟是婦道人家，連出門都不方便，難道還能真箇親自去查？」

蕙娘真不知該說什麼好了，她深深地吸了口氣，將翻湧的情緒，深深地壓到了心湖底部——現在不是讓感情氾濫的時候。

「你是個醫生呢。」她輕聲說。「平時自己也忙得很，難道還要為了我的事，大江南北，四處去跑？」其實大江南北四處奔波，很可能是正中權仲白的下懷，蕙娘見他眼睛一亮，就是一陣頭疼，忙又續道：「再說……我也捨不得你去。這種事，應該有專門的人去辦。」

她若有所思地撐起了下巴。「要增股宜春，多少也是有這方面的考慮。要和這種人對弈，那就應該也有一支這樣的力量……」

要掌控這麼一股力量，那真是談何容易。即使大門大戶，私底下多半都有豢養些打手流氓，但要和這神秘組織一樣，經過妥善訓練，令行禁止，幾乎有些軍人色彩的成員，那不是一般民間富戶可以擁有的，除非是組織最嚴明的江湖堂口，才會有這樣的一支隊伍在。可不論是權仲白還是焦家，都是白道中的白道，要借由增股宜春來達到這個目標，似乎是有點牽強了。

但不拉他入股，也不可能放心地用他的人。唉，即使是順利地物色到了人選，細節上該怎麼操作，要考慮的地方，也還有很多……

蕙娘的思緒不知不覺間，就跑得遠了。她出了半日的神，才猛地驚醒過來。「這都後半夜了！先睡下吧，別的事，明天再想了。」

她還當權仲白是在等她呢，沒想到一言發出，竟也把他驚得一跳，蕙娘這才發覺，他也正在自己出神：卻是眉頭緊鎖，顯然正有一事，難以決斷。

「怎麼？」她不禁有些好奇。「是還有什麼事沒想明白的嗎？」

「是還有一件事。」權仲白順從地站起身來，跟著她往床邊走去。「他們其實並不知道，我借人去密雲那一次，瞄準的倒是那塊石頭。除了我撿到的碎石以外，其餘碎塊，幾乎都混在了雪裡，並不如何顯眼。因此，那串鍊子在他們看來，還是絕世奇珍，牛淑妃準備把它賜給二皇子貼身佩帶……」

蕙娘頓時就明白了權仲白的猶豫在哪兒——以他的性子來看，這也的確是個很棘手的問題。

第一百三十五章

在沖粹園住了十幾日，天氣猛然就熱了起來，雖說已經夏末了，但居然連香山都烘得人睡不著覺。好在甲一號和自雨堂一樣，頂能自雨，特別蔭涼，歪哥去年夏天，還因為天氣太過沸熱，哭鬧過幾個晚上，今年夏天在沖粹園裡，倒是安安穩穩、能吃能睡的，半點都沒有苦夏。

如今朝廷多事，皇上又流露出對宜春號的覬覦，於情於理，清蕙自然要召集眾東家一道商議對策，她沒什麼時間陪歪哥。權仲白倒比較有閒，因皇上搬遷到香山靜宜園居住，和沖粹園也就是一牆之隔，他主要服務的那幾個對象，也都隨之到了山上，他除了出診過一次，為小牛賢嬪的那位公主開過一個方子之外，連著幾天，京城竟無人過來請他出診，扶脈廳外頭那些患者，也因為天氣太熱，平房禁不住曬，俱各自散去回家避暑了。權仲白也就樂得偷偷閒，他竟難得一見，連扶脈廳都不大去了，只在甲一號裡陪兒子。

一歲多的娃娃，真是最好玩的時候，蹣跚學步、呢喃學語，也正學著斷奶吃起飯菜，真是每一天都有一點新的變化，這孩子並且還很聰明，權仲白才陪了他一、兩天，歪哥就很賴他了，連廖養娘都成了他的次選，每日早起，先要尋權仲白，尋不到了就哭，見到阿爹，便破涕為笑，「阿爹、阿爹」叫得山響。嫩嫩的小嘴攢足了勁，在他臉上親得叭叭響——要知道，歪哥可是個小男子漢，平時乳母、丫頭們逗他，他要什麼東西，令他以親吻來換的時候，這孩子總是頂不情願的，老半天才蜻蜓點水，敷衍地輕輕一啄，就算是親過了。

「現在連兩個字都說得很順溜了。」清蕙偶然撥冗逗弄兒子的時候，也和權仲白讚嘆道：「一天不見，就能嚇你一跳！」

說著，便開玩笑一般，要將歪哥從權仲白身邊抱走。「走，回你屋子裡去，讓養娘給你安排些課程，給你開蒙。」

歪哥像是能聽懂母親在和他開玩笑，只是假哭了幾聲，便扭動起來，要坐到權仲白身邊，讓爹爹陪他搭積木。

權仲白便低頭和他研究。「這一塊搭這裡如何？唔，有主見，要搭這上頭？可這搭不牢呀！」

和兒子玩樂了片刻，權仲白有幾分睏倦了，他打了個呵欠，問歪哥。「和爹一起午睡一會兒？」

也不管歪哥還咿咿呀呀地指著積木，便把兒子裹到身邊，催清蕙。「去忙妳的吧，妳要賺錢養家，也真是辛苦了。」

清蕙的確是正為宜春增股、朝廷監管的事情在忙，最近一段日子，焦梅、雄黃、焦家的陳帳房，還有星夜從外地趕來和她碰面商議的喬家大爺，都被聚集到沖粹園裡，幾人開小會，一開就是一天，甚至連吃飯睡覺，她都有些心不在焉。權仲白說她賺錢養家，也不算是假話，只是他自己也知道，清蕙正忙著，他意態慵懶，難免有些乞人憎。

果不其然，焦清蕙打從鼻子裡哼了一聲，就數落他。「不事生產也就算了，還專噎人！」

「那我也跟妳去開小會，幫妳一把好了。」權仲白便作起身狀。

清蕙白了他一眼，自己彎下腰來親了親歪哥，又直起腰來哼了一聲，便一陣風一樣地颳出了裡屋。

自從娶了焦清蕙，他風輕雲淡的生活就多了重重變數，兩人的關係跌宕起伏，有好幾次，他以為真是走到了終點。她素來是寸步不肯讓人，一進門就直奔目標而去，而他雖然不拘小節，但有些事也是絕對不願妥協的……就是去年這個時候，他也根本就未曾想到，他們能走到今天這一步：雖不說情投意合、夫唱婦隨，但比起從前艱困重重的溝通來說，現在這也算是很可喜的成就了。

只是放下掛礙、雲遊四海的計劃，似乎又要往後再推上幾年了。但這也沒有辦法，清蕙對宜春票號的執著，也是其來有自。再說，她為了他放棄對國公位的追逐，天下間，終也沒有誰是真能心想事成的。此般無奈，他權仲白又不是沒有品嘗過。放棄既定目標，清蕙的損失是要比他更大的，要擱在從前，她未必要費盡心思增股宜春，按常理肯定能推斷得出來，如能坐穩國公府世子夫人的位置，權家私下，難道就沒有力量供她使用了嗎？

想到這裡，些微睡意，倒是不翼而飛，權仲白一邊拍著歪哥，一邊心不在焉地就思忖了起來。清蕙說得對，有些問題總歸不能不去想。現在大哥夫婦是不可能再從東北回來了，拋開幼金不算，叔墨、季青，哪個能當得上將來國公府的家？這要是誰都不能勝任，長輩們終究還是不會放過他的。

不過，話說回來，叔墨也就罷了，季青性子機靈、頭腦聰穎，未必就不能當得起國公府。起碼守成那是夠了的，在這個地步，再談往上進取，也沒有太大的意思。將來婷娘若能生下一兒半女，維持和天家的親戚關係，眼下已經隱然開始布局的奪嫡之爭，和權家是真的沒有關係了，頂多有他在，能提前和倒臺者劃清界線。長輩們應該也能滿意吧？有婷娘在，家裡又是兩、三代，可以不必擔心被權力中心剔除出去，他也算是對這個家仁至義盡了……

當然，這也是建立在……

想到寒冬臘月裡，被丟在立雪院中的那顆人頭，權仲白拍著兒子的手，不覺重了幾分。歪哥抽了抽鼻子，呢喃了幾句什麼，倒是把他從迷思中驚醒了過來，他慌忙放輕了手勁，將兒子又安撫得沈沈睡去，這才撐著下巴，任思緒遨遊在無邊無際的心湖之中。

毛三郎、毛家，達家、達貞寶……那次兩人大吵，清蕙還讓他和她繼續維持不和，以此來試探達家的清白。沒想到他在密雲受傷，這件事也就從而遷延擱置，再不提起了。他們究竟也還是沒把不和表露在面上，達家也是寂然無聲，足有小半年沒和他有什麼來往了——恐怕是新春問好，在長輩那兒受了冷遇，自己也就識趣地不再輕易有所往來吧。焦清蕙也絕非算無遺策，對達家那位寶姑娘的擔心，看來就屬多餘。

改明兒，還是遣人上門問泰山一聲好，再送點藥材吧。泰山生辰快到了，今年的生日禮，倒要親自過目一番了，生日當天上門道賀，正好可以給他扶個平安脈……

想到這裡，權仲白忽然發現，他已有許久都沒去歸憩林看過達貞珠了。上回過去，還是和她解釋將歸憩林換作梨花的原因，這回到沖粹園，一眨眼快一個月，他抽空和清蕙出去遊玩了幾次，倒是再沒有和從前一樣，有時半夜三更，還會到歸憩林裡出出神。

時移世易，任何人、任何事都在不斷變化，即使是他也毫不例外……他輕輕地嘆了口氣，思緒不禁又飄到了達貞寶身上。她生得和貞珠，的確是極為神似，那也是個可憐人……如果現在還在京裡，恐怕她的日子，也不會太好過了。

不過，再難過，過的也是小姐日子，發的也都是小姐的憂愁，這世上還有許多人，屋中連隔夜米都不存，冬天冷死，夏天就能熱死。權神醫的思緒，也就只是在達貞寶上略略一轉，就又飄了開去。他開始心不在焉地琢磨脈案了，太后的、太妃的、皇上的、皇后的……

忽然，屋外傳來了急促而有節奏的腳步聲，權仲白聽慣了這人的足音，也早猜到了他的來意。等桂皮掀簾子回報「太后娘娘中暑，靜宜園那邊請您過去」時，權仲白已經翻身下床，換上了外出的衣裳。

天氣暑熱，太后又是有年紀的人了，有點毛病也是很正常的事，宮中太醫隨便開點方子也就罷了。這一次會請權仲白過來，主要還是因為她吃完成藥後腹瀉了幾次，覺得瀉得有些頭暈了，不大放心讓御醫繼續伺候，便特地傳了權仲白過來。其實又哪有什麼大事？無非人老藥力猛，多喝些溫水，藥力化開了，自然也就痊癒。倒是忙壞了幾個跟著過來避暑的妃嬪，打從淑妃開始，寧妃、賢嬪，幾個有臉面的主子，全都忙前忙後，親力親為地伺候太后，任何事情都分著來做，絲毫不假手於人。倒是皇后因身分特別，可以安坐一邊，看幾個「姊妹」表演。

其實，這些人畢竟是主子出身，說起服侍人，哪裡比得過專門調教出來的宮人子？權仲白看太后精神萎靡地受著牛淑妃的拳頭，倒也挺為她難受的，他道：「還是靜臥休息吧，別捶著背，倒是又把腸經給捶出反應了。」

牛淑妃有點尷尬，拿開手規規矩矩地就坐到皇后身邊。

皇后瞅了她一眼，也未曾落井下石，反而關心起皇次子來。「聽說皇次子這幾天都沒有睡好，直嚷著頭暈，可是真事？」

「應該也是熱的。」牛淑妃說。「休息休息就又好了——正好，權神醫今兒進來，也就順便給皇次子扶扶脈吧。」

當神醫的就是有這個好處，上回權仲白那樣說話，換作是別人，牛淑妃還能善罷干休嗎？可就因為他的身分，牛淑妃也就是當時氣一會兒，氣過了，還不是要找他給皇次子扶脈？這個小小的過節，可不就是揭過去了？

牛淑妃這裡喚人，那裡皇后就數落她。「皇次子是妳的孩子，也是皇上的骨肉，天家無小事。他有一點不舒服，就該傳太醫，那樣聰穎的孩子，萬一出點什麼差池，別說妳這個做娘的，連我、寧妃、賢嬪都要跟著心痛。」

她雖然這幾年見老，但在外人跟前，皇后架子還是端得很足，這一番話，說得真是刻骨。

牛淑妃望了小牛賢嬪一眼，抿唇就要請罪。「是妾身疏忽了——」

倒是小牛賢嬪神色不變，還幫牛淑妃把話題給拉開了。「天熱失眠嘛，倒是人之常情。我瞧娘娘眼下青黑，昨晚怕是也沒睡好吧？」

「只睡了一個對時。」皇后的失眠問題，這幾年來漸漸也公開化了，她不免嘆了口氣，一時還真無暇挑撥牛賢嬪和牛淑妃的關係，自己黯然道：「起來就再睡不著了，只好睜著眼睛等天亮。」

這一群人在一處，難免唇槍舌劍地打機鋒，權仲白也懶得搭理，待皇次子過來時，他留神看他雙腕，卻不見那串夜光珠串，再品皇次子的脈象，和以往也無任何不同，倒是鬆了一口氣。看來，自己當時那幾句話，看似觸怒了牛淑妃，其實多少也還是令她心懷顧忌。

「上回進宮，娘娘得的那串石珠，不是說要賞給殿下的嗎？」他就逗皇次子說話。這孩子生得很美，不大像娘，一半像皇上，一半有點像他族姨小牛賢嬪。按牛淑妃的說法，那是「像他舅舅的眉眼」。五、六歲年紀，已是眉目如畫，膚色又白，兼且口齒便給，是很討人喜歡的，倒是要比太子看著更惹眼許多，一向也很得父親的寵愛。「殿下得了寶貝，也不戴出來給我瞧瞧，倒是藏得密密實實的。」

他是口無遮攔出了名的，任何一個人都不會和他計較失言之罪，牛淑妃即使神色一變，可看得出也只有自認倒楣，卻不敢當著皇后的面發作權仲白。

皇后也問道：「什麼珠子？這麼稀奇，連神醫都記在了心裡？」

皇次子給母后行了一禮。「回母后的話，是南邊進貢來的一串珠子，因能發光，很是罕見難得。母妃見到喜歡，就賞賜了給我。可這等吉祥物事，哪裡是我可以擁有的呢？前幾日上課時，我就轉呈給哥哥了。」

雖說年紀小，可還真是懂事，這一番話說來，皇次子顯得多麼的孝悌，得了一點好東西，還不敢自己藏著，要巴巴地到東宮跟前獻寶……

太后這會兒已經歇過來了，她微帶皺紋的唇角，輕輕地抽搐了一下。「是你主動轉呈，還是他看了稀奇，衝你討要的呀？」

皇次子看了皇后一眼，便不敢答。

皇后的面色，登時難看了起來，她強笑道：「若真是如此，你哥哥也太不懂事了吧！放心，我給你作主，這珠子，回去就給你送來。」

皇次子還怎麼敢要呢？他慌忙搖著手。「哥哥就是看了稀奇，問了一句，我也的確覺得這東西太過了，不是我能承受得起的。母后您這麼說，我以後可怎麼有臉見哥哥呢！」

皇后損傷了臉面，怎能不堅持要還？牛淑妃勢必也要出面為兒子幫腔，兩人一個要給、一個不收，妳一言我一語，鬧了個不可開交。
權仲白這裡給太后開方呢，也被吵得遲遲不能落筆。
太后被鬧得心煩了，便道：「一串珠子，多大的事兒？既然這麼好，那我老婆子倚老賣老，就送到我這裡來吧！」
卻是螳螂捕蟬，黃雀在後，把這珍貴的珠子，給收到了自己的珍藏裡……
權仲白想到清蕙幾經思量，方才慎重地許可——
「我知道你的性子，皇次子小小年紀，十分無辜。那東西雖然還不知道如何發揮作用，但肯定不是什麼好物事，要你眼睜睜瞧著他受害，自己一聲不出，也的確難為了你。可這石頭的事，你一旦說破，萬一燕雲衛有所聯想，好不容易才糊弄過去的事，又要泛起波瀾，這一次，便沒那麼容易洗得清。多餘的話我也不說了，得失顧慮，你心裡都是有數的。這樣吧，你還是設法再提醒皇次子一次，這東西不能帶在身邊。他要聽進去了就好，聽不進去，那也是他的命了。」
這一次讓步，真是下了決心的。可沒想到他還沒有開口呢，陰錯陽差，這石頭倒是到了太后那裡。太后有年紀的人了，未必還會戴一串石頭珠，也算是皆大歡喜。並且這麼看來，不論牛家還是孫家，應該都和送這石頭的人，沒有關聯了。
權仲白便笑道：「我親眼所見，的確是挺好的，不知是哪個縣進貢來的？也難為他有心。」

他是銜著牛淑妃說這話的，牛淑妃很是無奈，思量了半日，方勉強道：「當時我在皇上身邊，聽著他也提了一句——這石頭，像是甘肅什麼撒裡畏兀爾的頭人獻的，也不知是在哪個州縣了。」

權仲白的眼神閃閃發亮，他微笑道：「喔，還是歸化外族所獻……看來，的確是好東西啊！」

第一百三十六章

「從二弟寫的這個章程來看，朝廷入幾分股，也不是全無好處，起碼每年打點各地官府的銀錢，也能定個數額，不至於隨行就市的，換一個就重開一次口，還得耐著性子和他們周旋。有朝廷做靠山，拿銀子行方便，反倒簡單了。」喬大爺一邊搓著鼻梁骨，一邊頗有幾分疲憊地道。「借機重新增資，把權家、牛家、達家的份子重算一遍，想必幾家人也都說不出話來。」

沖粹園什麼地方沒有，空置的屋宇最多，此番幾巨頭上京，蕙娘索性為其各自備了一套清幽的客院，自己帶著幾個管事，每日裡在蓮子滿邊上的幾間小屋裡開會，取個僻靜幽涼。隨著喬二爺、喬三爺各自抵京，又深入分析過了利害得失，也經過幾天激烈的辯論，到今日，總算也是統一了態度：人不能和天鬥，既然皇上對票號勢力不放心了，想要加以規制留心，宜春號除了配合以外，也沒有別的出路可走了。要知道天威赫赫，就是焦閣老還在臺上的時候，皇上若親口問起票號，恐怕老人家亦要作出相應的犧牲，來安撫皇上。只是稀釋少許股權，已算是很好的結果了。

不過，商人做生意，從來都是不吃虧的，十多年前送出去的乾股，現在雖不說收回來，但藉著稀釋股權的名義，減持各府股份，日後玩弄手腳削減分紅，在他們來看那是再正常不過的了。看在蕙娘面上，權家他們肯定不會多說什麼，但達家那三分乾股，恐怕要保不住。

「牛家這些年來，倒是漸漸在西北幹得有聲有色——」蕙娘並不提達家，只是若有所思地道。「雖說長房沒什麼大出息，但二房卻很紅火，年前封爵的消息沸沸揚揚，年後雖沒落到實處，可牛將軍一下拔了兩級，現在已經是正二品的撫北大將軍了……」

「他再當紅，在西北還是桂家說話算數。」喬大爺並不以為意。「牛家和桂家在西北的幾次交鋒，都落了下風，將來十年內，只要桂老帥無恙，整個西北也就只有楊家能和桂家爭鋒了。不過，楊家現在最得意的楊閣老，和本家連繫卻不多，也不熱衷於提拔本家子弟。寶雞楊倒是更看小五房吧，偏偏，他們家老太太年前去世，安徽布政使左參議楊海晏、陝甘巡撫楊海清現在都丁憂在家呢。楊海清還好，和楊閣老連繫還是緊密的，楊海晏是有名的楊青天，在安徽不知得罪了多少人，只怕起復要有困難了。倒是桂家，本家子弟不多說了，按部就班的，西北前線十萬大軍，叫得上名字的將領，十成裡有七成，不是姓桂，就是桂家嫡系出身。牛家要和桂家在西北爭鋒，還差了那麼一口氣。」

喬大爺也算處江湖之遠，懷廟堂之心了，這群大商人，對天下各地世家的興衰起伏是最熟悉的，蓋因票號在當地要能站得住腳，就非得和豪強家族搞好關係不可。有些事連蕙娘都不清楚，倒是喬大爺說來頭頭是道的，半點都不打磕巴。

既然牛家在西北不能立住腳，作為京城世家，在皇家入股監管之後，他們對宜春號就沒有多大作用了。天下得意的世家多了去了，宜春也未必就一定要哈著牛家。其實說到底，還是喬老三嘀咕的一句話——

「就這幾戶人家，權家那不多說了，從前在京裡，好多關係都是他們幫著牽出來的線，在東北也是幫了大忙。達家也硬硬實實地幫了我們一把，讓我們和日本人搭上線，能往家裡倒騰點銀子。這牛家，乾收錢不做事的，還真當自己是地頭蛇了，就是地頭蛇，拿了錢還保平安哪！有些什麼事往牛家送話，大爺說無能為力，二爺說又不是他得分紅，誰得分紅找誰去……呷，不說了，說起來就氣人！」

「別說了，那是仗著頂上青天不倒，就硬是要欺負人呢！」李總櫃的吧嗒了幾口菸嘴——因蕙娘聞不慣菸味，他只能乾抽著解解饞。「不過，太后娘娘也是有歲數的人了——」他徵詢地看了蕙娘一眼。

蕙娘笑道：「太后娘娘身體康健，雖說上了歲數，可精神卻還是很健旺的。」

「就是太后娘娘去了，不是還有大牛娘娘、小牛娘娘嗎？」喬三爺擺了擺手。「唉，說這個沒意思，頂多咱們以後慢慢地就不和他們家打交道，也就是了！」

「以孝治天下，太后娘娘和另兩個娘娘哪能一樣呢？」喬大爺有點遺憾。「要不然，借著朝廷的勢，把他們家股給退了完事。」

隨著宜春現在漸漸做大，牛家、達家、權家實在已無法給他們提供太有效的幫助。和勳戚打交道，也很容易出現對方仗勢欺人的現象，倒不比和文臣打交道，拿錢辦事還是十分爽快的。因此這些年來，喬家的心態漸漸發生變化，這一次說話間，就把達家、牛家退股的方向給定了下來。

蕙娘重又翻看著喬二爺擬就的條陳，因笑道：「還是世叔們精明，二叔這個辦法好，最大限度地借了朝廷的勢，又少受地方上的約束、勒索，這麼一來，每年劃出去的那些利銀，其實倒也不算有多肉疼了。」

「做生意還不就是這樣，」喬二爺的話比較少。「只能跟著行情來，現在行情如此，我們也只能儘量去適應了。不過，這也得配合您所說的增股一策來辦，不然，只有皇上在上頭壓著，恐怕地方上是不會心服的。有些自詡靠山較硬的父母官，可能還會橫加勒索，這就還不說中人們的手了。」

「有我家二爺在，那群死太監也不敢太過分的。」蕙娘說。「至於增股，我看大爺、三爺的意思，還是傾向拉楊家入夥……」

喬大爺、喬三爺、李總櫃都不自在地挪了挪身子。

喬大爺表忠心。「俺們也算是明白了，這朝堂上的事，還是得姑奶奶作主，姑奶奶眼神利，主意正，咱們跟著做就行了！」

眼神利？眼神要真是利，也就不至於和現在一樣疑竇重重，分不清誰是敵人，誰是可能的盟友了。蕙娘不禁自失地一笑。「楊閣老最好是別打這個主意，第一他要搞新政，是個要做事的人，對錢未必很感興趣；第二他們家也是千頃地一棵苗，連入仕都不許，可見走的是韜光養晦的路子，家業太大了，招人忌諱；第三，他雖是將來的首輔，可卻還沒上位，最是愛惜羽毛的時候，也清楚皇上對票號的覬覦，未必會沾手票號這個香噴噴的熱炭團。」

先後幾句話，把楊閣老的心態剖析得淋漓盡致，又有理有據，幾個人都只有心服的分。

喬大爺說：「那王家……」

「王家第一沒錢入股宜春，第二也是一個道理，功名心重，又是皇上近臣，很明白皇上那不可告人的心事，不會有這個膽子的。」蕙娘說。「現在朝廷中沒有誰的威望足以蓋過皇上，任何一個文臣入股，都只能被我們拖累，而無法遮蔽宜春。我看，還是要找地方武官才好。桂家、崔家都是世鎮地方，一百多年來把持地方防務，雖然平時低調得很，但已經在當地生根發芽，就是皇上想要搬動，又談何容易？我看，還是在這兩家間選任一家吧。」

桂家猶可，崔家卻是權家的新姻親……喬家幾兄弟對視了幾眼，喬大爺先道：「崔家僻處東北，下來就是華北，大江以南，知道崔家的人可都不多……對朝政影響，有限了點吧？」

「的確，東北已經平靜了很長一段時間了，偶有動靜，也都是小打小鬧。」蕙娘卻不在乎幾兄弟的小算盤，她從容地肯定了喬大爺的說法。「倒是西北，一波未平，一波又起。好不容易死了個達延汗，還沒到十年呢，羅春又不老實了。雖說嚷著要娶公主、娶公主的，可觀其行徑，這個公主就是填進去，那也是白填。現在南邊打仗，海外又有遠憂……起碼十幾年內，皇上不會大動桂家的。他們家長年累月地在西北待著，不清楚皇上的心意，又窮得很，入股宜春也有很充足的理由，皇上未必好意思和桂家計較。天下間高官雖多，可掌握兵權的人卻沒有多少，桂家還有一個好處，那就是距離後宮很遠，拉桂家入股，不會招惹皇上的忌諱。」

現在掌握兵權的幾個世族中，也的確就是桂家和崔家，同皇室沒有什麼親戚關係了。就是許家，還有個太妃、安王在呢，有些事有些時候，那真是說不清的。幾個商界菁英懵懵懂懂的，也明白蕙娘的顧慮，他們恐怕也是揣測過了蕙娘的候選名單，但卻沒想到桂家。喬大爺和李總櫃對視了一眼，兩人一時都沒有說話。

「這麼大的事，肯定是越慎重越好。」蕙娘道。「大家回去也好好想想，大概後日，應該能給個答案吧？當然，也要刺探桂家的想法，更要摸摸他們家的家底。」

喬二爺是長年在北方做事的，他對桂家家風倒是很有信心。「大家大族，難免糟污事，但桂老帥是靈醒人，一言九鼎，牙齒當金使，比京裡這些誇誇其談的老爺們要爽快得多了。」

蕙娘實在也是比較信任桂家的，前些年那場大戰，桂家、許家都是出了死力，否則，大秦半壁江山，只怕早已不保。她之所以挑中桂家，也是因為在幾個可能的選擇裡，桂家和那幫派的關係應該最為疏遠，畢竟，他們就有養寇的心思，但往外運火器的事，他們估計是幹不出來——火炮無情，真把北戎給養肥了，轟死的第一個就是桂家人。聽喬二爺這一說，她更放心了。「還是查一查，摸摸底再說。」

利弊都分析到這分上了，皇上那邊，雖知道什麼時候行動，幾個大老也都是日理萬機之輩，知道這種事拖不得，才只是下午，喬大爺就代表眾人給了答覆：都認為拉桂家入股，一則令宜春多些分量，讓皇上多少也更顧忌幾分，俾可使宜春同皇權周旋時，多出幾分從容；二來可令宜春在西北的腳步更加快幾分，甚至還能往北戎境內，乃至更西的地方拓展開去；三來桂家作風爽快，收錢一定辦事，拉他們入股風險最小，的確是最理想的選擇。

既然如此，該做什麼事，眾人心中自然都有數的，蕙娘特別派出焦梅給她帶信，令他陪著喬大爺，前去西北和桂元帥親自接觸——至於關係，那倒是現成的，當時西北戰事緊，餉銀又到得慢，桂家不知和宜春打過幾次交道。別說是當地管事，就是喬大爺，都曾和桂元帥吃過幾次飯呢！至於桂家的底細，等人到了當地，自然可從分號管事，乃至喬家在當地的子弟口中，得到更多的訊息。

任何一個龐大的家族，隨著年歲的增長，開銷只會越來越大，尤其是窮文富武，練兵習武的花費絕不在小，桂家雖然不算窮——能打仗的將領，就永遠不可能窮——但也絕不會嫌錢多。再加上如今宜春的確缺少靠山，楊家、焦家的關係，又是眾所周知，王家、何家等其餘人家，又都有種種原因不便拉扯入股，桂元帥很快就流露出了對增股的興趣，正好，通奉大夫鄭老爺正辦五十整壽，桂家次子也要陪妻子鄭氏進京拜壽，他讓喬家帶話，在鄭老爺大壽之後，還請蕙娘賞臉，見一見他這個不成器的犬子桂含春。

鄭家的喜事，的確也是城內盛事之一，權夫人特地讓人給蕙娘帶話，令她和權仲白回府過中秋時就小住幾天，陪她到鄭家赴宴，也順帶就趁中秋宮內夜宴的機會，進宮探一探婷娘。

長輩有命，又借著是中秋團聚這麼冠冕堂皇的藉口，小夫妻自然不可能回絕。待得重回立雪院安置下了，蕙娘就抱著歪哥，先去給太夫人請安：這三、四個月裡，權仲白有時候進城辦事出診，還會在府裡安歇一、兩個晚上，可她和歪哥，卻是實實在在的，三、四個月都沒有進城了。

在沖粹園住慣了，免不得就要嫌國公府小而且舊，一樣的樑柱，支在城裡，彷彿都平白低矮了幾分，行走在其中，難免令人有壓抑逼仄之感。蕙娘還可，歪哥顯然就更喜歡沖粹園，才一回立雪院，就牽著母親的手，直喊著要睡午覺，把他抱回原來起居的屋子，他又不樂意了，鬧得哭了一陣，被母親抱起來安撫了一會兒，方才接受現實，快快地靠在蕙娘懷裡，吮著一粒糖塊。等進了裡屋，蕙娘把他放到地上，想給長輩們展示一番他的進步時，人家小歪哥可有脾氣了，腳軟綿綿的，就是不肯自己站，非得要抱著母親的小腿，蕙娘只好匆忙給太夫人、權夫人問了好，無奈地將他重又抱起，放到了自己的膝蓋上。

只要是有年紀的人，就沒有不愛孩子的，自家的孩子，自然是更為喜愛。

太夫人逗歪哥說了幾句話，便很痛心。「怎麼能抱到沖粹園去呢？這一走就是三、四個月，歪哥已能說一個短句子了！幾個月前，還在往外蹦字兒呢！」

權夫人也親暱地埋怨蕙娘。「幾次喊你們回來，你們都裝聾作啞的，難道在香山待野了，家裡的事，一律都不管了不成？」

這三、四個月，頭一、兩個月還好，蕙娘沒動靜，府裡也就跟著沒動靜。後一、兩個月，權夫人打發人來香山送這送那的頻率明顯變高了，蕙娘卻還是沒動靜，也難怪長輩們要有此疑惑了：新婦才過門，讓點地兒給人家表現，是妳識趣。可這一去沖粹園，就杳無音信的，是和家裡嘔氣呀，還是怎麼著的，居然真要撂挑子不幹了？

蕙娘只笑。「在那裡也有些生意上的事要忙。」

「是皇上有心要收編票號的事？」權夫人眼神一閃，又責怪蕙娘。「這麼大的事，也不給家裡送個信，起碼家裡也能幫著妳打聽打聽不是？妳這就真是見外了。」

一、兩個月的工夫，不論哪兒露點話風，傳點消息，傳到權夫人耳朵裡，似乎也不稀奇。不過，蕙娘可以肯定，她自己的那些下人，是絕不會出去亂說的，若非是喬家人透風，就是皇上身邊有人洩出消息來給權家知道了。只是這一句話，都可看出權家身為百年世家，雖然現在無人出仕，可檯面下真不知有多少人脈。

「也就是這麼一提吧，這都兩個多月了，好像還沒有進一步的消息。」蕙娘輕描淡寫地說。「全副心思，都放在地丁合一上了，也許要到一、兩年以後，才舊事重提，也是難說的事。我也不是見外，就怕皇上只是隨口一提，我們小題大做，倒是把事情給鬧大了。」

她都這麼說了，權夫人難道還能拿熱臉去貼冷屁股，一定要幫忙？她免不得有些訕訕然。

蕙娘可能也覺得自己有些過分了，便開口關心三弟媳。「蓮娘過門也有幾個月了吧，這一陣子，在家都還如何？還以為她也在擁晴院裡呢，沒想到反倒不見人影了。」

「她也挺精靈的。」權夫人和太夫人對視一眼，兩人眉眼間就都有了一點笑意，太夫人道：「家務上手得挺快，別看年紀小，可精明得很，幾個月就管得井井有條了。這次中秋，妳娘就讓她主辦了，自己倒是偷了閒出來，成天到我跟前服侍。她這會兒沒過來，應該也是在忙吧。」

蕙娘不禁點頭笑嘆。「從小就知道她是個能幹的，這倒也好，免得我去了沖粹園，心裡也放不下家裡，總覺得我們偷懶在外，家事竟不知該交到誰手上才好。」她順水推舟、打鐵趁熱，緊跟著便道：「既然蓮娘能夠上手，倒是想向娘討個情面——多了個歪哥，真不知多了多少事，沖粹園現在很缺人手，既然蓮娘已經能上手了，那我留在府裡的幾個陪嫁，便讓我帶回沖粹園去吧？」

這句話出來，太夫人、權夫人婆媳是真有幾分愕然了，兩人對視了一眼，一時竟都沒有答話。

國公府這麼大的家業，怎麼會缺少管事的人才？大不了，當年蕙娘沒進門之前，老一套的班底拿出來，難道還管不了家了？當時要把蕙娘陪嫁留在府裡，無非是表達一個態度：讓她始終對府裡維持一定的掌控力。這一點，幾個主子也是心照不宣的，這三、四個月她一直寂然無聲，往好了說，那也是給蓮娘一點表現的餘地，把姿態做到了十分，可現在這個意思，難道是要抽板走人，和她相公一樣「我不和你們玩了」？

可仲白鬧著要走，那是因為他對這個家根本無慾無求，她焦清蕙那能一樣嗎？不說她的娘家，就說她的陪嫁，皇上這才要對票號下手，她正是最需要家裡勢力幫助的時候，怎麼不但不婉言求助，反而擺出這般態度，臨陣脫逃？

而這個家的幾個媳婦，林氏不想玩可以，權伯紅是想玩的；何氏不想玩也無所謂，家裡對叔墨本來就沒抱太多的希望；這焦氏不想玩了，大不了光棍一點，股份一賣，萬貫家財在身，仲白是要錢有錢、要人有人，以他的性子，只怕恨不得馬上就到廣州去，遠遠地離開這片是非之地了吧……

權家這兩婆媳，也的確都是聰明人，蕙娘這麼一句話而已，她們立刻就推斷出了這種種後果，兩人眼神一對，權夫人便笑道：「這怎麼行！讓妳去沖粹園，是讓妳小住，不是讓妳去了就不回來的。蓮娘再好，年紀還小，沒妳這個嫂子掌弦那怎麼能行？這次回來，就不要回去了吧？冬天路滑，仲白來回奔波，那也不是個事兒！」

蕙娘唇邊，逸出一線寧靜的微笑，她淡淡地道：「娘說得也有道理——」見權夫人和太夫人都鬆弛下來，她才多少有幾分調皮地把話給補完了。「待仲白回來，我和他商量一番吧。依著他的意思，他要住在哪裡，那就住在哪裡好啦！」

即使以兩位長輩的城府，被她這麼跌宕起伏、一波三折地玩弄情緒，幾次驚幾次喜的，至此也都要沈下臉來：這個焦清蕙，怎麼去了一次沖粹園，竟和變了個人似的？不說討好長輩吧，竟反而要拿捏起兩重婆婆來了！難道少了她焦屠戶，國公府就只能吃帶毛的豬？

第一百三十七章

雖說蕙娘這個態度，肯定無法取悅兩重長輩，但難得二房一家人回府，家裡人肯定也不能沒個表示。當晚席開兩桌，連四老爺、五老爺都賞臉過來，一家子人在後花園擺了幾桌，也算是為二房接風了——只是宗房人丁稀少，女眷這一席裡，居然沒有一個未出嫁的小姑娘，倒是四房、五房的幾個女兒家，圍著老太太團團而坐，把場面給烘托得熱鬧了幾分。

這些瑞字輩的嫡女、庶女，雖說父親都只是捐了幾個官職在身，但怎麼說也算是國公府的第三代，從小到大，自然也是錦衣玉食，過著人上人的日子，時不時還能進國公府內，享受一般富戶人家難以享用的富貴。

此時月明星稀，鴛鴦廳裡外兩重，俱都熱鬧非凡，酒過三巡之後，隔了水更有權家家養的一班小戲咿咿呀呀地吊嗓子，雖說女眷們身在陰面，只能靜聽清唱，但崑曲的精髓，本來也就只在一個「唱」字上。

太夫人手敲椅背，若有所思地為她們打著拍子，似乎已是聽得癡了。

就連蕙娘，半倚在太師椅上，一手斜支著臉，聽著那字字句句清俊溫潤的唱腔，也不禁在心底暗想：沖粹園什麼都好，就是沒有戲班子。娘家那班南音小唱，自然不好討要，不過，倒可以把教席借來，再採買幾個好苗子，不過數年，自己也有個班底。大不了，和麒麟班說一聲，託他們指點一番，想來雖不說和名班相比，但日常飲宴助興，也足夠了……

她悠閒自在，只顧著吃菜喝酒，同幾個長輩說笑，三少夫人何蓮娘就要辛苦得多了。這一頓飯，她沒能怎麼吃得好，飯前忙著張羅不說，飯中還要相機和太夫人、權夫人說笑話，討老人家的好，更要照看幾個妹妹、兩個嬸嬸，還時常站在鴛鴦廳陰廳陽廳交疊的珠簾處，低聲吩咐外頭的侍女們，令其好生服侍。

穿花蝴蝶般忙了半日，這會兒諸事停當，那邊小唱們奏起樂來，屋外婆子們捧著菜，預備換下殘羹，上第二輪湯、羹、粥等物，何蓮娘才在蕙娘身邊落坐，從袖子裡掏出一條手絹來擦了擦榴紅臉頰，嬌喘細細，同蕙娘笑道——

「總算能坐下來好生吃飯了啊！」

今日這番飲宴，安排得實在挑不出一點毛病，不但菜色豐美，點心精緻，並且廳堂布置別出心裁，兩邊窗臺全被卸了，只餘紗窗籠罩，所以和從前相比，樂聲人聲更加清涼。

蕙娘隨意敬了蓮娘一杯，淡笑道：「小蓮娘長大啦，裡裡外外，都照看得有條不紊呢！」

蓮娘得到她的誇獎，高興得面上放光，她和蕙娘撒嬌。「蕙姊姊，今兒知道是妳回來，我特地給妳安排了好菜呢！妳可吃出來了沒有？」

「怎麼沒吃出來？」蕙娘笑了。「那道清燉銀魚，用的不是京裡他們自己養的那種銀魚吧？是當地捕了以後，大缸養著直送上京裡來的？」

「當時在蕙姊姊那裡嚐過一次，真覺得鮮美得很！」蓮娘嘰嘰喳喳地和蕙娘說私房話，雖說已經長大幾歲，又初為人婦，也換了更成熟一些的打扮，但那張小圓臉，還是一興奮就嫣紅欲滴，根本稚氣未脫。「回去以後，和娘不知說了幾遍，可後來再去妳府上，時機不湊巧，就也嚐不到了。這不是我娘現在去蘇州和爹在一塊兒了嗎？今年夏天，她隔幾天總給我送上一次，倒把我給吃得厭了！」

隔幾天就使這麼一班人，從太湖千里迢迢地運魚上京，以膏女兒饞吻，除了疼愛之外，恐怕何太太多少也有給女兒撐腰的意思。就是蕙娘自己從前享用的那些新鮮物事，有一半是焦閣老各地門生運送的不提，餘下一般，也都是宜春票號各地的分號上京辦事時，順帶著給捎過來的，要為了幾條魚特地派人去太湖來回，倒也懶得費這個事兒。

「確實是好。」蕙娘笑著點了點頭。「菜好，景好，月色也好，唱得就更好了。沒想到妳過門幾個月，就把家事管得這麼好了。」

何蓮娘嘻地笑了一聲，親親熱熱地挽起蕙娘的手。「還不是仗著有蕙姊姊留下的那幾個姊姊幫忙？也都是從小就認識的，我小的時候，還一道踢毽子、打空竹呢，沒想到這會兒倒是又湊到一起了。」她又遺憾道：「就是妳又跟著二哥去香山住，我們不得常在一起了。」

這個小話簍子，還沒等蕙娘回話呢，又滔滔不絕地問起了沖粹園的事。

「我們還沒去過，聽說那裡只有比自雨堂更好的。也難怪妳一向嚷著要去，一過去，住著就不願回來了！」

「哪有妳說的那麼好。」蕙娘也不由得失笑。

何蓮娘瞅了她一眼，加重了語調，極是豔羨地道：「怎麼不好？我聽說，那裡是能用上妳那自雨堂裡一樣的抽水馬桶的！」

蕙娘一時不禁絕倒，不過也的確如此，一般人用過真正上等的潔具以後，很難再回來用馬桶，不論多麼精緻考究，勤於刷洗，總是不如抽水潔具來得方便。她笑道：「的確，這個是比府裡要好些……」

「我就知道！」蓮娘咭地一笑。「我想呢，那麼大一個園子，白空著多可惜！從前妳不能過去，肯定是被家務絆住，所以我這一進門，妳就巴不得往我手裡一推，逃過去了不是？我還沒和蕙姊姊算帳呢，妳好歹教教我，等我上了手再說嘛！」

兩妯娌笑成一團，鬧了好一會兒，蕙娘被蓮娘撓得一身癢癢，直到權仲白、叔墨、季青幾兄弟進來給長輩祝酒，蓮娘方才罷了手，讓她掙脫出來。蕙娘雖然服飾未亂，可也笑得一臉紅暈，她悄聲責怪蓮娘。「可不是做姑娘的時候了，這就不說被外人看見了多不好意思，妳看，婆婆也衝妳皺眉頭呢！」

蓮娘慌得一顫，忙去看權夫人的臉色，可權夫人正和四夫人說笑，臉上哪有一點不快？她這才知道被蕙娘矇騙了，恨得又作勢要來撓蕙娘。「枉我還老想著妳呢！這一次回來，千萬多住幾天，我都給妳預備好了許多難得的新鮮菜色，今兒菜多，大師傅忙不過來，沒讓做。妳在家多住幾天，我慢慢地讓他們做給妳吃。」

一般內宅主婦，能刁難人、奉承人的，也就是衣食住行這些瑣事了。蕙娘有石墨在，多少菜吃不到？蓮娘會這麼說，那真是有誠意要和她處好關係。蕙娘笑著抿了抿髮鬢，瞄了權季青一眼——這個死小子，正趁著兩個哥哥的身軀遮擋，偷偷地打量著她呢！雖說形跡隱密，可被他那雙眼注視著，她能生不出感應？她若無其事地道：「好好好，我領妳的情，算我對不起妳還不行嗎？妳不是喜歡貓兒嗎？那一對簡州貓，想必也看得膩了，我這兒新生了一對臨清獅子貓也好的，妳要不要呀？」

何蓮娘的雙眼頓時放出光來。「我要！」

藉著這事，她就和蕙娘嘀嘀咕咕地說起了各家女兒的下落，石翠娘、秦英娘都已經嫁到外地去了，各自說了好親，現在石翠娘孩子都有兩個了。還有吳嘉娘——

「當時在京裡顯得多麼的嬌貴，現在到了宣德，幾年都沒有一點聲音。家裡再得意又怎麼樣？宣德那麼窮鄉僻壤的地方，有誥命也沒福享。我才不想出京呢，我爹說，讓三爺進軍中歷練一番，都和江南的諸大人說好了呢，年後就進去。我都有些捨不得離京……還好後來公公說了，也不讓叔墨走得太遠，就在京裡給謀了個位置，攢幾年資歷再到邊境去。」

權叔墨今年二十多歲，也到了立業的時候了。他這樣的官宦子弟，一旦從軍，起點肯定比別人高，又有何總督親自出面說情，諸總兵難道還能給個伍長了事？少說那也是百戶起。就算只為了不在親家跟前跌分兒，良國公給安排的位置，也不會比百戶更差吧？娶個賢妻，就是好，輕輕巧巧幾封信，權叔墨眼看就有了出身。再過幾年，到東海、西北邊境去歷練一番，他這樣人家的子弟，只要不離了大格，不愁軍功的。

「傻姑娘，江南魚米之鄉，那才叫好呢！」蕙娘故意說，見蓮娘有些囁嚅，似乎不知該如何回答，又笑道：「不過，家裡離了妳那也不行，妳走了，我在香山，難道還要娘再管家？四弟要是說了親，那倒好辦了。」

何蓮娘道：「四弟也正在說親呢，就不知說的是哪家姑娘了。相看了一、兩個，他都不滿意……對了，蕙姊姊，說到這兒，我就給妳說個事兒——妳可別多心啊！就是前回妳留在府裡的那些姊姊，真是幫了我大忙了，我使著太順手，都有點不想還給妳啦！妳要是捨不得，就趁早要回去吧，別到時候我難分難捨的，妳知道——」

這話說得是挺好聽的，可意思卻很明白——這是新人送進房，媒人扔過牆，人家要用自己的人管家呢，有點嫌蕙娘的那些陪嫁礙眼了！

蕙娘笑著說：「妳別多心是真的。放心吧，我特地把她們留在府裡，就是怕妳不懂得家裡的規矩。這會兒妳都學好了，我是巴不得快點要回來，沖粹園那麼大，人手很緊缺的。就剛回來去擁晴院請安時，我還和婆婆她們說起這事兒呢……」

兩人說得入神，一時竟未留意到權仲白、權叔墨拎著杯子過來了，蕙娘一抬頭，才看見他手裡拿著杯子，笑笑地看著自己，她愕然道：「你做什麼呀？」

「我不喝酒，單敬茶有點不恭敬，」權仲白說。「妳來，我和妳一道敬祖母和娘。」

這是正理，蕙娘立刻離席，和權仲白敬過了兩重長輩。

那邊權叔墨也同蓮娘一道來敬了酒，只有權季青一個人被晾在一邊。

四夫人看了便笑道：「季青今年也二十歲啦，幾個哥哥都成親了，也到了想媳婦的年紀了吧？你娘這半年來發了瘋似地給你物色媳婦，倒是比老三那一陣都積極，是不是你暗自催她，自己著急了啊？」

因是同姓，一屋子未婚少女不大避諱，不是衝著權季青刮鼻子，就是自己和姊妹們說笑。

權仲白也笑對權夫人道：「就是，老四很該說門親了，再給謀個差事，讀書入仕也好，和三弟一樣入軍隊也罷，總是個營生嘛！」

權季青袖手站在當地，垂著頭一聲不吭。

倒是權夫人笑道：「好啦好啦，別打趣他了，你們快出去吧！」

她並不否認四夫人的打趣，反而又叮囑四夫人、五夫人。也向著兩個媳婦道：「妳們有了好人家，也別忘了給弟弟留心留心，啊？」

在眾人的笑聲中，太夫人揮了揮手。「安靜聽戲吧，正唱好段兒呢，這個小戲子，唱的〈驚夢〉的確是好……」

這一頓飯，大家都吃得很盡興，女眷們盡歡而散，太夫人、權夫人和蕙娘都各自回了院子，何蓮娘親自將兩個嬸嬸送上轎子，看著出了甬道，拐過彎去了，又回鴛鴦廳看了，見眾婆子已將廳內收拾乾淨，方才心滿意足，又是興奮、又是疲憊地扶著丫頭的手，回了她和權叔墨居住的安廬。

她事多，權叔墨事兒卻少，業已梳洗過了，正在燈下看《唐太宗李衛公問對》。蓮娘換了外衣，正等丫頭拎熱水呢，見丈夫獨坐燈下，從後頭看去，真個溫文儒雅，情人眼裡出西施嘛，不禁就從後頭抱住他，靠到權叔墨背上，夢囈一樣地道：「今兒累了一天了，你連句『辛苦了』，都不肯和我說……」

權叔墨握著她的手拍了拍，有些心不在焉地翻過了一頁。「累了吧？今兒早點休息，這幾個月忙進忙出的，人是都瘦了一點。」

蓮娘的微笑，就壓在了權叔墨肩上。「累也還好，以後總會慣的……」到底年紀還小，有了得意事，就想和丈夫分享。「我今晚和二嫂說了，讓二嫂把她的丫頭們領回去。」

她沒留意到權叔墨忽然的僵硬，兀自絮絮叨叨地道：「就和我想的一樣，二嫂為人俐落果斷，當時就一口答應下來。這次她這麼一走，我提拔幾個丫頭上去，這個家，那就真是當穩了，也不必和現在一樣，指使她們做點這個那個的，還要擔心累著了這群副小姐呢！」

「妳讓二嫂把她的陪嫁給撤走？」權叔墨抬高了聲調，把蓮娘從他肩膀上剝下來，扯到身前坐好，他很是吃驚。「妳怎麼想的，居然這麼開口？二嫂居然也答應妳了？」

「啊？」何蓮娘比他還更吃驚呢！「那不讓二嫂把人給撤走，我還怎麼管家？二嫂自己也說了，沖粹園需要人手——」

「妳怎麼管家？」權叔墨氣得笑了。「妳還以為妳是世子少夫人，還是國公夫人啊？讓妳管家，那是借妳的身分壓壓人罷了！二嫂留下的那一套班底，自己就能把府裡給管好，妳什麼身分？要妳管家！」

「我怎麼就不是世子少夫人了？」何蓮娘也動了情緒，她抬高了聲調。「你大哥身體不好，去東北休養不會再回來了，二哥從醫的，聽說過從醫的接國公位嗎？再說，他那個作派，哪——」

「啪、啪」兩聲脆響，一下子就把屋內給打安靜了。幾個丫鬟嚇得丟了手上的東西，有略大膽些的想上來勸解，才一動，權叔墨瞪來一眼，立刻都嚇得軟了腿，互相攙扶著，慢慢地就退到了一邊。

丫鬟如此，從小被嬌養到大的蓮娘，更是嚇得不堪了。她兩邊臉頰都被權叔墨掌摑，此時雙手捂臉，若非表情錯愕委屈，看著好像還在撒嬌呢！「你、你……你……你敢……」

「我是妳男人，打妳兩巴掌又怎麼了？」權叔墨冷冷地道。「妳要是條漢子，我把妳褲子脫了打板子！二哥什麼作派，是妳議論得的？妳怎麼來的癡心妄想，就一心以為自己是個國公夫人了？我告訴妳何蓮生，妳這是不知天高地厚，給自己、給我惹禍！明天妳就去找二嫂賠不是，找娘、找祖母！二嫂不在，妳幫嫂子管家那是天經地義，現在二嫂回來了，哪還有鳩占鵲巢的理？妳把總對牌親自送還去歇芳院，讓娘發落去！自作主張妳還有理了妳！」

見何蓮娘要再說話，他一揚手，頓時把蓮娘嚇得肩背一縮，好生可憐。權叔墨冷哼了一聲，慢慢放下手，沈思了片刻，又道：「等一會兒，給妳父親寫封信，讓他爭取一下，能去江南，還是去江南。有妳這個惹事精在，京城，我們是住不下去了！」

也不待蓮娘回話，他又推翻了自己的說法。「算了，指望不上妳，這封信我自己寫！妳就在這兒好好想想，妳究竟都做了什麼糊塗事吧妳！」

他猛地站起身來，掀起長衫下襬，大步出了裡屋。

過了一會兒，只聽得遠處遙遙一聲「砰」響——這是關上書房的門了。

隨著這一聲響動，屋裡才活了起來，幾個丫鬟一擁而上。「姑娘！姑娘您讓我看看，可刮破皮了沒有？」

「哎喲，這都紫了——」

在一室慌亂的低語聲中，何蓮娘的抽泣聲慢慢地就響了起來。「我、我要和離！我要和離……我要和離……」

第一百三十八章

這兩巴掌，權叔墨是用了些力氣的——也是蓮娘嬌弱，居然就被打得起不來床了，第二天她就稱了病，把總對牌交還到歇芳院去，自己是萬事不管，有來回事的婆子都被擋了駕，全打發到權夫人那裡去了。

這大家大族的，哪個子弟會輕易對妻子動粗？蓮娘這般做作，未嘗沒有引婆婆、太婆婆發問的意思，雖說具體緣由也不好怎麼說明了，可權叔墨少不得落一頓訓斥。她自己管不了相公，長輩們倒管得著吧？小姑娘捂著臉頰，憤憤地靠在床頭，只等權夫人打發人來看她，至少也給請個太醫……可這如意算盤，到底也還是落了空，歇芳院的反應相當平淡，權夫人收了總對牌，輕描淡寫地問了來人幾句，便道「既然病了，那就好生在安廬休養吧，家裡的事，有我和她二嫂呢」。

何蓮娘真是氣得牙疼，少不得又是淚飛頓作傾盆雨，口口聲聲嚷著要回娘家告狀，要和權叔墨和離。好在她養娘是個曉事的，作好作歹，還是給勸了下來。

「嫁出去的女兒，潑出去的水，姑爺就是打了您兩巴掌嘛，您上哪兒都沒處說理去。就是寫信給老爺、太太，那也是只能讓長輩們添堵。大少爺、二少爺雖在京裡，可您怎麼和哥哥們說，您是為了什麼事和姑爺鬧生分？這事兒不能明說啊！好姑娘，做人家的媳婦，委屈的時候有的是呢，咱們只把眼淚往肚裡嚥……」她說著也動了情。「苦著苦著，可不就苦慣了？」

言之成理，何蓮娘再悲苦，也只得罷了。讓丫頭們給上了藥後，她自己坐在床頭，沈思了半晌，又命養娘。「嬤嬤去打聽打聽，娘手裡的對牌，可送到立雪院沒有？」

「這還用您說嗎？」何養娘欣慰地笑了。「早就讓人出去盯著了，可二房那位嬌小姐，一早就出府回娘家了。夫人就是要把對牌給她，怎麼也得等她回來吧，那可是要緊東西，哪能隨意就擱在人家屋裡了？」

何蓮娘這才想起：二嫂這次回來，任務是很繁重的，除了回焦家探親以外，還要去王家坐坐，探她妹妹焦令文。轉過天來就是中秋佳節了，當天晚上，權夫人要帶她進宮赴宴，過了中秋，還有鄭家壽筵，更要給宗人府遞牌子，進宮去看婷娘……

她的眼淚又下來了。「養娘，二嫂、二嫂她坑我！」

就中委屈，何養娘哪裡分辨不出來？倒是要比她奶女兒更早就起了懷疑。她和聲勸慰蓮娘。「您也別多想了，您是新娘子，哪能就隨意出去拋頭露面了？再說，姑爺還沒有個功名呢，您又沒有誥命，跟著入宮赴宴，也不合適吧？」

這一次，蓮娘倒是真個多心遷怒了，她受丈夫那兩巴掌，蕙娘根本不曾得知，連知道都不知道，她哪能算出叔墨會是這般反應？何蓮娘在安廬犯著天大的委屈呢，她這廂也是一無所知，只顧安安閒閒地陪著老太爺，在焦家後花園裡散步。

老人家自從退休致仕，這大半年來少見賓客，除了王尚書時常上門請安問好，並還有幾個京中多年的門生亦不曾斷了往來，往常那些削尖了腦袋往焦家鑽的人口，如今都不知何處去了。泰半幕僚謀士，也都自尋了前程，有重投科考，巴望進仕途一搏的；有收銀返鄉，預備買田置地，下輩子做田舍翁的。只有幾個多年的老交情，或是年紀到了，已經白髮蒼蒼、行將就木，或是別有懷抱，無意功名亦不想回鄉的，還在焦家落腳，焦家待之也一樣殷勤。老太爺得閒有這些老朋友作伴，也都不覺得寂寞，靜坐修道、習拳養生，八十多歲的人了，反而頭髮轉黑、紅光滿面，看著哪有一點大病過後的樣子。

「沒想到這十幾年間，票號的發展腳步，居然這麼迅速。這最後幾年，隱然已經有些煞不住腳了。」老爺子不要任何人攙扶，雙手倒背，悠然在花陰底下一條精心盤繞成的鵝卵石路上赤足繞圈。「也是心思沒往那上頭放，否則，前些年還能發句話，讓喬家人悠著點兒，別鋒芒太露，招來皇上的顧忌。」

人走茶涼，現在的老太爺已不是首輔，份子也跟著孫女兒陪出去了，最重要的一點，從前相交莫逆的喬老太爺已然仙去，他再說話，喬家人也未必肯聽。

蕙娘道：「天家對票號的覬覦，也是隨著發展的腳步與日俱增，令他們參股監管——」

「不必多說了，」老人家卻道。「更不要解釋什麼。妳是掌權者，掌權者從來無須解釋，只有我們來聽從妳的安排。」

他腳步矯捷，未幾已在花下繞了一圈，又繞回了蕙娘身邊。

蕙娘柔聲道：「那我現在就安排您，給我出出主意，指點指點我，為孫女兒審視審視，這段時日，我行事有什麼不到的地方。」

「妳行事已經很成熟了。」老太爺站住腳，才一坐下，蕙娘便跪下身子，低著頭為爺爺穿襪穿鞋，老人家輕輕拍了拍她的頭頂。「這種思路，我也挑不出什麼毛病來。增股桂家，這想法的確很老到，除了妳和喬家明說的那些，還有一重好處，是他們所不曾想到的，這妳不必明說，爺爺我也能猜得出來。」

蕙娘抬起臉來，祖孫兩人心照不宣，相視一笑。

老爺子又道：「妳男人已經和我說了，皇后這事，壞就壞在孫侯未能及時回京，當年安排時，也沒想到就中竟有如此變化。這件事，是我有些疏漏了，不過妳也安心，孫家人我很瞭解，你們儘管放膽去做，不論是孫侯還是孫夫人，心裡都是很明白的，萬萬不會意氣用事，再結你們家這個大敵。當務之急，還是把朝廷入股監管的章程給遞上去，一旦這件事開始廷議，皇上於情於理，幾年內都不會對票號出手，這兩件事就算是掰扯開了。」

當時困擾蕙娘的三個問題，現在兩個都已得到解決，可第三個也是最棘手的那個問題：神秘幫派對宜春號的覬覦，老太爺卻不正面提起，而是徐徐地又道：「妳想要一支自己的人馬在手，辦事也能方便一點，這是很自然的事。只是這就不必問桂家索要了吧？我們自己家人雖然還不多，可也有些武林人投靠過來，都是走慣江湖、黑白通吃的老辣之輩。人都是會老的，與其放在咱們家閒養，將來等喬哥長大，他們已經老邁不堪驅使，倒不如打發到沖粹園去，給妳做點雜活。妳想查什麼，指揮他們去辦，多少年的老交情了，總是比別人家手裡拿來的新兵要方便一些。」

「也不是沒這麼想過，不過——」蕙娘話才說了一半，就又嚥了下去：老人家擺明車馬，是不想管也不敢管這幫派的事，免得橫生枝節，耽誤了養老，現在更是主動閹割，把私底下的家兵都給交割到她手上了，一些具體而微的分析，已經不能請老爺子指點了。

「我就是覺得，現在是如墜五里雲霧，四周鬼影幢幢。可以依靠的人，又不能完全信任，可以信任的人，卻又不適合依靠。」她輕輕地嘆了口氣。「難道真要把票號交代出去，同仲白去向廣州，才能真正高枕無憂嗎？」

這多少是有點賭氣了，老爺子但笑不語，半晌才問：「何家那個小姑娘，沒給妳添什麼麻煩吧？」

「還是以前的脾氣，」蕙娘又攙起了老爺子的手臂。「簡單活潑，挺討喜的。滿心以為大房去了東北，我們二房又回沖粹園去了，這家裡就是她的天下。迫不及待，已經要把家務給接過來了。」

老爺子「唔」了一聲，倒是若有所思。「這動作，有點過分急迫吧？才三、四個月，就這麼著急要拔除妳的人了？這種事，肯定是上峰來做更為名正言順，她和妳溝通，其實已是犯了忌諱。」

何蓮娘十一、二歲的時候，就曉得為哥哥說好話，替父親討好老爺子了。沒有特別的事，她會這麼著急上火地想要把府內大權歸屬給坐實了？蕙娘有幾分愕然，再一細想，也不禁拜服。「是孫女兒想得淺了，恐怕蓮娘的自信背後，也藏著些說不清、道不明的恐懼吧。」

「家裡就這麼幾個人，能害妳的主子，除了老三就是老四，餘下老五和他娘，沒有這個動機的。妳搞清楚何家那個小丫頭顧慮的是什麼，怕的又是什麼，只怕這個謎，十分裡也就破了有七分了。」老爺子伸了個懶腰。「家裡澄清了，就沒什麼不能互信的。到那時候，再把妳的事衝長輩們挑明，用權家的力量來查外部，那就省力得多了。」

不愧是老爺子，再複雜的局面，他幾句話，輕輕鬆鬆就給點撥出了一條可行性很高的路子。蕙娘思來想去，也尋不出什麼破綻，她不禁就笑道：「那這也得在家裡才能查啊，看來，這又得往後拖了，這次回沖粹園，不把老二生出來，我是不會回來的。」

「拖拖就拖拖。」老爺子不以為意。「有些事得快刀斬亂麻，有些事，妳拖一拖反而好。只要是人，行事沒有不露破綻的，這一點，對任何人來說都適用，只差在破綻大小罷了……」

還說要和蓮娘多套套近乎，聽聽她這幾個月在府裡當家時的見聞呢，才回國公府，蕙娘就傻了眼了：頭天抵步，第二天三房就痛快利索地交了權、稱了病，要不是蓮娘昨晚和她一頓嘀咕，盡展野心，她還當蓮娘不過是權夫人手中的傀儡，見她想要退出紛爭，老人家一發急，就立刻把大權要重交到她手上呢！

不過，事已至此，不論蓮娘出於什麼動機，態度驟改已是既成事實，權夫人順水推舟，便讓她留下來過年。

「知道妳這幾天也忙，忙過了再來接對牌吧。何氏這孩子，年輕稚嫩，還擔不起大任，勉強支撐到妳回來，這不就急著卸擔子了？」

婆婆要媳婦管家，媳婦難道還能說一聲「我懶怠管」嗎？

蕙娘當時含糊過去了，晚上就和權仲白商量對策。「這可怎麼好？接下這個擔子，還不知什麼時候能回去呢！」

權仲白的臉色也不大好看。「今兒三弟找我，倒是把事情都說清楚了。」

權叔墨也是老實，何蓮娘任何一句話都原原本本給轉述出來了，現在再經由權仲白的口轉給蕙娘聽，蕙娘又是好氣、又是好笑——這真是純然的蓮娘口氣。

她道：「其實蓮娘有這個想法，也不為過。季青都還沒有成親呢，我們又一臉與世無爭的樣子，這位置在她看來，自然是非叔墨莫屬了。再說，爹也很配合嘛，立刻就給叔墨在軍隊裡謀了出身，軍事本來就是我們這樣人家出身的正道，她的想法，自然也就更多了。」

「話雖如此，可叔墨的性子過分直接，不說話也就算了，這一開口……」權仲白衝她攤了攤手。「他說他很有自知之明，有話就必須要說，絕無法保守秘密，因此對國公位毫無想法，沒奈何媳婦不聽話……他已經打算去江南住幾年再說了，還請我向爹說項。我和他互相推辭了半天，害我一下午什麼事也做不成。」

蕙娘簡直快笑暈過去了：國公爵位，那可是世襲罔替，超品出身。焦老爺子辛勞了一輩子，也算是位極人臣了吧，可焦子喬就頂多只能恩蔭一個貢生，真要入仕，還得十年寒窗，考出來從七品、八品開始打熬。這麼一個力保自己一系血脈永享富貴的位置，權仲白不屑一顧也就算了，權叔墨居然也是毫無想法，兩人還擱那兒推讓呢！這「孔融讓梨」的一幕，發生在現實中，怎麼就如此滑稽？

「其實，能有如此自知之明，也算是聰明人了。」她笑得肚子上的肌肉陣陣發緊，只得一邊揉著，一邊帶些乏意地道：「他說自己沒有城府，那是真的沒什麼城府……」

何蓮娘在背後編排二哥，雖說是人之常情吧，可這麼當面說出來，對她的形象肯定是有影響的。權叔墨一定要有話直說到這個地步，可見為人處事是差了一籌。他的作風，平時當然有所流露，也就難怪國公府很多事情，都根本不叫上他，看來，在這場世子之爭中，所有人也都清楚，他不過是個過客。

蕙娘一邊思忖，一邊就慢慢收整了笑意。「不過，你不是一貫主張追求自我、蔑視權位的嗎？叔墨和你志向類似，你應該盡力成全才對，怎麼，你就只想要自己的逍遙，反倒不管弟弟的意願了？」

這句話有點鋒銳，權仲白卻只能吃個正著，他本來靠在梳妝檯邊上的，這會兒也煩得站不住了，走到蕙娘身邊坐下，不知不覺，就拿起她的手把玩。「叔墨要去江南，我自然沒有居中作梗的道理。可他讓我去和長輩們分說，卻大不好。他沒有別的意思，長輩們卻未必沒有別的想法。」

個中道理，卻也簡單：家裡這個位置，肯定要有人接的，現在權仲白居長，底下兩個弟弟可能有些想法，也算是潛在的敵手了。現在權仲白若出面把一個敵手安排到江南去了……好嘛，看來你小子對這個位置還是有意思的嘛！將來讓你接位的時候，你再說你不想幹，那誰信啊？你不想幹，那你怎把一個個對手都送走了呢？還那麼積極，親自出面說項了！

蕙娘也是深知其中道理，她忍不住笑了。「你以為叔墨就沒有別的意思？要不是你出面分說，恐怕他還不那麼容易能走得了呢！」

權仲白一驚。「妳是說——」

「你們也算是爾虞我詐了，你也不想想，你要是不願意接位，那長輩們可不就要使勁磨礪他嗎？他不讓你表態，哪能那麼輕鬆就去江南？」蕙娘說。「依我看，你還是挺著別開口吧。叔墨真正要想過去，肯定會去磨娘的，那是他親媽，兩人什麼話說不得？我們幫他，娘心裡還不知怎麼想呢！」

這個理由找得好，權仲白的眉頭便舒展開來了，他只仍有些在意蕙娘得留下來管家的事。「現在三弟妹不肯管，妳卻無從推託了……」

「辦法也還是有，但就得看運氣了。」蕙娘也嘆了口氣，她扳著手指給權仲白算。「我上回小日子，是在若干天之前，這次回來，總得各處忙上半個月的，下回小日子就在其後不久……傻子，明白我的意思沒有？」

權仲白哪能不明白？他作扶額狀。「以後小二要知道他是因為妳不想管家才懷的，還不知會怎麼想呢！」

「哪那麼多廢話！」蕙娘不耐煩了。「愛生不生，我不管你，我反正要去睡了！」

她鼓起腮幫子，噗地一聲吹熄了案上油燈，又在黑暗中指著權仲白哼了一聲，抽出手來，翻身就上了床。

至於權仲白有沒有跟上去嘛……這個只能說，所有人都要睡眠，即使是權神醫，那也是人不是？他也要睡，那自然也只能乖乖地跟著上床啦……

雖說想去探望蓮娘，但一來，蕙娘也是隱隱約約地得到了一些風聲；二來，她的確是忙得不可開交，真抽不出空來。

第二天起來，立刻就到王家去探文娘，得知文娘過得稱心如意，事舅姑恭謹，舅姑也疼愛她，和弟妹處得和和睦睦，兩人倒和親姊妹一般，又再親眼看過王家諸親戚，她方才放了心。

又去阜陽侯府上拜訪阜陽侯夫人，還有權仲白的幾個舅舅都得親自拜見。緊接著就到了中秋，她又要和權夫人按品大妝入宮朝賀，當晚皇家私宴，皇后點名邀了她，她怎能不進宮應酬？還巴望著能抽空和婷娘說幾句知心話呢！

不過，這一次入宮，卻是人還在半路上，就被截了下來，直接打道回府了。反而是權仲白，本來能在家裡過節的，又要匆匆穿戴，進宮去服務了。蕙娘才聽說此事，便知道是宮中有人突發急病，不過究竟是誰，症狀又是如何，她還是第二天等權仲白回來了，才知道詳細。很可惜的，發病的乃是皇后，她暈厥過去了。也是因此，皇上才臨時取消了宮中一切慶祝活動。

不過，這暈厥的原因嘛，卻又是喜事。就是中秋那天下午，燕雲衛自廣州快馬加鞭送回了消息——

孫侯船隊，已航至菲律賓，現在呂宋港口補給休息！

第一百三十九章

自從承平四年出海，迄今足足四個年頭，孫侯終於有了消息，這個消息，自然也立刻震動了朝野上下。各世家大族，幾乎立刻都派出人手往廣州過去，就連不問世事的焦老太爺，都對船隊表示出了強烈興趣，他遣人給宜春票號傳話，令其視方便蒐集船隊訊息，京城分號掌櫃，自然拍著胸脯答應了下來——也就是個順水人情罷了，單單是京城一地，就有幾個世家瞄上了宜春在南洋的分號，請其借助分號之便，在南洋蒐集船隊的消息。其重點，也無非集中在如下幾處：孫侯本人有沒有平安回來？所帶寶船艦隊，還剩幾支？甚至還有些消息不那麼靈通的小門閥，還天真地向宜春號打聽——孫侯這一趟是做生意去的，一走就是四年，當時載走的貨物，變作了多少銀錢回來？

這些問題，前頭幾個還好，後頭幾個就令人啼笑皆非。先不說孫侯這一去，恐怕做生意是假，追人是真，就是真的把生意做到了泰西去，賺得盆滿缽滿的，這種事，船隊會隨意告訴出來嗎？就不說南洋一地那飄忽莫測的海盜了，紅髮生番現就占著菲律賓呢，他們可不缺少槍炮！雖說寶船船隻大、船員多，他們無事不會輕啟爭端，但財帛迷人眼，有些事情，那是不得不防的！

也就是出於這樣的考慮，想著孫侯遠航歸來，恐怕人員折損不少，皇上一面急令廣州諸部遣船迎接，一面又將河北、山東一帶沿海船隻往廣州調去，一時間，前往廣州的官道上，真是增多了不少飛馬而行，一心趕路的騎士，和他們夾雜在一起的，還有許多嗅覺靈敏的大商家。這不管政治上的得失，孫侯人能回來，肯定有帶些稀奇物事，他們所見西洋商品的廣度、精度，也是這些年間已然在廣州、馬尼拉等地來往的商船所不能比較的。這種貨物，當時哪怕是花費驚人昂貴的大價錢買下都不要緊的，只要一出廣東，立刻就能翻倍賣出，絕不會虧本。要是運氣再好一點，能從管事人那裡掏出些西洋的奇技淫巧……好比幾十年前流傳開的西洋布，雖喚作西洋布，但早不是西洋製造了，前朝奪天工的大掌櫃，就是靠這個發家的，他在呂宋做過學徒，瞧見過這樣的織法。

不過，孫侯還是一貫的精明強幹，令人安心，桂小將軍所率船隊，才開出廣州港口沒有多久，就已經遇上了孫侯的遠航船隊。他們從呂宋到臺灣，從臺灣到廣州，一路走得順順當當的，竟是毫無滯澀。

皇上當即大喜，按權仲白的說法，「幾乎恨不得微服往廣州過去，把孫侯迎個正著」。饒是國事繁忙不能分身，他也是立刻傳令下去，第一，是委派閩越王這個皇室宗親為欽差大臣，前往廣州撫恤眾將士；二來，是令船隊不得私自貿易，所有存貨到達廣州以後，必須換作小船北上運往京城，待宗人府吩咐；三來，是令宗人府林中冕登船清點人數，將各色數據造冊，並急送海圖上京，以備將來所用。

連閩越王都出動了，看來，孫侯在皇上心中的地位可是一點也不淺。正逢孫家即將出孝，在幾年蟄伏之後，很多人的目光，又重新轉向了定國侯府，就連漸漸日益黯淡的坤寧宮，似乎都因此煥發出了新的光彩。皇后暈迷生病期間，皇上時常過去探視，恩寵之意，那是不減往常啊……

鄭家大壽，就是在京城這一片暗湧之中辦起來的。權夫人帶上蕙娘到得鄭家，見過了壽星，說過了吉祥話兒，再入席往那兒一坐，眾位女眷七嘴八舌，罕見地沒有議論蕙娘和她那盡善盡美、別出心裁的搭配，而是個個都在傳孫侯的船隊。有的人，說是孫侯挺倒楣的，連番遇見大風大浪，二十多艘船出去的，現在已經只有幾艘小船了；有的又說孫侯何止船隊完全，人員折損極少，而且船中滿載金銀財寶，變作了真正的寶船，到得月夜，甚至會寶光外泄；還有人說孫侯帶回了好些西洋婆子，有些是金髮碧眼，生得又怪又好看，和西洋鼻煙壺上畫的一樣，都是白皙無瑕、高鼻深目的美貌處女，也不知意欲何為；還有人又說，孫侯在泰西，和當地土著發生了不大不小的衝突，自己已經中彈垂危，這番回來，是高燒昏迷，皇上星夜命太醫去廣州給他醫治，就是要讓他在去世之前，能回京城見皇后一面，和她道別……

這諸多傳言，有些真是居心叵測到了極點，也不知是從何傳起的，不過，這最後一條，終於也讓眾人的注意力轉到了權家婆媳身上。

阜陽侯夫人先「喲」了一聲，道：「怎麼今兒妳這麼有興致，還把媳婦給帶出來了？」

她容光煥發，顯然高興於蕙娘有分跟著婆婆出面應酬——這也從側面證明了二房在國公府的地位依然穩固，蕙娘雖不聲不響，但鋒頭卻依舊壓過何蓮娘。緊跟著，她便問蕙娘：「仲白這些日子很少外出走動，別是也接了令下廣州去了吧？」

「這就不知是從何說起了。」蕙娘看了權夫人一眼，見權夫人微微點頭，方才笑道：「我們可沒有聽說什麼高燒昏迷的事，仲白倒是想到廣州去呢，可家裡又離不得他。」

阜陽侯夫人還沒說話呢，又不知是誰，想起了蕙娘的身分似的，在一邊笑道：「妳是票號東家，不是說宜春在南邊海外是有分號的嗎？可算是有一手消息了，快說說，這孫侯的船隊，還是全鬚全尾嗎？到底這番去泰西，掙著錢沒有？」說到這兒，才算是露了真意。「宮中有消息說，皇上預備組織二次下西洋，這要是能掙著錢，我可就託人情參股去了！」

眾人頓時又是一頓議論紛紛。「我們也聽說了此事，那邊船隊才到廣州呢，連掙錢還是賠錢都說不清，皇上就要二次出海，難道真是賺得不成樣子了——」

「也沒準兒是賠盡了呢，皇上不甘心，又要再去一次……」

眾怒難犯，眾人如此熱心發問，蕙娘也不敢怠慢，她笑著解釋。「不獨是諸位，就是孫夫人，都衝宜春打聽呢！可宜春雖然在海外有開設分號，卻也不是時時都能互通消息，這會兒沒到每年算帳的時候，兩邊唯一的來往渠道，就是押送銀錢的那些人把信帶來，這帶著銀子，走路就慢了，我們也是兩眼一抹黑，不比誰知道得多。」

眾人均都失望，很快也就無視蕙娘，又熱烈地討論起來。就連權夫人，都難免被阜陽侯夫人拉進一個小圈子裡，聽說閩越王往廣州去的事。蕙娘倒被冷落到了一邊——這也是因為這樣的場合，一般的主母帶出來的媳婦，年紀都要比她大上十幾歲，彼此也是早都相識的，她的那些閨閣朋友們，現在多半都還在生孩子熬資歷呢，除非深得疼愛，否則又有哪個能跟出來見客？

她也不覺得無聊，只側耳聆聽眾人紛紛議論，倒是深感有趣。正悠然自得時，身後腳步輕響，一位少婦在蕙娘身邊站定了，笑著同她招呼道——

「焦妹妹，我們好久不見。」

這正是通奉大夫嫡女，桂含春少將軍的太太了。

蕙娘和她年紀相當，來往雖不密切，但也見過幾面。此時自然有幾分親熱，彼此招呼過了，蕙娘笑道：「這一次回來，預備住上多久？妳倒還好，可少將軍公務繁忙，料來不能離開西北太長時間吧？」

「他是忙，這回進京，還是領了差事回來的。」鄭氏笑道。「也就能待上十天半個月吧，差事一完就要回去了。說來，本來也許還能早到幾天的，卻是我不好，路上摸出喜脈來了，倒是耽擱了他的腳步。」

蕙娘忙道了恭喜，又主動關懷。「旅途顛簸，可要小心保胎！要不然，我讓仲白上門來給妳扶扶脈，開個保胎方子——」

「正是想求這個了！」鄭氏笑著打斷了她的話。「因我平時小日子不準，摸到的時候，怕已有兩、三個月了，倒是還算平順，比他哥哥懷相要好。可畢竟是懷上了還挪動了這許多路途，我心裡也是七上八下，直打小鼓呢！不過，不敢勞動您們大駕，還是改日我和含春到沖粹園親自拜訪吧？」

增股的事，蕙娘並不想驚動太多人，對桂家在京城的住處，她也是有點沒信心。她沈吟片刻，便從善如流。「那就等妳的信兒吧！」

免不得又和鄭氏套套近乎，說些孩子的事。

鄭氏嘆息道：「不順呢，第一胎是個哥兒，倒是站住了，虎頭虎腦的極是可愛。也不知怎麼回事，從第二胎起，連著就滑了兩次，這是第三次了，我真是生怕有事。妳也知道，這孩子要是滑慣了，以後就是好胎都不容易站住……」

蕙娘為她嘆息了幾句，又問起桂含春來。

鄭氏提到相公，倒是笑容甜美。「正在外頭應酬呢，妳儘管放心，他是最好說話的一個人，雖是西北出身，但同我們意中那些西北莽漢，倒是毫無相似。為人溫文爾雅的，半點脾氣都沒有，絕不會辱沒斯文的。」

從她表情來看，為了安她的心，這說法肯定經過誇大，但大差不差，應該也是鄭氏的真心話，蕙娘不禁若有所思。

鄭氏卻也好奇地向蕙娘打聽。「難道妳半點都不知道孫侯船隊的消息嗎？我們因含春的弟弟在廣州做事，都想要託人去問了，偏偏含沁又出海迎接孫侯去了，這會兒兩人到了哪裡，都還不知道呢，真是要問都無從問起，這也只能作罷。」

蕙娘聽聞此言，唇邊不禁躍上一絲微笑，她輕輕地搖了搖頭，卻並不說話。

鄭氏見她如此，便善解人意地轉了話題。「含春還和我說呢，他在京中相識不多，如今又都泰半去南邊了，倒只有一個權神醫是舊識，正欲好生把酒言歡，想必此時我們在這裡說話，他們男人們在外頭，也已經攀談上了吧！」

桂家看來是真有心參股，鄭氏字字句句，都透著熱心親暱。蕙娘欣然衝她一笑，一開口卻道：「這倒不能了，仲白雖然也受邀過來，但今日得出診，卻抽不出空。改日你們過來沖粹園，再整頓酒席，大家談談當年在西北的故事。我有好些細節，都不知道呢……」

蕙娘說得不錯，雖說鄭家體面大，但再大大不過定國侯府，權仲白的確是無暇分身唱戲壽筵，他正在定國侯府內，給一個特殊的病人把脈呢！

「是受了毒蟲叮咬，因此反覆不能痊癒吧？」他抬起手，從容地道。「一經勞累，就又容易發起燒來？這就是因為當時毒瘡雖然痊癒，但毒水被封閉在內，時時作患的緣故。侯爺環宇歸來，早已經疲憊不堪，前陣子又從廣州一路快馬上京，面聖之後又立刻回府哭喪守孝，就是鐵打的筋骨，如此折騰，那也受不住的。不過如此小患也不算什麼，您底子深厚，不至於傷及根本。就低燒也不妨事，一會兒割開皮肉，把毒水放出，自然不藥而癒了。」

割肉放血，聽著就讓人悚然動容，可定國侯孫立泉卻絲毫不動聲色，他的眉頭就像是被精鋼鑄成一般，沒有什麼事，能抬得起它的一掀。雖說身著粗布孝服，光頭未冠，可精壯身形、黝黑面容，自帶著一股磅礴氣勢，充分地展示出了他的威嚴：這也是自然的事，此人能帶領船隊，橫穿驚濤駭浪，甚至到達了那傳說中的新大陸，再平安歸來，豈是易與之輩？

「神醫說這麼辦好，那就這麼辦吧。」他站起身來，自然有人上前要為侯爺寬衣解帶，以便露出患處，方便權仲白用刀。

權仲白也打開藥箱，開始挑選適合的刀具。

可不想孫侯卻一擺手，沈聲道：「我不慣有人在旁觀看，你們都出去吧，只留夫人一個服侍就行了。」

侯爺發話，誰敢違逆？不片晌，一屋子人已是走得一乾二淨，連原本陪在一邊的孫家族人都退了出去。權仲白正欲說話時，孫侯和孫夫人對視了一眼，輕輕衝妻子點了點頭後，便一掀裙裳下襬，撲通一聲跪倒在地——孫夫人自然也不落後，這對地位尊崇的侯爵夫婦，頃刻間已經雙膝落地，給權仲白行起了大禮！

「先生高情厚意，拔刀相助，將我孫家一手拯救出水深火熱之中，」孫侯根本就不管權仲白的驚訝，兀自朗聲道：「此等再世之恩，我夫婦殺身難報，請先生先受一禮，聊慰報效之情！」

說著，竟是不管不顧，衝權仲白所在的方向，咚咚咚咚……連磕了九個響頭！

第一百四十章

權仲白也算是見過世面的人了，可像孫立泉這麼實誠的侯爵，還真是首次得見。這幾個響頭，他是避往哪個方向，孫侯就往哪個方向移過來磕，他習武之人，行動矯捷的倒不要緊，倒是累得孫夫人手忙腳亂跟著轉圈，差點就跌了一跤。權仲白大為不忍，只好勉為其難，在當地立住不動，受了這充滿誠意的九個響頭。

男兒膝下有黃金，尤其孫立泉還要比權仲白大上幾歲的人，這麼一通頭磕下來，放在江湖場面上，真是再大的恩都還完了。就是在這定國侯府裡，權仲白心裡也不是沒有一絲觸動的：終究是立國至今就封出來的老侯爵了，孫家行事，一刀就是一刀，一拳就是一拳，面子真是讓人挑不出一點差錯來。

「太客氣了，實在是太客氣了！」他親自把孫侯拉起來。「你看，這毒血還沒清呢，額頭上又起了瘀血，不知道的人，還以為我不是治病，是打人來了呢！來來來，快坐！嫂夫人給脫個衣吧，這還發著低燒呢，還是先把毒血擠出來，等燒退了再談其他的。侯爺現在可是國之瑰寶，發著燒還這麼折騰，也太不自珍了。」

大家都是漢子，頭已經磕過，權仲白也受了，別的客氣話也無須多說了。孫侯亦不矯情，讓孫夫人為他脫了上衣，露出前胸、上臂處大小四、五個毒瘡，權仲白也備好了一應用具，將他安置在一處躺椅上坐了。

權仲白先用藥水擦拭了刀鋒，又向孫侯歉然道：「本待給你服下小麻沸散的，只可惜此藥服下之後，血行放緩，毒血擠不乾淨，還是會殘留後患。」說著，他手腕一抖，已經在患處劃開了一條極細而長的線條。

孫侯若無其事，只衝權仲白微微一笑，淡道：「這點痛，我——」話猶未已，權仲白手上用勁，開始給他擠血了，他才隱露痛楚之色，低低地哼了一聲。

孫夫人站在一邊，拿了個淺口銀盆接著汩汩而出的血液，果然血色發黑，同一般鮮血大不相同。

既然找到患處，餘下的工作也就簡單了。

孫侯默不作聲，只任由權仲白施為，待到患處全放過血，敷上雲南白藥使其止血收縮，又貼上清潔紗布包裹，全處理停當了，他才靠在榻上向權仲白致歉。「本該起身招待先生用茶——」

「你就別給我添麻煩了。」權仲白隨意道。「躺著吧，以後幾天，也別給太夫人守孝了，免得患處破裂，你受罪，醫生們費手腳。太夫人在天之靈，也不會樂見你這麼自苦的。」

他隨手一試孫侯額頭，見果然立竿見影，熱度已經下去了不少，便要起身告辭。「好生休息兩天，就不至於留有後患了。有什麼話，等侯爺痊癒以後再說，那也不遲。」

孫侯卻吃力地從榻上半欠起身子。「先生請留步！此番過府，是皇上特命您過來為我診治，下回疾患盡去，要見面可就不那麼容易了。我不日即將返回天津，等侯貨物入港——皇上也要親自到天津去『接』我，有些事，必須在出京之前作個決斷，亦少不得先生的安排和幫助的！」

權仲白神色一動。「侯爺的意思是——」

丈夫平安回來，沒有缺胳膊少腿，顯然令孫夫人喜出望外，她本已有幾分憔悴和蒼老，整個人透著心力交瘁，如今雖也還疲憊，但畢竟從容了幾分。「也無須諱言——娘娘的事，怎麼樣都要有個章程出來，再這樣不明不白地拖下去，對孫家來說、對大秦來說，也都不是什麼好事。」

只聽這句話，便可明白孫侯實在已經盡知一切，甚至對於自己母親的去世經過，可能都是心中有數的，而孫家對皇后的疾病，也已作出了自己的選擇。否則，孫夫人也不會用這成竹在胸的語氣同自己說話——權仲白心中一凜，簡短地道：「侯爺請說。」

「還想再問先生一句……」孫侯沈吟片刻，到底還是長嘆了一口氣，露出了些許悵惘。「娘娘的病，真的不能痊癒了嗎？」

「天下間沒有治不好的疾病。」權仲白也嘆了口氣。「可我才具極為有限，娘娘的病發於腦內，沒有一個病灶在，真不知該如何去治。也許吉人自有天相，娘娘能自己度過此劫，不過……」

這等於是在肯定孫侯的問題了。孫侯嘆了口氣。「知道先生調閱家母從前病案以後，我前晚也看了個通宵。看來，要是運氣差一點，只怕娘娘兩、三年內，就要落得和家母一個下場……這也真是天意弄人了，如能以身相代，我是百死不辭，可惜……」

他抹了抹臉，低沈地道：「可既然如此，那也沒有辦法了。這就是孫家的命吧！此事我會對皇上作出解釋，先生不用擔心，絕不會牽扯到您。皇上是個聰明人，對大權看得很緊，性子又多疑，我孫家剛立了大功，就此讓娘娘從后位上退下來，也不失為一件好事。」沒等權仲白回話，他頓了頓，又道：「還想問先生一句話，這……這娘娘的病，傳承到東宮身上的可能，又有多少呢？」

這麼堅強的漢子，聲音居然都有微微的發顫。權仲白心下雪亮：看來，孫侯最看重的，已經不是皇后的結果了，他畢竟還是在太子身上寄託了很大的期望，想要在若干年後，為孫家再確保一朝的富貴。太子有沒有可能傳承到皇后的病，很可能就決定了孫家處理皇后退位一事的手法。若要往壞裡去想，只怕孫侯也不是幹不出殺妹保甥的事。要知道，親情固然是維繫家族的紐帶，可同樣，為了整個家族，個人感情，也就根本算不得什麼了。

「有些病，父親患會比母親患好一些，甚至可以很明確地說，有些病根就只是在父子之間遺傳，和女兒無關。」他在心底嘆了口氣，到底還是給了實話。「母親患病，那可就不好說了。尤其太夫人這個病情又很複雜，是服食金丹後，丹毒遺傳呢，還是家裡本來就有這個病根呢？要說東宮十成十一定遺傳這病，那我是在說謊，可從脈象來看，東宮脈象比較像母親……按我粗淺推算，東宮傳承此病的機率，應在五五之間。」

五五之數，對於很多賭徒來說，已經值得他賭上全副家當了。但對一個家族來說，卻是極為險惡的數值，要把一整個大家族寄託在這個數上，那委實是太冒險了一點。孫侯的呼吸，明顯地粗重了起來，他那精鋼鑄就的眉頭，也不禁聚攏到了一起，很顯然，他正處在激烈的內心交戰之中。權仲白也能理解他的為難，天子之位，畢竟不是那樣好放手的，面對潑天富貴，多少人能捨得放手？飲鴆止渴之輩，那是大有人在……

他欲要說話，可想到孫侯平日為人，又決定還是任他自己先作出決定，只好盤著手，一面等待，一面心不在焉地盤算著，若果孫侯作出錯誤決定，他又該如何說服他放棄這不該有的野望……

室內三人，三人都有自己的心事，泥漿一樣的沈默，也不知凝固了多久，方被孫侯的長嘆聲給打破了。

這個壯年漢子的語氣，竟有幾分悽苦。「罷了、罷了，百年國運，如何能交付到一個……一個瘋子手上！即使是二八、一九，這風險也不能冒的！否則，北齊就是前車之鑑。我對不起東宮、對不起娘娘，但大業為重，沒有這個命，咱們也只能認了吧！」

權仲白心頭一鬆，幾乎是發自內心地為孫侯暗暗喝了一聲彩！不愧是皇上如此信任的妻兄，甚至能將重任付與。孫侯這番決斷，又豈是常人能有？他站起身子，長揖倒地，誠懇地道：「侯爺這才真是胸懷天下，小弟佩服！如有能用得上小弟的地方，侯爺但說無妨。」

「已經帶累先生多矣，哪還敢煩勞您呢？」他感慨萬千，長嘆了一口氣。「不過，不敢煩勞，也要煩勞了。後日我會親自進宮面聖，以太子腎精虧損為由，向皇上奏請廢位，屆時亦少不得先生敲敲邊鼓，說明太子的症狀……我看，就說太子陽虛不舉吧。子嗣為大，這個消息出來，皇上哪還顧得上追究別的？」

他頓了頓，又道：「當然，就中細節，也會妥當安排，不會讓先生蒙受嫌疑的。至於娘娘，太子都廢了，她不願再身居后位，也是情理之中。天下間只有搏富貴難，要將富貴放手，卻總不是什麼難事。東宮去位以後，即使娘娘發病，也無甚要緊了。不過……」

連番說話，都顯得胸有成竹，安排得亦是十分妥當，足見孫侯也是做好了放棄皇后和東宮的準備的，但在此時，這個殺伐決斷的漢子，竟罕見地露出了猶豫。他望了妻子一眼，見孫夫人肯定地衝他點了點頭，才續道：「娘娘雖有千般不是，卻總是我的妹妹。後宮險惡，沒了太子，廢不廢后，她的處境都將會極為艱難。我聽內子說，娘娘這個病，最怕是用心思，我想，能讓娘娘出宮休養，由我孫家照管，那總算是全了我這個做哥哥的心吧。屆時若皇上問策於先生，恐怕還要請先生美言幾句，成全我們這不情之請吧。」說著，竟又要翻身下床，掙扎著給權仲白行禮。

權仲白連忙牢牢一把扶住。「如此小事，自然當效犬馬之勞。此乃兄妹天性，我有何不成全的道理？侯爺又何必客氣。」

見多了齷齪骯髒事，孫侯不肯將妹妹如棄子般拋到一邊，只是這一點親情，竟能如此動人。權仲白百感交集，忍不住又道：「不過，侯爺雖立大功，可你要做的事，干係極大，此番未將那人帶回，皇上心裡不可能沒有想法。娘娘、東宮若去，此後侯爺會有一段艱難的時間，該如何行事，是否要再領兵出海，還請侯爺三思了。」這也算是真心指點，有些事，甚至是從未放在明面上來說過的。

孫侯目中射出感激之色，他低聲道：「先生的情分，我孫家記在心裡了。也和您明說了吧，娘娘廢后之後，牛家肯定囂張跋扈，後宮諸多美人，娘家和我孫家都無冤無仇，唯獨牛家不同。兩家昔年爭寵，已有宿怨，若是皇次子正位東宮，牛家必定不擇手段攻訐、削弱孫家，我孫家亦不能任人魚肉……將來如有新的親善者，亦少不得要請先生多照顧了。」

要為孫家在後宮選個新的代言人，楊寧妃不就是現成的人選？親戚關係擺在那裡，孫夫人的親妹妹呢！再說，不支援皇次子，也只能支援皇三子了吧？可聽孫侯口氣，這個親善者還沒選出來，估計孫家是要在將來可能出生的皇子裡選一個了……權仲白不禁有幾分愕然。

孫侯看在眼中，便出言道：「也要奉勸先生一句，寧妃雖然有子，可楊閣老眼看要上位首輔，軍政結合乃是人君大忌。權家也是軍中出身，這一點，不能不防的。」

沒想到孫侯雖然遠離中土多年，但對朝中局勢，竟是洞若觀火。權仲白再不做無謂的擔心了，他站起身道：「如此，我也就安心了。侯爺乃國家棟樑，東宮廢位，雖然可惜，但也是盡去後顧之憂。天下廣闊，何處不可以盡展長才？只要侯爺在，孫家富貴，不會有虧的。」他抱了抱拳。「日後有暇，還當時常往來。如無他事，我這就告辭了。」

孫侯和孫夫人相視一笑，孫夫人起身道：「我送先生出去，先生所說常往常來，倒是說對了。等諸事底定之後，還請您帶上夫人，到家裡來坐坐……」她語帶深意。「少夫人是票號東家，我們這裡，也許有一門生意能做呢……」

權仲白在這裡治病救人，蕙娘卻陪著婆婆，在花團錦簇中富貴應酬。鄭家大壽，自然事事辦得盡善盡美，從午宴到晚席，足足有一天的活動。不過，像權夫人這樣的身分，也就是吃完了午飯，連戲都不看，便告辭回府了。她自己一輛車，帶了蕙娘一輛車，兩輛車一前一後，在道上徐徐行走，蕙娘卻並不如往常一般，掀開窗簾看看外頭的市景，而是靠在椅背上，漫不經心地琢磨著西北桂家。

車子走了好長一段路，忽然停了一會兒，片刻後才又行駛起來。蕙娘先還沒覺得什麼，待到車輛轉入一條僻靜的巷子之後，她才猛然覺出不對：這巷子靜得馬蹄聲都有回音了，可她卻只能聽到自己這一輛車的聲音！

眾目睽睽之下，自然不可能有人將這輛車綁架挾持而走，還不鬧出一點動靜。她雖好奇緊張，但卻並不如何懼怕，掀開簾子一角看時，才發覺車輛已經拐入人家院內，這會兒似乎是已經靠近了車馬廳了。

還想著會是誰如此大膽呢，車身一震，馬車已停了下來，兩個垂髫小鬟已將車簾掀起，扶蕙娘鑽出了車子。還有一人在車邊站著，還未說話，先衝蕙娘施了一禮。

「封某魯莽，讓少夫人受驚了。」

聲音清涼，不是封子繡，卻又是誰？

蕙娘心下自然有幾分吃驚，她默不作聲，只望著封錦，並不說話。

封錦抬起身來，又衝她歉然一笑，方道：「卻也是奉命而為，請少夫人見諒。少夫人這邊請，皇上已在廳中等候了。」

第一百四十一章

這是一所僻靜而清幽的小院子，蕙娘在兩個小丫頭的攙扶之下，徐徐隨著封錦穿花拂柳地進了內院，一邊在心底思忖著自己現在所處的方位——從鄭家回來，走了不多久，拐了幾個彎……

封錦似乎也察覺到了她的顧慮，他一邊領路，一邊對蕙娘介紹。「這是寒舍，就在教場胡同裡頭。雖說相交已久，但從前倒只有子殷兄過來，嫂夫人這還是頭一次到這兒吧？亦請您不必擔心，皇上很掛念孫侯的傷勢，也已經派人去接子殷了。對國公夫人，也是打著子殷的名義，把您給接過來的。」

燕雲衛打著權仲白的名義來接人，權夫人會信嗎？這會兒幾個長輩可能還不知怎麼著急上火呢！想必回家以後，肯定又要有一場風波了。只不說別的，以人家媳婦的身分，和燕雲衛接觸，在婦道上的確是有虧的。換了個貞潔烈女，此時恐怕已經是尋死覓活地，要維護自己的名節不被玷污了。不然，私下和外男見面，這外男又還是皇上，多少風流逸事，可不就是這麼傳出來的？這要是為外人所知，再傳得邪乎一點，只怕民間都會有話本小說出來，隱射自己和皇上的「一段情」了。

身為女兒家，尤其是身為國公府的媳婦，不便之處的確不少。蕙娘也有幾分無奈，她輕輕地吐了一口氣，多少有幾分埋怨。「九五之尊、萬乘身分，要見我有什麼不容易的，非得要鬧得這麼驚天動地嗎？我總是要入宮見一見我們家婷娘的——」這的確是罕見地說漏嘴了，她掃了封錦一眼，見封錦似乎毫不介懷，還衝她盈盈微笑，這才鬆了口氣，若無其事地續道：「就是不入宮，和仲白打聲招呼，讓他和我一道過來，不是什麼顧慮都沒有了嗎？」

正說著，兩人已經步入一處敞軒，九月初天氣，已算是入了深秋，這敞軒卻是四處都開了窗戶，連玻璃窗都沒有闔攏……

封錦又衝蕙娘微微一笑，從迎上前的丫鬟手上拿過一領斗篷，交給蕙娘身邊的小鬟，柔聲道：「天氣冷了，穿堂風強勁，嫂夫人請顧惜身體。」

言罷形容一整，轉過身領著眾人，肅然又退出了敞軒，行到階下十步有餘，方才立定了身子，作護衛狀。

蕙娘無可奈何，只得披上斗篷，款款步入軒中，心不甘情不願地要給在廳內負手卓立的皇上請安。「臣妾見過皇上。」

「不必多禮了。」皇上倒背雙手，並未回頭，彷彿正全心鑑賞著牆上繡件。「在宮中金鑾殿上，我是皇上，這般微服私訪、在臣下屋中，又是和妳談生意來的，便沒必要太拘泥於禮數，不然，反倒聽不到真心話了。」

話雖如此，可比起頭回把酒言歡時，他放浪形骸、言笑無忌的態度來，此番的皇上，雖語氣輕柔，但含威不露，說是不拘禮數，其實還是擺出了天子的架子啊……

蕙娘卻也懶得作惶恐狀，她一個女流之輩，被半路抓到這兒來，有點情緒也很正常，皇上難道還好意思和她較真兒？這福身，福到一半，聽說皇上的意思，也就乘勢算數了。她站在皇上身後，多少有幾分好奇地順著他的眼神，望向了牆上懸掛著的大繡件，才只看了個影子，見是個男子正低頭賞著一卷花鳥畫，便聽得皇上低聲笑道——

「錦上有畫、畫中有景，深情空付，辜負春光無數……」

他笑聲中大有蒼涼之意，似乎包含了數不盡的迷惑與惆悵，卻聽得蕙娘毛骨悚然，此時再回頭想封錦一路行來那輕言淺笑的風姿，便似乎能品出另一番味道來了。

皇上卻也只是感慨了這麼一聲，便轉過身來，形容如常地招呼蕙娘入座，還給她介紹。「子繡家傳凸繡法絕技，曾享譽大江南北，昔年還進過上的，先帝很是喜歡。當時也興起了一陣收藏此物的風潮，不過絕技並不外傳，隨著斯人去世，封家富貴，如今也很少有新的繡件流出來了。這裡四壁陳列著的，有些是當年那位封繡娘所作，有些，應該是子繡妹妹的手筆。」

蕙娘自然也聽說過這凸繡法，她甚至還收藏了兩件當年封繡娘親自繡成的大繡屏，此時乍見這四壁拿玻璃框著五彩斑斕的大小掛件，免不得也在心中暗自掂量比較，還和皇上你一言我一語地鑑賞了一番，皇上指一「五福捧壽圖」為最佳。兩人倒好像是許久不見的至交好友，這會兒正是專門品茶聊天來了似的。

談了一會兒風月後，皇上有點遺憾地說：「看來，子殷被絆住腳，無法及時趕到了，也只好撇開他，我同嫂夫人先談了。」

「皇上說的要是票號的事，」蕙娘淡淡地道。「他本來也作不得主嘛……既然把我給挾持過來了，必定是有要事相商。敢問皇上，這是已經全盤考慮過了，竟真要採納這監管入股一策了？」

皇上怕也沒有想到，只是一提正事，她的表現居然如此強勢。先點出權仲白作不得主，又再表達自己的不快，第三句話，更是直接就預設了他的來意……他有些詫異地望了蕙娘一眼。

蕙娘衝他微微一笑，卻也不免在心底嘆了口氣。有苦自己知，商場上的事，很多時候就講究一個氣勢，尤其是雙方談判的時候，誰先被逼到牆角，誰就要犧牲更多的利益。皇上這樣心念一動，就能把她撮弄到此地密談，實際上已經大為削弱她的鋒頭。桂家還沒有成功入股，朝廷裡也沒有傳出監管風聲的今日，正是票號最脆弱的時候，若果她再隨意示弱，只怕是要吃大虧了。

不過，朝廷辦事，總得以理服人，只要能說理，想來任何事，也都不會沒有轉圜的餘地。她輕輕地咬了咬舌尖，讓這淡淡的疼痛，將她的頭腦刺激得更清醒、更專心，打點起了全副精神，聚精會神地望向了皇上，等著他的回答。

「監管入股，對朝廷、對天家來說，的確是比較省錢。」皇上畢竟是皇上，不可能會被這麼一個姿態輕易激怒，他沈吟著道。「只是如何才能避免這派出的監管人不和票號、鹽號等沆瀣一氣，這還是要想出一些制衡手段。世上再沒有人不愛錢，也再沒有人，比你們山西票號更有錢了。」

「若您和仲白打一聲招呼，我這裡是有幾個條陳可以給您過目的。」蕙娘實在是有幾分惱怒，她又刺了皇上一下，才正容介紹。「如今也只能請您聽我說了。」

便口說手比，簡明扼要地將喬二爺主筆、宜春票號幾位都已通過的條陳複述出來，給皇上聽了。

皇上聽得目射奇光，卻偏不說話，待得蕙娘說完了，他強自沈吟了許久，方道：「這是你們宜春哪個掌櫃寫的？前陣子三位掌櫃齊聚京城，連李總櫃的都親自到了，這別是他擬的吧？我……能見見他嗎？」

皇上既然有意於宜春，對幾個重要人物的動向自然有所留意，蕙娘倒未吃驚。她微笑道：「這麼大的事，肯定要和幾個東家商量……這是我們群策群力，一道擬出來的，卻不是哪個人的功勞。」

皇上顯然並不太相信，卻也沒有逼問，只又感慨了一句。「齊小兄，妳今年才剛剛二十出頭啊！」

二十出頭的大東家，祖父下野，和夫家關係似乎又疏遠，這還有皇家虎視眈眈地窺視覬覦，宜春票號的幾個東家，居然沒有惶惶然如喪家犬，各自找機會出脫份子，而是團結一心和朝廷對抗，她一句話，立刻就全聚到了京城……皇上又道：「昔年老閣老在位時，你們家似乎從不管票號運作的。現在換妳接了份子，才幾年工夫，這票號倒是隱隱約約，以妳為主了。」

「我又不參政，又不管家，」蕙娘輕描淡寫。「也就只有琢磨手裡的生意了。要說以我為主，倒是沒有的事，只我畢竟是官家出身，更熟悉朝廷一些，有些差事自然而然，也就交到我頭上了而已。」

「是嗎？」皇上冷笑了一聲。「實話告訴小兄弟吧，我私底下，倒也很想和喬家幾位，甚至是李總櫃見見面、聊一聊的。可那幾位居然都視而不見，口口聲聲唯妳馬首是瞻。妳一個才剛二十歲的姑娘家，竟能把他們幾個大老爺們收攏得這麼緊密，高，實在是高啊！」他衝蕙娘比了比大拇指，雖然語氣歡悅，但笑意未達眼底。

蕙娘倒是心頭頓時一片雪亮：入股監管，雖然不失為一條良策，但還是違逆了皇上的心意。這位真龍天子恐怕是心有不甘，先後接觸了幾個東家，想要尋找一個突破口，奈何都告失敗。他其實也是帶了一點情緒來的……

「二爺都這麼誇我了，」她不動聲色地說。「那我也就自誇一番吧！我這個身量，在女子裡的確也算是高的了。雖未及七尺男兒，六尺總是有的吧！」

皇上不禁愕然以對，片晌才大笑出聲。這麼一個笑話，輕輕巧巧，便將氣氛給暖了回來。

「算了算了！」皇上揮了揮手。「也不和妳多說從前的事了。妳說的也不無道理，要一口氣把你們的股份全買過來，殺了我我也拿不出那麼多錢。入股監管，的確是沒有辦法中的辦法，妳剛才說的條陳，我看就很不錯。」他頓了頓，又道：「但最重要的一點，妳卻沒有提及——焦卿知道我說的是什麼嗎？」

從嫂夫人、小兄弟變作了焦卿，蕙娘心裡，也是有幾分感慨的。她從容道：「自然明白。二爺儘管放心，此事一旦朝廷立意，昭告天下，宜春自然會為之奔走，做通晉商的工作。」

「嗯。」皇上點頭道。「也實話和焦卿說吧，朝廷的商稅，實在是收得很輕，以此事為個口子，將來兩年內，必定要增收商稅的，規模越大，納稅也該越多，宜春現在不是官營，自然也要首當其衝。當日一談，我也看出來了，妳雖是女子之身，卻能以天下為念。此事事關國本，若能成功推行，朝廷手裡錢多，就犯不著再壓榨往地裡刨食的苦哈哈了，屆時，亦少不得要煩宜春出力……不過這件事，妳不能拿來討價還價，只能當作是此次交易的添頭。」

這多少就有些無賴了，可蕙娘卻是心悅誠服，頭一次明白了焦閣老對他的畏懼。一個最傑出的政治家，永遠能將不利的局勢變作有利，甚至於還會令人懷疑他最初的目的，是否根本都不是宜春官營……

借著監管入股的名義，在各大商家中扎進自己的釘子，掌握每年盈利，日後徵收商稅，各大商戶就有瞞漏，能瞞漏多少？上頭的大戶都乖乖出錢了，從上而下，這商稅的阻力，那就小得多了。再說，還有宜春票號這個規模遍布全國，幾乎掌握了全國大半現銀流動軌跡的大票號在呢……能借由此票號作出何等布置，她隨意動動腦子，就可想出無數點子，皇上背後的那群智囊團，就算比不過她，也不會比她差到哪裡去吧？

她既深知其中關竅，也就明白，這才是今日戲肉所在，當下便深吸了一口氣，毫不猶豫地移座下跪，朗聲道：「皇上英明神武、深謀遠慮，臣妾佩服得五體投地。請皇上放心，臣妾亦非貪財之輩，增收商稅，事關百年社稷，亦是在所必行。他日如有用得到票號的地方，臣妾可擔保，宜春必定出盡全力。」

皇上的唇角，終於勾起一絲欣然笑意，他淡淡地道：「好，憑這一句話，盛源、宜春之間，朕就知道該作何選擇了。」

他搓了搓手，忽然又略有些靦覥地一笑，面孔一變，再換出了從前喝酒吃菜時的嬉皮笑臉來了。「來來來，坐坐坐！不要這麼客氣！現在既然大方向定了，有些細枝末節之處，也要好好商量商量。好比說，這入股監管的銀兩……」

按蕙娘意思，朝廷所占都可以算是乾股，不過，這條政策現在不再針對宜春號一間，而是遍布全國大商家的話，朝廷平白無故就占了乾股去，年年還要分紅，說出去是不太好聽。出點錢，那肯定還是要的……不過，積少成多，大秦一國，大商家有多少？就算每家都只出一點，可對朝廷、天家來說，也算是筆大數目了。她和喬家、李總櫃，早做好了皇上拖欠股銀的準備，甚至都根本沒打算去追索……不過，雖說心意如此，前頭的一點功夫，也還是要做的。

「二爺，這朝廷辦事，也不能太不講究吧？」她緊了緊斗篷。「此策一旦頒布，天下可都看著我們宜春呢！」

「我也沒說不給銀子啊！」皇上為自己叫屈，他一縮脖子，還有點委屈上了。「我和焦卿談的，那是另一件事。」

蕙娘不禁有些詫異，在她期待的沈默中，皇上撚了撚唇上短鬚，倒有幾分奸詐似的，露出一點微笑來。

「不知焦卿可聽說過賭石（注）這勾當沒有？」他緩聲道。「我這裡有一塊石頭，也願和焦卿一賭，不知焦卿有沒有這個膽量，接我這個盤呢？」

蕙娘腦際，轟然一震，剎那之間，立時明白為何皇上非得半道把她劫來——他亦的確有不得不為的理由。

忽然間，她也再不敢小看這位修長消瘦的青年。怪道他能以這樣輕的年紀，將楊閣老管得嚴嚴實實。歹竹出好筍，安皇帝在他跟前，真要失色多矣……

注：賭石，此為大陸玉石貿易商在買賣玉石時的一種術語。玉石翡翠在還沒完全被雕琢出來時，外層是包覆著一層砂石的，一般被叫做「毛料」，賭石顧名思義就是賭這塊石頭有沒有價值。玉石家冒險高價買回來的「毛料」，一刀切下後，有可能是石頭而致傾家蕩產，也有可能內含玉石翡翠而一夜致富，一切全憑個人的眼光和運氣。

第一百四十二章

雖無答話，可她的表情顯然已能說明一切。皇上倒背雙手，站起身來，在屋內緩緩踱步，一邊悠然道：「承平四年，立泉帶著寶船、馬船、坐船、糧船、戰船二百餘艘出海，將士兩萬餘人，經過四年寰宇航行，回到家鄉的人，只有一萬多。這個損耗，不能不說是有幾分驚人的，不過，若算上他們在泰西、新大陸打的那幾場仗，卻又只是還好。」

蕙娘也還是頭一回從皇上口中，聽到對這一次遠航的真正總結，自然是屏息靜氣，恨不能鑽進皇上的腦子裡，將一應細節挖出。好在皇上也沒有賣關子的意思，雖說和主題無關，但也還是向她略微介紹了一下如今的寰宇局勢。

「立泉經過哪裡，自然是繪出了哪裡的詳細地圖，又在泰西大肆採買了當地海圖……有些我們先未所知的地方，就按泰西人音譯而來了。現在泰西也不太平，世界各地都在打仗，除了我們大秦，他們絲毫不敢染指以外。呂宋，是西班牙人和土著打；印度，是當地土王和英吉利人在打；泰西呢，英吉利、法蘭西好像也要開始打了……倒是他們所說的新大陸，也就是美洲要稍微太平一點。但立泉親眼所見，美洲人日子過得也不大好，來自泰西的剝削比較嚴重，當地又有一大部分，都是非洲一帶被販賣過去的奴隸、在泰西混不下去的地痞流氓，當地土著而且非常野蠻，也算是烽煙處處吧。」說到這裡，他多少有些心事重重，喃喃了一句。「卻是地廣人稀，唉，地廣人稀……」

聽其口氣，蕙娘多少也猜到了一點：恐怕這一次，孫侯勞師遠征，卻還是只能無功而返。她收到風聲，言說那新大陸廣袤無垠，大小差可和大秦媲美。並且上頭已有人煙居住，成了市鎮……孫侯就有兩萬兵丁，恐怕也不敢深入腹地吧？帶的人少了，怕自己不安全；帶的人多了呢，當地人又要覺得不安全了。再說，魯王怎麼說是比他們早到的，只怕在當地已經經營出一點勢力了，就算尋到了，他們熟悉地形，又是以逸待勞，誰勝誰負，還是不好說的事。在那樣遙遠的地方，王師又如何？大家還不是憑著槍桿子說話？

皇上說到這裡，也不禁嘆了口氣，道：「從泰西過去美洲，其實路途遙遠，立泉這一次，走了不少彎路，但好在航道是熟悉的。他也是求個穩，不然，說不定還能更早回來。」

他從懷中掏出一幅圖來，在桌上展開了，指點給蕙娘看。「實際從這美洲西岸過來，從海圖上看，可以取道日本，從上頭這樣走。但這條航路目前似乎無人走通，大部分貨物，還是從美洲回泰西，再從泰西來菲律賓，從菲律賓往上到廣州……這樣過去，美洲當然遠了。」

蕙娘一邊聽他說，一邊不禁就好奇而豔羨地望著這滿是洋文的地圖——她對地圖也不是沒有興趣，但這麼寶貴的東西，西洋人不肯拿出來販賣，這些年來，卻未收到一幅。

「立泉這一次攜回來不少，妳若有興趣，回頭能賞妳幾幅抄本。」皇上隨口道。「既然兩塊陸地遙遙相對，這條路，我們不走，將來也許會有人為我們走通……所以還是要走！」

他忽然加重了語氣，有幾分激烈地道：「第二次船隊出海，就這麼走了！這條航路，總要把它走通，從青島到——」他在紙上畫了一條線。「到他們所說的檀香山，順風順水，走上兩個月也就到了。美洲富饒，有些東西，比在泰西購買要便宜得多。甚至於日後流放罪犯，我看也不必刺配(注)寧古塔了，刺配美洲就挺不錯的嘛！至於往泰西去，航線摸熟以後，單程也就是四、五個月，據說如果能在這裡占據一塊地方，把從前一條古運河疏通，路程還能減少一半。往後，大秦和泰西、美洲的貿易勢將成為常態。任何東西，物以稀為貴，多了就不那麼值錢了，所以我也不諱言，立泉帶回來的那些貨，應該是越放越不值錢，明年年中以前無法出脫，等去往美洲的航路走通，就要賠本了。」

勞師遠征，花的當然是朝廷和天家的錢，現在孫侯把貨是給載回來了，但一來風急浪大，貨物有損耗也是常事；二來誰知道他載回來的都是什麼貨，在當地有沒有被人欺騙？總之，對於不精於貿易的朝廷來說，與其自己急於零售反而吃虧，倒不如借票號入股的事和宜春做一筆交易，這也算是雙方得利。宜春手底下自然不缺貿易能人，而朝廷也能得到一筆現銀，解了燃眉之急，不至於連入股商家的銀子都拿不出來……

蕙娘也不裝糊塗，眉一挑，乾淨利索地道：「還請二爺開個價吧。」

「我不開價。」皇上笑了。「這還得妳來開價，不然怎麼叫賭船呢？這和賭石一個規矩，只有買家開，沒有賣家開的，不過，倒是可以給妳透個底。當時出海，姑且不論船隊造

注：刺配，古代在犯人面部刺字，並發配邊遠地區。

價，就說帶去的絲綢瓷器、上好的茶葉，在我們大秦，價值都有一百多萬兩……」

他衝蕙娘擠眉弄眼，難掩得意。「立泉不是做生意的能手，但他頗帶了一些能人，我老實和妳說，現在泰西的白銀，很緊缺啊！從美洲過去的白銀，幾乎又跟著全流到我們大秦來了。這一次去美洲呢，又和美洲當地的土豪做了幾次交易……他帶回來的現銀，就有八、九百萬兩。這還不算辦下的貨，他們花了有一百多萬兩在辦貨上。」

蕙娘詫異地一挑眉。「盈利這麼可觀？那您何必還做這個生意？」

「我花錢的地方更多啊！」皇上一攤手，理直氣壯。「這麼大的家當，哪裡不要用錢？沒有錢，怎麼支持三處戰事？廣州、泉州、青島，三處開埠，這幾百萬兩，也就是毛毛雨，下一下就不見了，朝廷始終還是缺錢。當時為了修船隊，還落了有饑荒呢！」

他彎著手指和蕙娘算。「一百多萬兩的上等好貨出去，千萬兩銀子進來。這一進一出，是十倍的利潤。這運回來的一百多萬兩西洋貨，在國內能賣得多少？焦卿妳自己算算，給我開個價吧！在這裡談定了就是妳的，若談不定，我少不得也要多方問價，找個買家了……」

真不愧是皇上，分明是自己急於出脫這一批轉眼間也許就不值錢，甚至連品級、數量都無法衡定的貨物，卻說得好像是個香餑餑似的，好像還在給她賣人情呢！

蕙娘唇邊，不禁浮出微笑，她和聲道：「二爺，這話在理是在理，可您是不是還漏了一點呢？」一見皇上作詫異狀，她也只能把話給說到盡了。「您派宗人府專使前往廣州盤點貨物，這是費時費力的活兒，不可能是一夕之功，很可能，最終那本冊子，也是在這幾天才送到您手上的。這一點，按常理來推論，我要說錯了，您告訴我。」

皇上不言不語，來了個默認。

蕙娘又道：「還有三樁事實，第一樁，仲白今兒早上去孫侯府上，為他治病；第二樁，我才從鄭家赴宴出來，還沒回府，就被您給劫來了；第三樁，您說這是一錘子買賣，必須在這裡談定。二爺……您這有點小看我了吧？就這點手段，還能把我給繞暈了，那我還怎麼把喬家幾個老爺們捏在手心裡呢？」

雖說孫侯也不可能知道貨物的具體損耗，但他是主事者，大體情況，怕還是有數的。權仲白給他治病，雙方若隨意談起此事，孫侯露個口風，皇上那也就不可能再坑著宜春了。當然，這場談話肯定怎麼都會有的，但趕在此時，要說皇上沒有別的意思，只是一時興起，那也就太小看他了。

皇上的雙目閃閃發亮，他極是欣賞地望了蕙娘一眼，忽地嘆道：「可惜可惜，女公子，終究只是女公子……否則，閣老後繼有人啊！」

此等雕蟲小技，只要心思清明，不被皇上給忽悠得熱血沸騰，實在並不難勘破。蕙娘壓根兒並不自得，甚至對皇上還有點不滿。「您這不是瞎胡鬧嗎？這麼做，可不是弄巧成拙？用賭石的行話來說，您拿出來這塊石頭呀，石窗開得不好，沒有水頭！本來還想給開個四百萬兩的，這會兒，只能開二百萬包圓了！」

皇上倒抽了一口冷氣，方才的感慨，立刻為市儈取代。「這麼大老遠的路，二百，太少太少，起碼六百！」

「六百不可能！各色名貴寶石，一年的出產是有數的，難道孫侯還能把一百多萬都置辦成寶石了？不是寶石，剩餘貨物經過風浪，很難保值。尤其是座鐘這東西，最嬌嫩了，一旦壞了，這裡修不好那可怎麼辦？」蕙娘和皇上討價還價。「二百五，就是二百五了！就這，還得算上您帶回來的西洋工匠呢！」

「工匠?!」皇上有幾分吃驚。「妳這……是從哪兒得的消息？喔，這倒是無所謂的事，立泉是帶回來了好些避禍躲戰亂的學者、教授，有些修錶、造船以及別有所長的工匠，可以在滿足宮廷需要以後，給妳一些。」

蕙娘又讓一步。「好，皇上既然如此慷慨，那就三百萬兩，不能再高了。」

「三百？我還不如出去喊價！」皇上不屑一顧。「千金難買我樂意，不管這批貨究竟值多少，三百萬，我覺得不值得，不能賣！」

哪有這樣做生意的！蕙娘不禁氣結，她掃了皇上一眼，見皇上似笑非笑，似乎胸有成竹——她心底多少也有點數了。幾次交鋒，皇上都沒討到一點好，事事只能跟著她走，真龍天子哪，怎麼會喜歡居於人下……

「四百萬吧。」她乾脆俐落地就讓了步。「這批貨，實在最多只能值三百萬了，這都還是擔著風險的。這多出的一百萬……」她又跪到地上，給皇上行禮。「幾次接觸，皇上雖有萬鈞雷霆力量，但卻如春風化雨，諄諄愛護票號，愛國愛民之心，令吾等感佩萬分。這一百萬，便算是臣妾代宜春號幾位東家、掌櫃，為皇上賀壽了。」

這一番話，說得動聽無比，當然更醉人的，還是蕙娘的態度——她終於服軟了！一服軟，那就是一百萬兩的大手筆，這份多少帶了些賠罪意味的禮物，不能說不厚了。

皇上指著蕙娘，終於心舒意暢，他哈哈暢笑，一語雙關。「爽快、爽快！」旋又不禁嘆道：「唉唉，妳這位女公子呀！這要不是子殷，誰能壓服妳呢？還好，當年沒把妳說入後宮，不然，這份才具，豈非就消磨在宮闈之間了？」

不等蕙娘回話，他神色一整，喝道：「好，四百萬就四百萬，這筆生意，朕作主，就這麼談定了！」說罷雙掌一擊，揚聲道：「來人，把貨物細冊抬來！」

蕙娘也沒想到，皇上居然如此急不可待，這邊才談定了生意，那邊就抬了細冊過來。只見十數位太監，手中全都抱著七、八本沈重的冊子，魚貫進了廳中，她不禁微微一怔，又和皇上解釋。「銀錢卻沒那麼快解過來了，少說也得給個兩、三天籌措……」

「這不要緊！」皇上一擺手，從為首那位太監懷中，取過一本明黃綾面的簿冊遞給蕙娘。「這是總冊，妳先翻閱一遍，再告訴朕，這筆生意，妳做得值得不值得。」

皇上發話，她自然不能不從。蕙娘也實在好奇孫侯都帶回來什麼貨物，她雙手接過總冊，揭開扉頁，一目十行，不片晌就已經看完——卻是一時竟說不出話來！

「嗯？」皇上從另一個小太監手中接過茶來，似笑非笑地衝她抬起半邊眉毛，眸光流轉之間，原本平凡的眉眼，竟忽然可以動人心魄，充滿了難言的風流。「告訴朕，這筆生意，朕坑了妳沒有？」

「若此冊為實……」蕙娘長長地嘆了口氣，痛快地道：「那就是臣妾以小人之心度君子之腹了，臣妾實當不得皇上的稱許……」

「噯，那也不要這麼說。」皇上擺了擺手，掀開杯蓋，輕輕地吹了吹熱騰騰的茶水。「啊，子殷來了！坐！」他嚥下口中茶水，將茶杯擱到一邊，語帶深意。「宜春對朝廷懷有疑懼，可以理解，可往後打交道的日子，還多著呢！彼此間不精誠合作，那也不行。這批貨，就算是見面禮吧。其實，妳那一句話說得好，好來好往，宜春一心為國，那就是為我的家天下。我這個大家長，還能虧待得了你們嗎？」

蕙娘才要說話，皇上又道——

「至於選在今日找妳過來，妳說的緣由，是有……朕確實是想和妳開個玩笑。不過，最主要還是因為，今日鄭家壽酒完了以後，鄭家的三親六戚，也就脫出空來，朕怕妳忙於應酬，很可能無心考慮這門生意。」他扭過頭去，客客氣氣地向權仲白賠罪。「倒是讓子殷、國公府受驚了，子殷回去，代我轉致一番歉意吧！」

卻是再不搭理蕙娘，而是負手起身，悠然繞進了裡間。

蕙娘和丈夫對視了一眼，見權仲白眸色發沈，終不禁露出一縷苦笑：看來，桂家要參股的事，到底還是沒能瞞過皇上……

天威難測，即使只在一間票號上，天子的手段，亦容不得半點低估。

第一百四十三章

兩夫妻在一日之內，都可謂是經歷了風風雨雨，親身參與了對朝局、對天下都有極大影響的變動。權仲白雖欲和清蕙打聲招呼，把孫侯決定告知，令她更為放心，但見清蕙神色端凝，上了車便沈吟不語，也知道她今日和皇上對峙談判，消耗不淺，此時再動心力，未免過分勞累。再說，此時正在路上，周圍下人環繞，難保沒有一、兩個耳力特別靈敏的小廝，能夠聽去隻言片語——這可是只憑隻言片語，便能轟動朝廷的大消息！

他一路保持了沈默，直到國公府在望時，才向蕙娘道：「爹娘那裡，應該不必擔心，封子繡什麼都和我說了，我自會對長輩們解釋，就說當時分身無術，孫侯夫婦又想和妳談一筆生意好了，想來，他們也沒有繼續追問的理由。」

清蕙原本閉目養神，顯然正沈浸在自己驚濤駭浪一般的思緒中，聽到他這番話，她抬起眼，毫不客氣地道：「瞞不過去的。票號的變動，不久即將天下皆知，如不對家裡人做出解釋，爹娘還不知怎麼想呢！這是徹底把他們當外人對待，太傷感情了吧？」

這倒也是道理，如今天下鉅富雖多，但扣除本來就系屬於皇商一脈的鹽商之外，真正身家上了千萬的，也就是寥寥數十戶人家，泰半還都集中山西一地。皇上忽然決定分別入股監管，宜春擺出順從態度不說，又立刻分股，這種種變動，肯定都要經過醞釀培育、深思熟慮。清蕙身為東家，事前會絲毫都不知情？如果對家裡一點都不提，這就不是擺出無意於國公位，一心逍遙度日的姿態，而是有點和家裡翻臉的意思了。

權仲白輕輕地嘆了口氣，低聲道：「皇上末尾那幾句話，說得那樣有文章，看來，還是不樂見桂家參股。宜春之事到得現在，已經不是宜春自己的事了，在沒有說服皇上之前，是否要暫緩引入桂家？」

「引入桂家，這是宜春自己的決定。」清蕙眉宇間隱約可見無限堅定，在這一刻，她倒真正顯露出來票號東家的本色，雖未故意做作，但言笑之間，已是翻雲覆雨，縱使是皇權，也不過是其要考慮的一重因素而已。「如果事事都要看皇上的臉色去做，他入沒入全股，有什麼差別？雖然皇上愛犯疑心，但事實上若無桂家參股，宜春在官員圈子裡沒有靠山，很多事一樣鋪排不開。他既然要鼎力支持宜春，就不應該反對這個決定。也就是深知這個道理，皇上雖然不滿，但卻只戳了這麼一句，並沒有多說什麼。」

權仲白也不是尋常之輩，他立刻明白了清蕙言下之意：這實際上也是皇上的一種策略，如果宜春自己心虛恐懼，放棄桂家，那自然是正中下懷，並且在宜春跟前還是光滑溜圓毫無把柄，占了便宜還落不下埋怨；可如果宜春不當回事，則皇上雖然不悅，但也只能接受這個現實了。

宦海、商海風雲，具體到每一句話真是都有講究，都有對抗。

權仲白提醒清蕙。「可既然皇上發話，那也不能瞞著桂家了。不然，日後桂家是要埋怨妳的。」

如在以前，還能哄著桂家將錯就錯，上了宜春的船，但現在這麼做，那就有點不厚道了。皇上這一句話，到底還是給宜春分股添上了許多麻煩。清蕙自也不會不明白這個道理，她卻依然衝他微微一笑，露出了少許感激、少許疲憊。

「累死了。」她將額頭頂在權仲白肩頭，輕輕轉了轉，低聲抱怨道：「皇上沒安好心，說什麼只為了桂家的事，才在這時候把我喊來，分明還是有意安排，給我添亂，待會兒回去，又要和爹娘周旋，少不得也要安撫解釋，令爹娘明白宜春分股不引權家入局，實在不是和家裡離心。還要儘快同桂家談妥，在朝廷有動靜之前，把分股的事給辦下來。」

單單只是這後一件事，就足夠讓七、八個商場菁英忙碌上一整年了，現在要搶在幾個月內辦完，任務肯定是極為繁重的。權仲白本已有幾分心疼，不想清蕙頓了頓，又把皇上和她的那番對話略作交代，嘆道——

「四百萬兩的買賣，我自己作主應承下來，還不知道喬家人怎麼想的，李總櫃又是怎麼看的。宜春要是不願吃，少不得我也只能打點我的私家銀子，這兒賣賣、那兒當當，儘快湊足四百萬兩，把貨給盤回來……」

她擰著眉心，露出少少倦怠。「怎麼賣最掙錢，還得費心思呢！皇上給的貨，按行價算，是比四百萬多些，可他說得對，物以稀為貴，這西洋貨多了，那也就不值錢啦！」

「多些是多多少？」權仲白問道，他有點吃驚了。「那麼一大本冊子，妳一邊翻看，一邊就在心裡估出總價來了？妳這也太神了吧！」

清蕙瞥他一眼，忽然忍俊不禁，噗哧一笑，親暱地圈住了他的脖子。

「傻子。」她吐氣如蘭，鼻尖就頂著權仲白的鼻尖。「人家總冊都造好了，難道不會分門別類，各自估價嗎？別說我，就是你翻看一遍，十有八九也能估出一個數來的，只是準不準，那就又要另說了。」

權仲白忽然覺得自己在妻子跟前顯得有點愚蠢，他張開嘴，又合攏了，如是反覆了幾次，才勉強收攝心神，道：「宜春若不願吃進，妳有這麼多現銀沒有？四百萬可不是什麼小數目，若湊不夠，可怎麼好呢？」

清蕙眼中波光流轉，儼然已是胸有成竹，她卻巧笑嫣然，偏偏還要來逗他。「是呀，湊不夠，可怎麼好呢？我相公不會掙錢，連一分一毫都幫不了我，我可愁死了我！」

權仲白悶哼一聲，卻也不能不承認，同清蕙的身家相比，只怕這世上會賺錢的男人也並不多。他不和清蕙鬥嘴，而是沈聲道：「若湊不出來，我可以給妳想想辦法，這些銀子，要湊齊卻也不難。不過，最好是別和家裡開口……皇上這是賣給宜春的東西，能別和家裡扯上關係，就別扯上關係吧。」

這句話說出來，當然不僅僅是表面這番意思，清蕙眸中頓時閃過異彩，她的疑惑明明白白地表現了出來。按說權仲白和家裡雖有矛盾，但關係也不能說是不密切，並不曾真的鬧翻，就算從前有所不快，現在還是維持了表面上的平和。可幾次三番在這樣的大事上，他的表現，又的確像是和家裡十分離心……焦清蕙是何許人也？她自然看得出端倪，也自然會想要尋求一個答案的。

權仲白輕輕地咳嗽了一聲，低聲道：「這四百萬，其實倒也可以不必那麼著急，幾日以後，朝廷將有大事，也許皇上就沒心思來管這一茬了。妳大可以從容地和李總櫃的商量……他現在人還在京城吧？」

「喬家三位爺也都沒有離京城太遠。」清蕙也就順從地轉開了話題，她好奇地問：「這大事又說的是什麼？你今天在孫侯府上耽擱了一段不短的時間……難道，他真的把那一位給帶回來了？」

「沒有。」權仲白搖頭道。「那一位比他先到美洲，他們有槍有炮，又有銀子，買得來崑崙奴，孫侯隱約聽說，在當地已經發展起了一塊不小的地盤。他那一萬多人勞師遠征，又身懷重銀，不敢離船太遠，就沒有追擊下去。」

此時兩人已至國公府，在立雪院內關了門說話，權仲白將孫侯的決定三言兩語告訴了妻子。

清蕙自然亦受到震動，沈默良久，才嘆道：「孫侯是明白人，終究沒有辜負了你的一片苦心。」

的確，孫家如此安排，權家、宜春都解脫出來，可算是很有擔當了。權仲白道：「這件事，太大了，整個朝堂都要受到震動。皇上可能會緩一陣子才出這個入股監管的消息，妳還可以從容地說服桂家。」他猶豫了一下，又道：「以我對他的瞭解，真要拉桂家入股，妳最好還是給他上個條陳，解釋一下。不過，這種忤逆龍顏的事，平時可以隨便做，最近嘛……」

清蕙又摁了摁眉心，踱到書案邊坐下，一邊和權仲白說，一邊就梳理起了如今的局勢。「第一件事，這四百萬的生意，要有個結果；第二件事，得和桂家細談入股，亦要從容分說，要表明皇上的態度，又不能嚇跑桂家；第三件事，宜春的變動、今日的見聞，必須和家裡有個交代……」她拖長了聲音。「這是我必須親自出面處理的三件事，第三件事，最為緊急。」說到這裡，清蕙略略皺起眉頭，若有所思地望了權仲白一眼，又道：「但這件事，在和桂家談定之前，又不好和家裡揭開，免得家裡若要入股，我也沒有回絕的道理。」

這是有點提防家裡人的意思了，清蕙雖然不曾明說，但顯然是遵照了權仲白的調子，在銀錢、事業上，和家裡把界線劃得很清……權仲白心裡有些感動，他握了握清蕙的肩膀，低聲道：「這倒沒什麼，家裡雖要問妳，但那怎麼說，也得在太子、皇后這件事的餘波蕩漾完了以後，才有心思了。這番變動，不可能影響不到我們家的。」

具體怎麼影響，權仲白沒說，清蕙也沒有問，只是她看著權仲白的神情就更疑惑了：在銀錢上分得這麼清，可到了朝堂有所變動的時候，他又給家裡送消息。這種若即若離的態度，的確讓人很難回過味來，抓準他和家裡人的真正關係。

權仲白亦無意做出解釋，他一邊換衣服，一邊就道：「妳今天也是夠累的了，在這兒歇一歇吧。我去和爹談一談，明天就帶妳回沖粹園。事不宜遲，能早一天把幾件事都定下來，還是早定下來為好。」

說罷，便匆匆出了屋子，心裡卻也深知，以清蕙的性子，那是絕歇不住的，恐怕稍事休息以後，就要派人出去傳信，請宜春幾位主事者回京一敘了。

雖說結縭數載，一般的夫妻，至此已經都深深瞭解了對方，但焦清蕙的才具、志向，在從前似乎都永遠籠在一層紗下，如今她方才慢慢往外揭開，卻是一層一層，彷彿永遠都揭不到頭，真正的那個她，始終都還隱藏在迷霧之後，他瞭解得越多，也就越發迷惘了：若是跟他到廣州去了，兩人無權位傍身，她一個女兒家，談何創業經商？如此才具，難道只能消磨在閨閣之間，相夫教子，了此餘生？

任何一個人，只要認識焦清蕙，恐怕都會感到這是一種極度的浪費。似她這樣的人，本來也應該站在最頂端，發揮出自己全部的光熱，創下一番轟動天下的大事業。她絕不可能甘於平淡，就像是權仲白也不可能放棄醫道，學著他的堂兄弟們，鎮日裡或是風花雪月，或是打點些家族生意，為老婆孩子熱炕頭而努力。

她若身為男兒，兩人勢必毫無矛盾，雖說道不同志不合，可也不是不能惺惺相惜，但偏偏她是個女兒家，就算再強悍，身分始終是天然限制。她的政治地位，取決於他的政治地位，而要支持起她在宜春的地位，一個神醫的空頭銜，可並不足夠……

權仲白一面沈吟，一面進了國公爺的小書房——他身分崇高，底下人不敢攔阻，兼且又在出神，絲毫沒聽見下人們的呼喊，直到推開門扉，直入內幃，才發覺自己驚著了父親的密談。

良國公正和雲管事並幾個底下人，繞著桌上一張地圖低聲談論著什麼，見到兒子就這麼直闖進來，他臉上的不快一閃即逝，開口時語氣卻很溫和。「怎麼搞的，進來也不通傳一聲？這麼大的人了，還是這麼毛毛躁躁的。你們都下去吧。」

雲管事捲起地圖夾在腋下，衝權仲白露齒一笑，友善地道：「二少爺出診辛苦了。」便領著一群人，徐徐地退出了屋子，還為權仲白關上屋門，可謂是體貼至極。

權仲白目送他們出去，隨口便問道：「怎麼，是生意上又有麻煩了？」

「天山那裡，出了一點小問題。」良國公隨口道。「羅春最近在那附近打仗，我們有幾輛車被扣住了。」他站起身來，倒是親自給這個愣頭愣腦的二兒子倒了一杯茶。「怎麼，如此魂不守舍、心事重重，出什麼事了？你還能給我惹來什麼天大麻煩？卻只管說吧，我是聽到什麼，都不會吃驚了。」

雖說話還是那樣不好聽，可暗含的關心，權仲白哪裡聽不出來？他心底不由得一暖：父親雖然冷淡嚴酷，但其實，也不是不疼愛幾個兒子的。

「叔墨的事，我還沒聽過您的意思呢。」他沒提孫侯的事，反而問道：「他和您說了沒有？他想帶著媳婦，到江南歷練幾年。」

心裡有話，他就想直說，見良國公沈吟不語，權仲白索性就直接問了。「四個兒子，大哥現在是指望不上了，三弟那個性子，確實也不適合。您知道，我也不是那塊料。季青年紀小，性子不穩定，有時候好走極端……您是怎麼想的？就不多磨礪磨礪他？難道，您還指望我嗎？」

良國公眉頭一跳，忽然來了興致，他倒背雙手，不緊不慢地戲耍起了兒子。「你這一問，有意思。家裡這個情況，也非一日、兩日了，從你大哥離京到現在，幾乎整整一年，你怎麼從前不問，今日忽然問起？難道家裡無人可以繼位，忽然間又和你有關係了？我們的權二爺，居然有了接位的心思嗎？」

言罷，他手扶書桌，壓下身來，倒是一歪頭，仰視起了權仲白的面龐。

——看似戲謔到了十分，可權仲白又哪裡瞧不出來，父親捏著桌沿的手指，骨節都有點兒泛白了……

忽然間，他心亂如麻，竟很後悔自己衝口而出，問了這麼一個問題！這個問題，可一點都不好回答。然則君子一言，快馬一鞭，有些話說出口，一切就再不一樣了。

而他，又該怎麼答呢？

第一百四十四章

「我那點草料，您也清楚得很。」權仲白究竟並非常人，沈吟了片刻，就斷然道：「接位，我還是沒心思，可家裡總是要有人上位的。您今年也是六十多歲的人了，只是這一年來，我在一邊看著，您對季青也還是和從前一樣，並不太重視。」

權叔墨不行，那家裡自然就要全力培養權季青了，總不能臨上陣了再來磨刀吧？經過幾年的磨礪，倒是正好接過棒子。

可其實不論是權伯紅，還是權季青，現在管著的也都只是權家的藥材生意，並一些家常瑣事……你說這不重要嗎？倒也未必。可要說這是良國公府立身的根本，那就有些可笑了。讓良國公府在政壇上存繼下去的，第一，是和皇家的親戚關係；第二，是國公府繼承人的軍功；第三，是國公府在眾勳貴之間的人望；第四，那就是國公府在歷次政治紛爭中的站隊了。

這四點，哪樣都不是管藥材生意可以管出來的。同皇家的親戚關係，那得看婷娘的努力；軍功，那要從小培養，好似良國公，十幾歲就扛槍入伍了，這才能在盛年時身居高位。現在的四兄弟，叔墨倒是對軍事有興趣了，但他那單純的性子，未必能在軍中混出頭來，至於餘下三兄弟，從未受過軍事的相關教育，要想建功立業，那是難了。

要在勳貴之間培養人望，良國公就得多帶著世子在外走動，起碼要把老關係給維繫下去，這些水磨功夫，也不是趕驢上磨就能拉起來的，沒有七、八年的溫存，一旦換了當家人，人家未必還認這老關係。

至於第四，這政治紛爭嘛，因為權仲白特殊的身分，他倒是在很年輕的時候，就不情不願地被迫參與得很深了。餘下幾個兒子，根本都還沒能摸得著門路呢，偶然能被叫過來，一起與聞一些政壇秘聞，說說自己的看法，那也已經就是全部了。現在的國公府，核心大權，還牢牢握在國公爺手上，看他的意思，雖然熱衷於考察兒子、兒媳婦們的資質，但卻根本都還沒有痛下決心，要栽培哪一位呢。

這些問題，別人看不懂，權仲白卻是看得懂的，他對父親多少也是有些不滿的。

擇優繼位是權家規矩，和嫡長繼位比，也不能說有什麼不好。開國六、七十個勳爵，到現在還能興旺發達的，不過十數人家，權家要沒有自己的一套，恐怕也早都被新貴們擠下舞臺了。站在當家人的角度上來說，就算是再不情願，良國公也要在幾個兒子之間加以鑑別、挑選，選出那個最適合繼任的兒子，這倒是怪不得他。

可擇優繼位，是否意味著兄弟之間的親情，就要隨著這一次又一次的考驗而蕩然無存呢？大哥就不說了，兄弟之情仍在，但這輩子已經是相對無言；老三本來和兩個哥哥都處得不錯，現在被逼得要到江南去自明心跡，這簡直比天家還苛刻了——不想繼位，那就得玩了命的韜光養晦。

就算從前的事都不提了吧，如今就剩季青一個苗子，他自己是擺明車馬無意接位的，老人家要嘛大力栽培季青，要嘛就把話咬死了──權仲白不接位，國公府那就按絕嗣處理了！這好歹也是乾脆俐落地出了一招啊，現在嘛，態度如此曖昧，不等於是挑撥兄弟兩人相爭嗎？

「我已經無可救藥了。」權仲白道。「我知道您，您指望清蕙這一劑猛藥，能把我給扳正了、救活了，我能脫胎換骨，和家裡齊心協力，去算計、去爭取，主動把這個擔子挑到自己肩膀上來。」

他瞅了良國公一眼，見父親咕嘟著嘴，用眼角餘光瞄著自己，神色高深莫測，不禁微微一笑，由衷道：「娘在我們父子兩人間斡旋，也真是左右為難。娶焦氏，恐怕是你的主意吧？我們之間這局棋，隨著幾個兄弟逐漸長成，姊妹們逐漸出嫁，您能制衡我的手段也不多了。清蕙這門親事，怕就是您出的最後一招了吧？」

良國公不說是，也不說不是，只笑道：「好小子，就算這是你爹能走的最後一步棋，卻又如何？這步棋，我不是也走得不錯嗎？不然，你今晚何必還和我提起這事？」

真要立定決心不肯接位，這種事管他個鳥？只是如今大哥遠走，三弟挑明心跡，四弟似乎不受長輩青睞，妻子才具驚人、坐擁敵國財富……誰說良國公這步棋走得不好？這一系列變化，不都正是焦清蕙這枚大石子兒擊出的漣漪？清蕙為他改了不少，可誰說他沒有被清蕙改變？

權仲白不禁苦笑起來，他道：「真要覺得季青不行，我還能往哪兒逃啊？難道還真讓幼金繼位？不過，季青就那麼不好嗎？我看他平時辦事說話，也很沈穩端凝，頗有大家風範的。」

「你真覺得季青可以？」良國公微微抬高了聲調，斜睨著兒子。

權仲白有點說不上話了，他猶豫了一下，到底還是輕輕地搖了搖頭，為弟弟辯解。「他還小……」

權季青平時為人，的確是有一定問題的，這問題出在哪裡，也許大家一時說不出來，但權仲白和良國公都是心明眼亮之輩，卻不至於感覺不到。

良國公低沈地道：「他還小？你在他這個時候，已經憑著自己的本領，掙得八品功名了。更休說天下大勢，因你一人扭轉，難道皇上心裡就不清楚嗎？他這個寶座，有一半是你塞到他屁股底下的！」

「從前的事，還提它做什麼？」權仲白皺眉道。「再說，這樣比較，對季青來說也不公平……唉，我知道我說話，您聽不進去的，只是我先把醜話擱在前頭，您熟知我的作派，想必也多少能推演出來，一旦我繼位世子當家作主，肯定不會按您的意思辦事。」他有幾分頑皮地衝著父親笑。「您和我的這局棋，可不是我繼位世子，就算下完的！」

良國公不禁手摁太陽穴，低低地呻吟了一聲，他有點賭氣。「你要是和你媳婦換一換，那該有多好！」

不過，這片刻的失態，也很快就被老人家給控制住了，很快地，他又恢復了那高深莫測的表情。「就是因為知道你的性子，這不是還在掂量季青嗎？他要是能把毛病改好了，再成熟一點，說不準也不是不能大用……不過，你忽刺八著急上火地來找我，總不至於就是為了扯這個吧？」

他似笑非笑地拿手指頭點了點權仲白。「你媳婦剛被燕雲衛截住接走，才回來，你就說起這事。這麼簡單的手腕，就想分你老子的心？是不是宜春票號出了什麼事，你們小夫妻不想告訴我們知道啊？」

薑是老的辣，三言兩語，居然直接就猜出了結果。其中複雜的推理，良國公也不知是信任權仲白能自己推演出來，還是不想多費唇舌，竟是壓根兒就懶於解釋了。

權仲白一彎眼，也是見招拆招。「是不大想讓你們知道，清蕙倒是想說，我攔著沒讓說。不過，您也不用著急問，我來這裡，是有另一個消息要告訴給您知道的。」

良國公的眉毛抬起來了，他慢慢地「喔」了一聲，倒背著雙手，頗有興致。「什麼消息，能讓我一時半會兒還顧不上追究票號的事？你這小子，未免也對自己的口才太有信心了吧？算了算了，給你個機會，你說說看吧！」

權仲白自然很有把握，他微微一笑，父親還站著呢，自個兒倒是找了個地方坐下了，甚至於放浪形骸，還把腳蹺到了良國公的書桌上。「您可聽好嘍——」

廢后、廢太子，這可是天大的事，即使孫家和權家關係說不上密切，可良國公也必須立刻做出反應。把權仲白打發回去後，他獨自一人在書齋沈吟了半晌，這才親自走出門去，喊人把雲管事又叫了回來，兩人密斟了半晌，他這才進了內院，往擁晴院去，陪母親用夜點。

少夫人被燕雲衛拉走，無論如何也算不上小事，當然，權夫人並沒有大肆張揚，但太夫人不可能收不到消息。和良國公一樣，她也是一眼就看出來了皇上的用意。「肯定是為了宜春票號，我們不也收到風聲了？也不知誰給皇上出了這麼一個刁主意，向幾大商家入股監管，這一策明顯針對的就是宜春號，這一次，票號未必能頂得住皇家的壓力。焦氏自重身分，素來不肯輕易開口求人，但家裡卻不好裝聾作啞……我看，這一回得出面拉她一把了。」

從這一番話來看，太夫人對焦氏這個孫媳婦，大體來說還是滿意的。良國公微微一笑，低聲道：「娘，您猜怎麼地？仲白今兒主動問我，這國公位究竟要不要他來承擔？」見太夫人吃驚地挑起了一邊眉毛，良國公唇邊的笑意就更明顯了，他似乎被權仲白逗得很樂。「這個死小子，還威脅我呢！拿繼位後的事來嚇唬我，雖說還是不希望繼承這個位置，但態度上的區別，您想必也看出來了吧？」

與其說這是威脅，倒還不如說是事前聲明，和從前動不動就想逃到南邊去的那個權仲白比起來，如今的權神醫，態度何止是鬆動了一點、半點？簡直就已經曖昧得令人浮想聯翩了！太夫人眼睛亦是一亮，她禁不住一拍大腿。「有門兒啊——」

像權仲白這樣的人，一件事要有心去做，如何能做不好？他在政治上的天分，幾個長輩也都是見識過的。要不然，也襯托不出權伯紅、權叔墨的平庸，要不是當時權季青年紀還小，幾兄弟儼然是都要被權仲白給比下去了。只是天才越橫溢，性子就越桀驁，他要這樣折騰自己、消磨自己，只願以醫道為業，家裡人也拿他沒法。好在天無絕人之路，娶了媳婦，這才三年不到，態度漸漸不就軟化下來了？

「焦氏這個媳婦，說得確實是好。」太夫人和良國公倒是想到一塊兒去了，沒等良國公發話呢，自己先就感慨了一句。

良國公眼神幽微，點頭嘆道：「是啊，妻賢夫禍少，她這個水磨功夫，做得真好。」明眼人誰看不出來？權仲白這番變化，十分裡有九分都是因為妻子，雖說清蕙這幾個月沒在立雪院裡住，甚至於對長輩們還頗多冒犯，可只是今晚權仲白和父親的這一番談話，就已經足夠令幾個長輩對她更加滿意了。

太夫人亦跟著兒子嘆了口氣。「說蓮娘進門，這件事絲毫沒和她商量，甚至連風聲都沒有透，看來，是傷著她的心了。這個小姑娘，也挺狠的，拿得起放得下，說一聲不管家，居然還真就什麼都給放下了。票號這都什麼情況了，喬家那幾兄弟，下半年只在京城一帶遊走，隨時進城來和她密斟，她居然還是一聲不吭，好像這件事，和咱們真就沒關係了似的。」

不管是蕙娘這國公府二少夫人的身分，還是權家原本持有的那幾分乾股，都使得權家可以隨時名正言順地干涉朝廷針對宜春號的舉動，只是任何事都要師出有名，票號不開口，難道國公府還拿熱臉去貼冷屁股？

良國公輕輕地哼了一聲。「傲啊，傲在骨子裡。從前呢，裡頭傲，外頭也傲，現在外頭是夫唱婦隨了，裡頭……也還是那麼傲。燕雲衛把她接到封家去，到底見了誰，談了什麼，是見了連公公，還是皇上本人──她和仲白都不肯開口。我看，仲白平時懶於用心，這件事，說不說肯定在兩可之間，作主不說的那還是焦氏。她這是對府裡有點離心了……」

「府裡對她也的確沒什麼見好的地兒。」太夫人倒是為清蕙說了一句公道話。「有點又打又拉的意思，又要看人家的本領，給人家出難題，又沒給一點甜頭。這本事大的人，脾氣也都大，指望她和林氏一樣好脾氣，任揉搓，是有點非分了。」

「話雖這麼說，可她總不會以為，就仲白那點虛名氣，就能保住她的身家吧？」良國公道。「她祖父下野才多久？一年沒到呢，就打起宜春的主意了。她心裡肯定還是想爭的，只是……」他唇邊慢慢露出笑來，卻並未把話說完，而是徵詢地向母親道：「家裡這幾個子女，現在也都泰半看清為人了，仲白、焦氏，不論天分才情，都高出餘子不少。尤其是焦氏，大出我意料多矣。您要是沒有二話，這世子之位，咱們娘兒倆心裡有數，就定下來了？」

太夫人肩膀一彈，思忖了半日，才苦笑道：「嘿，本還想再看幾年的，但恐怕焦氏是沒有這個耐心了。定下來也並無不可，只是……」她有幾分猶豫。「焦氏現在也就一個兒子，子嗣還是太稀少了一點。還有，季青這孩子，又該如何處置？」

「識時務者為俊傑。」良國公淡淡地道。「他的那些小動作，從前我是睜一隻眼閉一隻眼，現在大局底定，他要還覺得自己能夠為所欲為，那就不是俊傑了。一個人沒有這個高度，去玩弄這個手段，那不等於是在玩火嗎？」在權仲白跟前，他有多像個父親，此時此刻的良國公，就有多像個冷酷無情的政客，他似乎壓根兒就沒動情緒。「如若玩火自焚，那難道不是他咎由自取？」

第一百四十五章

縱使此時的京城，不知還有幾番暗流正在湧動，但京城的太陽，每日裡也會照常昇起。

這一日似乎和平時也無甚不同，立雪院兩位主人早上起來，權仲白照例收到了許多出診邀約，其中就有來自鄭家的帖子：據說，是他們家姑奶奶，桂家的二少奶奶動了胎氣，這會兒也不敢輕易搬動，請權仲白過去給她扶脈。這帖子又順帶著和權仲白敘了敘舊，並以故人的身分，力邀蕙娘也跟著過去，說是桂含春借岳家寶地作東，欲請兩夫妻在鄭家用個便飯。

算不上太得體的藉口，但也不是說不過去。外地人家，遇事可能有自己的規矩，尤其是請個年輕男大夫來看產科，希望有其妻子在一邊陪伴，也很說得過去。權仲白那個性子，自然是拔腳就要過去，蕙娘「無可奈何」，只好派人向歇芳院打了一聲招呼，自己速速穿戴起來，便同權仲白一道兒，又再往鄭家過去了。

鄭家正辦喜事，雖說正壽日過了，一干尊貴外客不再叨擾，但自家族人並遠親近鄰，卻是要連吃幾天喜酒的。府內處處熱鬧，震天的鞭炮聲、嬉笑聲、戲樂聲，隔著幾重院子，都還能隱隱飄到蕙娘的轎子裡。她一面聽著這個，一面在心底暗暗地計算著腳步：在車馬院裡換了小轎子，由小廝們抬著進了二門，在二門裡再換了婆子，走到如今，已是深入內院了。一般回來省親的嬌客，因有姑爺在，都是住在客院裡的。看來，這位桂二少奶奶，在父母心中還是頗有地位，在夫家又很得寵，也算是位有福之人了。

要和桂家做生意，她自然事先派出人去，蒐集了桂家的種種資料。尤其是桂含春的生平、個性，更是早有打聽。因此，當轎子在一座小院跟前停下，幾位侍女將她自轎中扶出時，蕙娘一眼便看見了門前和權仲白握手言歡的疤面青年。

他比權仲白年輕幾歲，但因權某人善於養生，又長年居住在京城富貴錦繡堆中的緣故，兩人看來竟是年紀相當，桂含春還更顯年紀。這些年的邊境戰事，使他的氣質同京城中的禁衛軍，又有極大區別，雖身著光鮮衣物，但眉宇間似乎自帶了邊疆煙塵，尤其是面上淡紅色的一塊傷疤，更顯鐵血氣息。這種人雖然第一眼不能討人喜歡，但卻通常都很能令人放心。蕙娘只看了他一眼，便在心底鬆了口氣：這種時候，最怕見到的就是趾高氣揚、自鳴得意的衙內人物。那樣的人雖然好對付，可卻根本無法當機立斷，快刀斬亂麻地在重重局勢中作出決定，在如今京城的政治局勢之下，同這種人謀事，只是徒費唇舌。

她在打量桂含春，桂含春何嘗不在打量著她？兩人目光盤旋在對方身上，也不過只是片刻，便都對彼此含笑點頭，就算是打過了招呼。蕙娘便進裡屋去見桂二少奶奶——因尋的那個藉口，她正半躺在床上，倒不必下床出來迎接客人了。

「真是勞動權世兄了。」她眉眼含笑，溫溫和和地同蕙娘道。「昨兒勞累了一天，今兒還真有些不大舒服。正好就借著此事，我也躲躲懶，不到母親跟前去，不然，又要應酬上一天光景。有些多少年沒見的老親友，也要上來問西北的事，這不仔細說說，還容易得罪了人……」

蕙娘亦抿唇笑道：「弟妹客氣啦，我昨兒大晚上的打發人給妳送信，妳不都沒說什麼嗎？」她一面說，一面打量四周環境。

鄭氏也明白她的意思，因道：「不必擔心，我這一次過來，人多，娘家就給打發了幾個雜使婆子，這也是我從前在娘家住的老院子了。一會兒咱們到西裡間去，門一關，再清靜不過，聲音稍微小一點兒，別人也聽不見什麼。」

她雖顯得很有把握，但蕙娘看到那高高的頂棚，心裡還是有些顧慮。她也並不多說，只同鄭氏天南海北地扯些閒篇，因又談到現在廣州大放異彩的桂含沁一家。

鄭氏道：「他們在廣州那是樂不思蜀，說是那裡民風自由，要比西安城自在得多，和京城就更別提了。現在含沁接了些族人過去，還有幾個弟妹的親戚，也都在廣州營生。據說那裡的生意，確實好做。」

會接族人過去，泰半都是在當地已有一定的勢力，需要自家人來幫襯了。蕙娘點頭道：「我聽說楊家也有指揮嘛，似乎就是楊少奶奶同族的弟兄，這回也立下戰功了——到底人丁旺，他們這一族現在除了文官，居然還出武將了。」

文武藩籬，高不可攀，鄭家、焦家都算是文官譜系裡的，世代必須靠科舉出身，否則再大的富貴，也不過是過眼雲煙而已。

鄭氏也道：「是，我們也都說，那是極難得的人才了。別看現在才是個千戶，可年紀還不算太大呢，將來平平順順的，在千戶位置上退休，也是大有可能的事。」

不免又和蕙娘嗟嘆了一番京中各大戶人家的起落，正說著，桂含春同權仲白連袂進來，桂含春便含笑衝妻子道：「說什麼呢？這麼動情，連眉頭都皺起來了。」

鐵漢柔情，他雖然一身武將氣質，但對妻子說話的語氣倒很柔和。內外之別，立刻就看出來了，不比權仲白，對外人說話是一番討人厭，對內人說話，是另一番討人厭……

鄭氏忙笑道：「沒有動情，就是白說些別人家的事。」

桂含春和權仲白對視了一眼，兩人的表情，似乎都在說：婦道人家，就是這麼三姑六婆！自然，這兩個聰明人，也是不會將這話給說出口的。

權仲白便請鄭氏起身，道：「聽說弟妹小產過幾次，可否和我仔細說說歷次症狀……」

他這裡正開口呢，那邊桂含春已經衝蕙娘使了個眼色，從容道：「他們談他們的，嫂子，裡間請。」

說著，便親自將通向裡間臥室的簾子高高挑起，如此，權仲白等人在外間問診，兩人在裡間商議，彼此一眼可以望見對方，但說話聲稍低一點，便不至於互相聽聞，這番安排，可說是比較妥當了。

從細節處見功夫，這位桂少將軍，顯然不是只懂得打仗的武夫，也算是粗中有細了。蕙娘心裡，對他多了一分信任，進了裡屋入座之後，她也為自己的魯莽道歉。「著實是事出有因，才這麼著急上火。也就是要趕在這幾天內，把事情安排出個結果來，不然，一旦局勢變化，則雙方都有事要忙，這段善緣，也許就結不成了。」

桂含春雙眸精光一閃，沈吟了片刻，才道：「剛才子殷兄和我一路進來，也說了這麼一番話。貴伉儷深居朝政中心，消息靈通，不說我們窮鄉僻壤的桂家無法相比，恐怕就是我岳家都要瞠目其後。能使得您和子殷兄都這麼看重的消息，想來，也不是什麼小事了？」

蕙娘左右張望了一番，低聲道：「就因為事情不小，所以才更要慎重。這件事，誰也不知會鬧得多大，也許會引發另一番朝堂風雲，那也難說。」

桂含春若有所思地點了點頭，居然也不再問。蕙娘心底，吃得更準了——識看眼色、深知進退，桂家這位宗子起碼從第一印象來說，同喬家、焦梅甚至是焦老太爺給的評語一樣，雖然僻處偏遠，但家風嚴正，絕不吃裡扒外、出爾反爾，還是很靠譜，很是值得來往的。

兩人初次見面，肯定要互相試探、熟悉一番，也摸摸對方的底細。桂含春一時並不著急於切入正題，而是彎彎繞繞，和蕙娘敘了敘舊。「昔年西北戰事吃緊，朝廷軍糧調動艱難，我們的糧草官到京城要糧，就多虧了貴祖父熱情招待，一力為之奔走、斡旋。雖然雙方未謀一面，但實在還是有交情在的，家父一直很感念老爺子的恩情。這一次我過來京城，還特地叮囑我給老爺子預備了些土產——都不是什麼貴重物事，請少夫人不要見笑。」

蕙娘客氣了一番，自也絞盡腦汁，從焦家這面和桂家扯了一點連繫出來——這豪門世族，辦事總是要講究一個關係，扯得上關係，那就好說話了。桂含春要和她談宜春號的關係，那是焦家一脈相承的產業，所以他只能從焦家來扯，不然，倒是可以直接把權仲白幾次去西北時的交情拈出來用了。

兩人談了一會兒，彼此稍微熟絡一些了，桂含春便先斟酌著道：「此次和嫂子會面，實在是家父有幾個顧慮，不是喬家人能弄明白的，甚至連貴府管事，都懵然無知。因此不得不跑上這一回，也是打擾嫂子了。」

快人快語，投合蕙娘性子，她欣然道：「這也是自然，我也有些具體細節，想和少將軍商量，少將軍請先問吧。」

「第一個疑問，也是最大的問題……宜春號這隻金雞母，將來盈利，只有越來越大的道理。」桂含春說起話來，安靜、柔和中，似乎總是透了一種新鮮的爽快，好似大夏天裡的一根黃瓜，散發著很宜人的清爽。甚至就連討論規模如此巨大的交易，他都顯得很從容。「這麼大的生意，自然會招來處處覬覦，雖然現在還有老閣老餘威護身，但……財帛動人心啊，家父的意思，桂家在西北、東南雖然還有些薄面，但畢竟不比京城世家，對付一般的宵小可以，可要有些更高一層的巨鱷，那就不是桂家所能應付的了……」

又想占便宜，又不想承擔風險，這也是人人難免的心態，桂家把話說得這麼直白，倒也算是忠厚老實了，起碼還是把對地方上中低層官吏的活計給包去了。蕙娘問道：「更高，高到哪一層？親民父母官、一地州官、封疆大吏、閣中宰相……」她注視著桂含春，一層一層地說。「還是皇親國戚呢？」

說到前頭幾重，桂含春的神色都很平靜，這最後一重，卻令他眉頭一跳。蕙娘心裡有數了，她反而露出欣賞之色，微笑道：「好，桂老帥思慮深遠，可見是真有興趣入股宜春。的確，貴府地位超然，不說封疆大吏，文武殊途，就是閣老們也不能對軍事隨意開口，真正有資格力壓貴府的，全國也就只有那麼幾戶占了軍權，又偏偏還身為外戚，和皇家帶了親的人家了。多一事不如少一事，銀錢雖然是好東西，可也不必為了它攬上這樣的麻煩，如此擔憂，也是入情入理。我可以對少帥保證，等股份稀釋完畢以後，這幾戶人家，是絕不敢把手插到宜春裡來的。」

「少帥這稱呼，我不敢當。」桂含春靜若止水。「嫂子這句話，口氣有點大了，含春願聞其詳。」

「這就容我賣個關子了，稍後自會向少將軍說明的。」蕙娘對桂含春做了個手勢。「還請少將軍再問。」

「好。」桂含春乾脆地道。「這第二個顧慮，便是以宜春股份的昂貴，我們桂家即使只占一成股份，亦要付出一筆天文數字一般的現銀。這筆錢，桂家也許不是拿不出來，但卻勢必要抽空所有銀兩儲備。可若不出錢而占據乾股，父親又覺無功不受祿，拿不了這份錢。雖說前頭幾位管事，也給了一些解決的辦法，但都感到不夠妥當。父親的意思，桂家有一批舊銀，大約三百餘萬，是本朝初年得到的銀子，上頭是沒有官印的。宜春按說不收這種銀子……」

沒有官印，是否真是本朝初年得到的，恐怕還真不好說呢。桂家這是明目張膽，立刻就要來洗黑錢啦！蕙娘瞳仁一縮，唇角逸出一線微笑，她毫不猶豫地答應了下來。「如傳言一樣，宜春在山西本鋪有座銀山，只要成色十足，再熔煉三百萬兩進去，又有何不可？」

桂含春瞅了她一眼，輕啜了一口茶，他的肩膀放鬆了一點，語氣就更為柔和了。「嫂子果然是爽快人。」

他又說了幾個問題，那就都是很具體瑣碎的顧慮了，有些牽扯到政治上的進退，比如說王家和焦家的關係、盛源號和王家的關係等等，倒也只有蕙娘能隨口回答上來，其餘幾個高層，都沒有這個身分。自然，他也都得到了令人滿意的答覆。很快地，他就對蕙娘舉了舉茶杯，示意自己的問題已經問完了。

時間寶貴，蕙娘也絲毫沒有浪費，她一頓杯子，微笑著道：「方才少將軍問我，如何防止皇家外戚、各地藩王對宜春出手……」便簡明扼要地將皇上欲要入股監管所有規模超過一定程度的大商戶這一事給說了出來。「這事已有風聲流出，我也就不諱言了，宜春就是皇家入股的第一戶商家。」

這消息實在是太刺激了，桂含春如此城府，亦一下子站起身來，難掩震動。「這麼說，我們桂家入股銀兩——」

「少將軍心急了。」蕙娘笑道。「您入股多少銀兩，是乾股還是濕股，還不是憑著我們一張嘴在說？這件事操辦得急，那就是想在皇家入股前給辦下來，不然，以後怕真沒有人敢入股宜春了。」

桂含春疑惑稍解，眉宇間卻仍是顧慮重重，蕙娘並不多作安撫，而是又再給他添擔子。「明人不說暗話，為什麼那些皇親國戚，不敢打宜春的主意？因為對宜春想法最大的，另有其人。皇上是很想一口把宜春給吃掉的，只是他沒有這麼大的口。少將軍，醜話說在前頭，您要留心注意了：入股宜春，很可能會招惹皇上的不快。雖說以我們分析，皇上並不會因此而遷怒桂家，但任何事都有例外，其中的風險，您得自個兒掂量好了再說。」

見桂含春眉頭緊皺，她又緩緩道：「這件事，必須趕在皇家入股前辦，可要安撫皇上，卻只能在這兩天上書。雖說不合情理，但我也只能給您一盞茶的時間考慮，是入局還是出局，就在您一言之間了。如若桂家不答應，我們就得和別的人選接觸，時間寶貴啊，請少將軍明察。」

一盞茶的工夫，如此重大的決定……即使是爽快如桂含春，也不禁眉眼端凝，半晌都沒有說話。很顯然，他正緊張地思考著個中利弊。

蕙娘也並不催促，只悠然望著手中懷錶，口中無聲地計時。一盞茶工夫剛過，她便道：「少將軍，意下如何？」

桂含春猛地一咬牙，輕輕一擊桌面，居然也就如響斯應(注)，給出了答覆。「這個股，我們桂家入定了！」

注：形容反響極快，即反應很迅速之意。

第一百四十六章

一言既出，駟馬難追。至此，入股大事，終於塵埃落定。蕙娘唇畔含笑，重又起身給桂含春行禮。「日後票號事務，還要煩少將軍多照顧了。」

她心底卻亦不禁好奇：這三百萬兩銀子，桂家就真如此渴望洗白嗎？地方軍門，最怕招皇帝猜忌，桂家行事又一向謹慎，如果皇上沒有那番召見，她自也不會明言，桂家入股倒是十拿九穩的事，可在皇上這麼一番表態以後，再不明說那就有點不厚道了。主事的又不是桂元帥，而是桂含春這個近年來被極力培養的宗子，雖說宗子身分特別，但這麼大的事，他很可能無法承擔起當機立斷的壓力，她其實已經不大看好桂家，甚至在心底咂摸（注）起了另一戶可能的人家。沒想到，桂家的態度居然這麼堅決，寧可承擔皇上的不悅，也要入股宜春……以他們的眼界來說，這圖的可能也不只是錢了吧……

桂含春還有很多細節問題，要和蕙娘商定，譬如這股份如何稀釋？桂家拿出多少現銀來？占多少股？又以每年分紅的多少來填補本錢虧空，最終能達到股、本一致等等。

蕙娘一一和他說定了，又道：「少將軍若是有閒，喬家幾位爺、李總櫃都會過來，增資畢竟是件大事，大家聚在一起吃一頓飯，那是要的。依我看，幾個東家也應定期碰面，起碼

注：咂摸，音ㄗㄚ．ㄇㄛ，即思索、尋思之意。

一年兩次，大家互相問問好，互通有無一番，也是好的。」

桂含春看了蕙娘一眼，緩緩道：「我離京是要陛辭（注）的，如若京中出事，可能回去的腳步也會延緩……」

既然最終答覆入股，那麼雙方關係自然不同，蕙娘原來不願說的話，現在似乎可以說了，可她卻不接這個話茬兒，只笑道：「就按原來離京的日子，他們也趕得過來的，只要少將軍有閒那就好了。」

兩人說到此時，幾個疑問都已經彼此解釋完了，甚至連瑣碎細節都商定不少，算來幾乎是談了有半個時辰，權仲白那邊診療居然都還未曾結束。蕙娘望了外間一眼，看他居然在給鄭氏放血，不禁有幾分納罕。因對話也算有了個結果，正欲起身出去看個究竟，桂含春忽又道——

「家父的顧慮，是告一段落了。我本人還有一個顧慮，想耽擱嫂夫人一點時間。」

蕙娘有些吃驚，才抬起了身子，又坐回了椅上。

桂含春看了看她，又看了看權仲白的背影，他的聲音，比方才提得要高了一些。

「實話實說，如今宜春的幾個股東，喬家、李總櫃，那是具體操辦經營這門生意的人家，可說是以經營立身；天家硬插一槓子，算是以天威立身；我們桂家也算是有些地位，以勢立身……」他問。「嫂子雖然出身高貴，如今更是國公府的二少夫人，可老閣老年事已高了，將來若嫂子要和子殷兄分府出去，又將以什麼在票號內部立身呢？」這問題雖然如此尖銳，可桂含春的態度卻很坦然，甚至還帶了一點同情。「若說以昔年情分立身，那想必嫂子要比我更清楚，三文錢都能鬧出人命，在這驚人財富跟前，情分，是靠不住的。」

究竟是喬家靠不住，還是桂家靠不住，他卻沒有明說——其實，也相當於是已經明說了，不然，這就不該是他自己的顧慮，而是桂元帥的顧慮了……如若權仲白沒有正位世子，將來那就是要分家出去的，桂家和清蕙又沒有任何交情，甚至和權仲白也只是泛泛之交，如以勢力聯合喬家，以高明手段，將焦家股份逼出，立刻就是數不盡的好處，卻沒有什麼壞處可言，甚至連良心上的不安都不會有，畢竟，就不說桂家，連如今的喬家一代，和清蕙都不能說有什麼情分了。

蕙娘微微一扭頭，透過挑起的簾子，望了權仲白的背影一眼，見他肩背繃緊，手上動作也停了，她不禁微微一笑，才道：「少將軍這話知心，情我領了。您說得對，靠情分，自然是立不住身的。任何事情，都是不進則退，就是我們國公府，這一代也是人才凋零，要沒有個能人領著，再過二十年，怕是連夫家的勢都靠不上了……」

這句話，倒是把桂含春的另一重意思給解讀出來了：桂家三個嫡子，個個都有軍功，還有個偏房桂含沁，也是響噹噹的人物。一個好漢三個幫，二十年以後，桂家肯定還能繼續興旺下去。而權家呢？老大去東北，老三才入伍，老四根本就沒聽見聲音。權仲白承繼世子位，在外人看來很可能已經是板上釘釘，但承繼了世子位之後，這條路怎麼走，那就有點沒

注：陛辭，指臣子拜謁後辭別天子。

譜了。任何一個瞭解權仲白的人，怕亦都明白，他會是個很好的醫生、一個很好的朋友，但卻很可能不是一個可靠的政治夥伴、一個合格的國公爺。他幾乎是不可能掌握實權的，而如果這一代不出個實權人物，即使二十年後第三代能夠上位，距離良國公手握重權的時間，也已經有點太遠了，五十年的時間，足以讓很多關係變冷……

桂含春見蕙娘說破，便也露出擔憂、同情之色，他緩緩道：「也是因為嫂夫人爽快俐落，我才將這話出口。朝堂上的事，有時候沒人情可講，家族間的紛爭也是如此。我桂含春雖不是那等鳥盡弓藏之輩，但——」

「少將軍說得對，」蕙娘一挺脊背，柔和地打斷了桂含春的話語。「門閥之間，沒有人情講的。如要把我的利益，寄託在少將軍的人品上，對少將軍來說也不公平。要扭轉這樣的局面，其實根本無法冀望於外人，只能靠我們這些局中人，不斷的努力奮進。希望將來有一天，少將軍可以不必擔心。」

桂含春心領神會，衝蕙娘欣然一笑，起身道：「若嫂夫人是男兒身，定然有一番大作為，含春也必定傾心結交。閨閣女子，幾個能有您這樣的胸襟和氣魄？」他一邊說，一邊往外走，口風一轉，又開起了玩笑。「您身為巾幗，是朝廷的損失，可卻是子殷兄的幸運。子殷兄真乃天之驕子，非但自己天縱英才，連嫂夫人都是如此人物。上天對賢夫婦，也未免太偏愛了吧！」

蕙娘緊隨其後，本想也說幾句玩笑話的，可見鄭氏面色不大好看，便知機噤下。

桂含春此時已經出了屋子，自然發覺不對，他快步走到妻子身邊，低聲問權仲白。「只是扶個平安脈，居然扶出不對來了？」

鄭氏這個「不舒服」，是被蕙娘的口信給催出來的，眾人自然是也沒有放在心上，權仲白不過是順便給她扶個平安脈，做做人情而已。可這一扶脈扶了小半個時辰，還要放血，蕙娘早有些疑心了，只是無暇他顧，也沒往深裡想。此時一見權仲白臉色，便知道事情不大好了。

果然，權仲白搖了搖頭，道：「前幾次流產，將養得不大好，坐下病根了。這一胎得小心一點，我看，不能再勞累顛簸，得在京城生產了。」他拎起藥箱，顧盼了一番，道：「這裡沒有桌子，我到外頭開方吧。」說著，便掀起簾子，走出堂屋去了。

桂含春哪還不知機？他面色沈重，匆匆摸了摸妻子的肩頭，以示安慰，便跟著權仲白一道出去了。

其實，這群名門貴女，亦沒有誰是簡單角色，蕙娘和鄭氏對視一眼，也看出來，鄭氏是已經明白了——她的問題，恐怕不在小，權仲白甚至都不願當面仔細地告訴她。

這等壞消息，對任何一個女人來說都是很大的打擊，尤其鄭氏又有過幾次滑胎的經歷。蕙娘想要安慰她，又覺得兩人交情不到，多說也露矯情，便只是輕輕地握了握鄭氏的手，低聲道：「不要緊，總是有辦法的。」

鄭氏眼神茫然，好半晌，才輕輕地對蕙娘一笑，回捏了捏蕙娘的手，低聲道：「唉，是啊，實在不行，辦法總是會有的……」

說完這句話，屋內又安靜了下來。

權仲白和桂含春兩人低低的對話聲，穿過簾子進來，已經不大清楚了，蕙娘著意聽了一會兒，都聽不出所以然來。

鄭氏顯然也是如此，因此過了一會兒，她索性不再去聽了，而是和蕙娘聊起家常。「蕙姊姊，權世兄屋裡，有幾個人了？」

這時候問這個問題，很容易就能揣測出鄭氏的思緒。蕙娘有點尷尬，但這事又無法說謊，只得道：「沒人，我想給他提拔幾個人，他自己不要……他性子怪得很。」

「嗯，權世兄不要妾室，一點都不令人吃驚。」鄭氏被她逗樂了。「我以前在京城的時候，也覺得這種事情，天經地義的。那時候，大家看含沁的媳婦，和看怪物一樣，我心裡也覺著，她什麼都好，就是有點太妒忌了。」

她歎了一口氣，有點自言自語的意思。「沒想到嫁到西北，家規就不准納妾。他平時公務忙，也絲毫沒有不規矩的意思，連眼尾都不看向別處……唉，他待我實在是很好的。婆婆對我，也沒得說……都滑胎兩次了，還沒提開臉的事。是我自己命不強，從小在京城長大，養得弱不禁風，始終習慣不了西北的天氣……」她有些嗚咽。「其實，我挺羨慕四弟妹的，她不怕呀，生了一個兒子，就心疼她生育辛苦，說是這第三胎完了後，幾年內不叫再生了。我、我就不行了，宗房人口稀少，那怎麼行？一個哪夠，起碼三個、四個，才能把這麼大的家業給撐起來……沒有人逼我，我自己要逼我自己……剛、剛才，權世兄說我思慮太重了，傷到胎兒，我、我……」

她說的四弟妹，應該就是桂含沁之妻了。看來，兩房雖然天南海北，但一直互通消息，關係還是很親密的。只是從前，鄭氏自己日子也美滿，就不會多羨慕含沁媳婦，而現在就不一樣了。身為宗婦，承擔的東西，總要比妯娌們多一些……

蕙娘也從心裡為鄭氏難過，她重又握住了鄭氏的手，鄭氏便將頭靠到她肩上，輕輕地抽泣了起來，又似乎是在自我寬慰。「還好，還有個大哥兒站住了、還有個大哥兒站住了……」

腳步聲響處，桂含春撩開簾子，輕輕地進了屋，從蕙娘肩上，把鄭氏給摟過去了。

蕙娘衝他點了點頭，也不和鄭氏告別了，自己出了屋子，權仲白正在堂屋裡等她。

兩人當然也不吃飯了，一道出了院子，換轎上車，直到車行出府，權仲白才問她。「和明美談得如何？他這個人，我是很看好的，雖然比不得他弟弟明潤機變，但明潤性子，不適合做族長，明美卻是天生就有當主官的氣質。年紀雖輕，可卻也很老成了。」

蕙娘這才知道桂含春表字明美，另外一個明潤，應該就是桂含沁了。她胡亂點了點頭，便問權仲白。「鄭氏的脈象，不大好？」

「她和妳是反著來的，貧血。」權仲白道。「血色太淡了，而且脈象也弱。自述起行經諸狀，可能是在西北水土不服，家務繁忙，日常飲食又不能精心調養，幾次月子都沒坐太好。母體坐下病了，兩個孩子都在六個月流的，這一次這孩子要是六個月能保住還好，不然，一連滑胎三次，這第三次是最凶險的。」他也有些感慨。「人這一生，誰不是在雞蛋殼上走路？她要是血崩，連自己的命都保不住，還談何日後？就是保住了，以後也再不能生育，必須服用避子湯。不然要再懷孕，她胞宮可能太薄，再流一次，必死無疑。」

「若是這胎兒保住了……」蕙娘不禁就道。「應該就還好些了吧？」

權仲白搖了搖頭。「看情況。要是生得艱難，以後也最好都別生了。」

「這些話，你都和她說了？」蕙娘想到鄭氏哭成那樣，其實也是心知肚明了。

權仲白道：「我對她說了，也對明美說了。任何一個人不知情，將來都可能造成人命慘劇。不過，對她說的肯定是儘量委婉了。她恐怕很受震動吧？」

這還用說？蕙娘白了權仲白一眼，可又覺得他說得也有道理。她道：「是很觸動，不過，人世間就是這樣，任何事都不可能十全十美。要做宗婦的人，也不能被這種事困住吧？我看，她哭個一陣子，應該也就能自己緩過來，做出布置了。」

做的是何等布置，就更不用點明了。權仲白露出一絲似乎是譏諷，又似乎是感慨的苦笑，輕輕搖了搖頭，道：「唉，這個人間世！」

兩夫妻半日折騰，都有些疲倦，權仲白還有幾個病患要出診，因此把蕙娘送回立雪院，就自己去忙活了。

蕙娘卻也沒能安寧幾分，她才換了衣服，便被權夫人叫到歇芳院去說話，不外乎也就是盤問她昨日被燕雲衛接到哪兒去了？是否遇到了什麼麻煩？

這十來個時辰之間，發生的事情實在太多了，蕙娘亟需一點空間來好好反省整理。再說，劇變當前，她也無心和婆婆繞彎子，痛痛快快地竹筒倒豆子，就把皇上的意思，以及宜春增股的事，告訴給權夫人知道。

權夫人自然也聽得非常七情上面（注），眉毛一跳一跳的，情緒顯然非常激動，等蕙娘說完了，她穩了一會兒，才沈聲問：「宜春增股，這麼大的事，妳也不和家裡商量商量——」她瞥了蕙娘一眼，硬生生把話給嚥了下去。「唉，算了算了，這會兒再說這個也沒用。妳且說說，按此計劃，增股以後，妳的股份會縮到多少？」

「桂家進來，是占十二分，我們按股比退些給他。」蕙娘有些吃驚，卻仍迅速答道。「娘不必為我擔心，這件事上，喬家還坑不到我的。」

態度很好，可話卻說得含含糊糊的。權夫人看了媳婦一眼，也知道她不可能再透露更多了。雖說焦氏過門已有近三年，可宜春的事，那還是霧裡看花，令人看不出所以然來……

她又問了幾句瑣事，便沒好氣地揮了揮手，道：「一家人，何必如此見外？家裡又不至於貪圖妳的陪嫁！做這個姿態，沒得讓人寒心！」一句話出口，又覺重了，見焦氏沈下臉來，有些不快，又要起身請罪，她忙自己找話補了一句。「我知道，妳也無奈，喬家那頭逼

注：喜、怒、哀、懼、愛、惡、慾七種感情躍上了面部，意指面部表情反應出當下複雜的內心感受。

著妳呢，妳也為難，可……唉，妳也累著了，快回去歇著吧！我自會為妳向妳公爹、祖母解釋的，到時候，妳再賠兩句好話，這事也就跟著過去了。」

她這話倒也不全是應酬——剛把蕙娘給打發走了，權夫人立刻就命人備了轎子，親自出了二門，到小書房去找良國公。

第一百四十七章

波瀾起伏地連番經歷了這麼多場對峙，蕙娘就是鐵打的筋骨，也有點熬不住了。從歇芳院回來後，她傳出話去，把底下人支使得團團亂轉，自己倒是偷了浮生半日閒，睡了一個時辰後，爬起身來，又把歪哥抱到身邊，再攬了兩隻乖巧可愛的哈巴狗兒、小奶貓兒，同兒子一道看貓兒、狗兒在地上玩耍。

歪哥樂得直拍手掌，笨手笨腳的，俯身就要去抓小貓，口中還嚷道：「喵喵、喵喵！」

小孩子長大，真是一天一個模樣，有時候像爹，有時候又像娘，今天的歪哥就特別像蕙娘，穿著五彩百連格的小袍子、小褲子，白嫩嫩的小手抓來抓去，藕節一樣短胖的腿兒，穩穩當當地在炕上蹲著，短短的頭髮，在腦後紮了個小沖天炮，看著別提有多可愛了。蕙娘本讓他自己去捉貓的，奈何小貓靈巧，歪哥又笨，捉了半天沒有捉到，又來求她。

「娘、娘娘！喵，我要喵！」

幾句話說得字正腔圓的，倒把他娘給逗開心了，伸手抱過小貓，捏了捏腳掌，見爪子都被修過，不至於抓傷歪哥，便把貓兒放到歪哥懷裡，道：「輕點摸，要撓了你，我可不管。」

歪哥甜甜地道：「娘真好！」說著，頭一歪，整個人倒在蕙娘身前的炕上，手腳並用，將小貓擁在懷裡，讓貓兒把他的小身子當作山來攀爬，自個兒悶不吭聲，笑得渾身顫抖，也不知在樂什麼。

蕙娘被他鬧得有點無奈，只好摸了摸歪哥的臉蛋，嗔道：「你就鬧吧你！」一邊說，一邊也不禁笑了兩聲，彎下腰來親了親兒子的腦門。「啊，囟門長嚴實了嘛，以後你要惹得我不痛快了，我就賞你幾個爆栗子吃！」

歪哥哪裡在乎這個，格格笑了兩聲，便算是敷衍過母親了，自己和貓玩個沒夠，倒讓小狗落了單，在地上汪汪了起來。

一屋子貓叫狗吠，熱鬧得不得了，綠松進來回話時，蕙娘險些都沒聽清。她醒了醒神，才回過味來，有幾分吃驚地道：「這麼快？昨天才把消息送出去，今天就都回來了？」

「本來嘛，幾位爺不敢在京城逗留，還不是怕被人盯上。」綠松道。「您送的信兒又急，那肯定是星夜回京。不過，今兒您從早勞累到現在，我看您小日子也就是這幾天的事了，也不差這一個晚上，反正大事都給定了，今晚還是先歇著吧？」

的確，蕙娘經前一段日子，如果過於勞累，整個經期精神都不會太好。她略作猶豫，還是說：「事不宜遲，這會兒才過初更，稍微碰個面也好。」

便讓養娘把歪哥抱走了好生去睡，自己由幾個丫頭圍著換衣服。

綠松一邊給她繫紐絆，一邊道：「這一陣子，香花幾個人，老回來尋我們說話……都急著想回主子身邊服侍。」

蕙娘「唔」了一聲。「在府裡的日子，應該還不至於太難過吧？」

「正經主子不在，難免受點委屈的。三少夫人雖然為人好，可畢竟還是隔了一層。」石英低聲道：「再說，在府裡做事，領的就是府裡的月錢了，每個月能差出二兩去，您要回來還好些，這筆錢，遲早給她們加回來。現在您眼看著不回來府裡了，她們自然是大不樂意繼續給人差遣，一個個都打著新婚的旗號，預備回家去生個孩子再說呢。」

「也到了該生育的年紀了。」蕙娘不禁就笑道。「這幾個月，我看海藍她們上手得也快，十月裡，把妳們三個也放出去成親，都趕著生個囡囡出來，一起給小二做養娘就好了。」

主子們有主子們的江湖，丫頭們也有丫頭們的恩怨，蕙娘的這些陪嫁大丫頭們，一個個急於生育，除了傳宗接代以外，的確也有瞄準養娘位置的意思。廖養娘年紀大了，管個歪哥，已經是她的極限，蕙娘眼看要生育二胎，這麼好的機會，底下人當然不會錯過了。綠松還是那無所謂的樣子，石英和孔雀對視了一眼，兩人都微微一笑。

石英道：「我只安心幫姑娘做事，別的事，隨緣吧。」

話是這麼說，可緊接著，她就不緊不慢地給蕙娘說起了西北的事。「我爹和喬家大爺一路去西北，也難免一道談天吃酒，聽喬大爺說，一屋子幾兄弟，對票號的看法其實都不一樣，其實，從小他是同二爺更合得來的，奈何老爺子去世以後，幾兄弟在經營思路上，其實一直都有紛爭。二爺只想著守成，對貿易、紡織也有興趣；三爺一開始並不管這些，一心只想著吃喝玩樂，票號裡的事，虛應故事罷了，還是後來元配沒了，給納了個繼室，這才上進起來，大爺才覺得沒那麼獨木難支了。」

她說起喬大爺的八卦，蕙娘自然聽得津津有味，孔雀、綠松無形間都被冷落，綠松還好，孔雀就有點氣哼哼的，給蕙娘收拾好了首飾，也不說在她跟前，等著一會兒喬家人進來服侍茶水，自己便退出去，慢慢地吃過晚飯了。

因心裡還有幾分煩悶，可歪哥已經睡下，又不敢前去打擾母親，妹妹還被留在沖粹園內，孔雀便隨意尋了個由頭，出園子裡去逛了。

雖說立雪院規矩嚴格，但孔雀身分特殊，自然臉面要比常人厚些，她順順當當地就出了院門，拐到園子後頭的池水邊上，望著水中月影出了半日的神，又繞到石舫欄杆邊上，拿腳尖跐著地，盤算著自己的心事。越想就越是入迷，好半晌也都一動不動，靠在石舫邊上，倒像是岸邊一株柳樹的影子。

慢慢地，遠處擁晴院的燈火已經熄滅——老太太年紀大了，入睡比較早，吃過晚飯，院子裡就不留大燈了。遠遠的歇芳院裡倒還燈火通明，可卻也無人進出。至於其餘幾處屋舍，均在園中更遠的地方，在這兒是張望不到的。也不知過了多久，忽然一陣冷風吹來，孔雀猛地打了個冷顫，從迷思裡清醒了過來，她一看月影，便知道壞了：如不快趕回去，院門一落鎖，那動靜可就大了！再過一會兒，到了眾人入睡的時辰，還瞧不見她，萬一鬧開來，她怎麼解釋也都要落個沒臉。到時候，可就又要被綠松、石英給落下了一大截。

和她來時相比，月色已經暗了不少，雲影幢幢，在地面投下了變動不定的陰影，將來時小徑隱在了暗處。在白日裡富貴錦繡的樓閣，到了夜裡，彷彿都化作了不言不語、蹲伏在黑暗中的猛獸，她稍一張望，便有些害怕，正要快步往回趕時，只聽得遠處岸邊，落葉窣窣而響，似乎有人走得近了，可一眼看去，岸邊卻還是一團黑色，來人竟沒打燈籠。

孔雀手裡原也拿了個小燈籠，只是出神久了，蠟燭燃盡——她這尚且還是心煩意亂，無事出來閒晃呢。要有正經事，這麼大晚上的，誰不打個燈籠？她立時就嚇得屏住了呼吸，不知如何，就想到王供奉和姑娘閒談的夜戰講究——

「若在夜間遇到歹人，萬不可慌裡慌張，隨意出聲，又或者大步奔逃，倒是安安靜靜地藏在暗處，更為安全。」

當時她不過當個稀奇事一聽而已，這會兒字字句句，倒是清晰得和烙在心上一樣。她屏息靜氣，等了半日，都未聽見岸邊有別的響動，還以為是自己多心，不過是風吹葉動，才剛放下了一顆心呢，便聽見有人就在她身後道——

「什麼事這麼著急？你也不是不知道，我剛從外頭回來，真這麼著急，你還不如打發人到外頭找我。」

她嚇得幾乎蹦跳起來，只覺得心跳到了嗓子眼，咚咚咚咚，幾乎把那人說話的聲音給蓋過了。好在片刻後，另一人的聲音，又把她給嚇得回了神。

「到外頭找你？沒那麼多工夫。只是念在多年交情，給你帶句話，想聽就聽，不想聽，算了。」

此人語調，冷漠異常，但距離孔雀就有點遠了，她慢慢地冷靜下來，才發覺這兩人是進了石舫說話——石舫兩面有門，因裡頭也無甚貴重擺設，不過一點沈重家具，那又不是輕易可以搬動的，因此兩頭門其實都沒有鎖，他們想是從岸邊那門進來，踱到靠湖這頭的門來說話，免得聲音外露，傳到了別處去。

深夜密斟，肯定不是什麼好事。孔雀一時慌得是六神無主，恨不能有綠松、石英兩人在身邊給她出出主意。這兩個人雖然她平日裡一直不大服氣，可到了此時此刻，她才發覺她一直是很佩服她們的，起碼，面對這等情況，她們會比她更沈著一點兒。

「我聽，我當然聽。」第一人笑了。「老叔你今兒怎麼回事？臉色這麼難看——」

「風向要轉了。」第二人的語調，冷漠得要命。「這府裡是，府外也是。你還一無所知，真令人著急。宜春票號，已有外人插手，焦氏股份回吐，新引入了西北桂家的力量。哼，這件事辦得好急！幾個消息竟是一起送到的，從送信到敲定，居然連一個月都沒到。」

他沒給第一人反應的時間，已逕自續道：「此事對我們的影響，還不是你這個層次的人能夠知道的，不過告訴你聽聽，叫你知道你那二嫂的厲害。她心思深沈如海，你年紀輕輕，哪裡是她的對手？這連番以退為進，收效甚佳，國公已經立定決心，要扶二房上位。這一陣子，你最好夾緊尾巴，小心做人吧！」

孔雀甚至害怕自己的心跳把那兩人給招過來，她使勁摁著自己的胸口，想使其安穩幾

分，一邊聽第一人道──

「她再厲害有什麼用？二哥──」

「你二哥早就被她玩弄於股掌之間了。」第二人冷冰冰地道。「最後提醒你幾句，也就是出於情分，國公是怎樣的人，你心裡清楚，從前有些事，你做得過了！」他似乎猶豫了一下，才又開口道：「朝廷會有一番新的變化，最近一段日子，國公、我們都肯定很忙，有些事該收尾，你就自己收收尾吧，免得尾大不掉。你雖是國公嫡子、金枝玉葉，可也不過就只有一條命而已！」

這番簡短的對話，到此也就告一段落。這兩人走起路來都悄然無聲，還是臨走時闔上門扉的一聲輕響，告訴她一切已經結束。孔雀足足等了有一刻鐘之久，這才屏息靜氣，從石柱邊上伸出頭來，往外張望了一下，但見小徑寂然無聲，似乎斯人已去得久了，這才略略安下心來，抱著早已熄滅的燈籠，往岸邊走去。

才踏入一小片月色之中，她忽然發覺自己的影子映上了窗櫺，正當此時，石舫衝著湖心一面的門扉，忽然傳出了一聲響亮的「吱呀」一聲，孔雀的心頓時就提到了嗓子眼！她不及多想，燈籠一拋，頓時將自己花費許久時間，才苦思冥想出的脫身之策付諸實踐！

正當此時，立雪院內卻是裡裡外外燈火通明，外院西廂還時不時傳出一陣煙氣──喬家幾兄弟和蕙娘見面次數多了，多少也大膽了幾分，這一次也是都累了，為了提神，幾兄弟是一袋菸連著一袋菸，把個西廂給燻得和天宮一樣，自帶雲霧效果。一行幾人，就在煙霧繚繞中，各自作沈思狀。

蕙娘雖坐在上風處，可被燻得也是有點頭暈腦脹的，她望了綠松一眼，示意這丫頭給眾人都續了茶，才道：「雖說有些意想不到的風波，但這事還是辦得比較順當。桂家那三百餘萬兩銀子，我想聽聽幾位世叔的意見。」

「這也不是什麼大事。」喬三爺先嘟囔道。「一燒一熔，滾燙的銀水，哪還看得出不對？桂家是沒有那個技術，其實這也不是什麼為難的活計，他們自己都可以辦成的。」

「他們不是沒有那個技術，是想要官銀……」喬大爺吧嗒吧嗒地吸菸嘴，過了一會兒，他撩了蕙娘一眼。「這銀子，自然可收，我看姑奶奶也是一個意思，收了以後怎麼辦嘛——」

蕙娘衝喬大爺微微一笑，兩人心照不宣，都未多說什麼，喬二爺也是心領神會，只有喬三爺還沒轉過彎來呢，幾人也都無意點明。

蕙娘又道：「還有，就是我剛才提過，皇上強買強賣給我的四百萬兩貨。我們怎麼說的，我剛才也給幾位叔叔交代過了。其實，姪女根本就沒想著要用這批貨掙錢，能回一點本就是一點了。就是全折進去了，那也是和天子作對該付的代價……」她頓了頓，又道：「不過，這終究是姪女一個人的想法，若是幾位世叔不願出這筆錢，姪女也沒有二話，就由我一人全包好了。雖說桂家是不參與宜春經營的，但才入股，宜春就拿四百萬兩來做這盈虧不知的買賣，桂家知道了，心裡也會有顧慮的。」

喬家幾兄弟對視了一眼，一時誰也沒有說話。商人逐利，四百萬兩，並不是個小數目啊……

蕙娘不動聲色，只偶然掃視三兄弟幾眼，又看看李總櫃，見李總櫃幾次三番想要說話，她輕輕地衝他擺手。

可老人家到底脾氣倔，他道：「您顧慮得也對，這筆錢，讓宜春出，可能會令桂家有不必要的擔心。要解釋咱們和天家的幾次對弈，更可能會把他們嚇跑……我看，就由我老頭子和姑娘，一人一半，把這錢給出了吧！」

李總櫃手裡那幾分股，要換出來，也能值好些錢了。他歷年來分紅也不少，把棺材本都算上了，當然有底氣說出這話。

可喬家三兄弟無論如何，也不能讓老人家和蕙娘出這份錢吧？他們一下子都坐不住了，喬大爺嚷道：「櫃爺說得好！宜春出不合適，可咱們幾兄弟一攤，那不就什麼都看不見了？一人一百萬，認了算了！賣了多少錢，回頭大家平分！」

到底是和喬老太爺混出來的人，只可惜，本想為號裡辦件好事，倒是好心辦壞事了……蕙娘心裡有些失望，面上卻不露分毫，反而滿是感動。「幾位世叔高情厚意，姪女竟無話可說了。既然如此，那我也不客氣了。雄黃，把那本總冊拿來吧！」

這一夜，立雪院的燈，當然亮到了夜深……

第一百四十八章

蕙娘和喬家人談票號的事，權仲白照例是不參與的，橫豎有了年紀，又是商人，無須為了蕙娘閨譽，嚴謹地遵守避諱的規矩。他和幾位喬家爺們打了一聲招呼，便自己在東廂整理脈案，順帶著也思忖該如何闡述皇后的脈案……還有，太子陽痿，這件事肯定是要捅到他這裡來的，該如何說話，才能變相認了這件事，又不至於說謊，這多少也得費點心思琢磨。

眼看快到二更了，西廂還是燈火通明，隱約傳出人聲，半點都沒有收歇的意思，權仲白倒有點犯睏了，正打算盤膝上榻，修練幾輪內功，不想這才起身，那邊門上輕敲，是綠松低聲道——

「少爺，您可得空？」

一般權仲白獨處時，蕙娘的那些丫鬟，沒有一個敢於前來打擾的。權仲白有幾分詫異，他「嗯」了一聲。「進來吧。」

綠松便輕推門扉，閃身進了屋子，面上難掩憂色。「這會兒快到院子上鎖的時辰了，您知道姑娘的規矩，我們無事是不能隨便出去立雪院走動的，尤其孔雀，因要守著姑娘的那些首飾，平時也最為謹慎，可卻到這會兒都還沒有回來。我們這時候，沒有主子發話，卻也不好隨意出門了……」

立雪院分內外兩進，外進直接連通角門，喬家幾位，一會兒從角門出去便是，至於院子和二門後花園連通的正門，到了二更就要上鎖，這是府內雷打不動的規矩。除非家裡遇到節慶喜事，主子們都還飲宴未歸，不然，到了二更，也就到了眾人安歇的時辰。孔雀就是閒來無事，想要出去散散悶，這會兒也應該回來了。

權仲白眉頭一皺，望了西廂一眼，又沈吟了片刻，便道：「貿然出去尋找，掀起點熱鬧，雖不算什麼，但孔雀本人可能就不大好意思了。我看，她也許是在別地兒耽擱住了，也許一會兒就回來……這樣吧，就說我的話，院門先別關，虛鎖著，等過了三更，人要還沒回來，就再告訴我，發散人手到各處去尋找一番。」

綠松自然並無二話，退出去依言照辦。

權仲白手按醫案，倒是泛起一點沈思：從來都不出門的人，這會兒宜春票號的人來聚會，清蕙又才剛把票號增股的事告訴了長輩們，她就要出門去閒逛了……不過，也就是稍微這麼一想而已。孔雀根正苗紅，一家人包括未來夫婿，都是二房心腹，平日裡雖有些小脾氣、小計較，但忠心卻也無可置疑。

權仲白也並未往心裡去，自己做了一套功課，綠松就又來回報了。「是出去散心，走在橋邊，貪看水中月色，腳一滑就落水了。上岸後躲了一會兒，待身上稍乾了才敢回來的。孔雀不懂事，讓少爺擔心了。」

權仲白何曾會放在心上？他和氣地道：「現在天氣冷了，落水後被風一吹，可不是好玩的，妳讓她快洗個熱水澡，然後過來見我，我把把脈，給她門個祛寒方子吃。」

過了一會兒，孔雀果然還濕著頭髮就過來了。她雖已經換了一身衣服，身上也隱約帶著熱氣，但肩膀輕輕顫抖，面色帶了青白，儼然是一副受驚、受寒不輕的樣子。權仲白見了，不禁就笑道：「這就有點不太小心了吧？萬一病了，耽誤婚期，甘草的盼望落了空，妳要遭他的埋怨呢！」

權仲白和已訂親的丫頭們相處，不太那樣拘謹，偶然也會以自己的小廝們來打趣打趣丫頭。提到未婚夫，孔雀從來都是又羞澀、又著急的，尤其她、石英、綠松的婚事都在下個月辦，這時候要病起來，那可別提多麻煩了。可今晚，孔雀就好像沒聽到權仲白的說話一般。孔雀一邊發抖，一邊扭頭又看了西廂一眼，低聲道：「少爺，姑娘還沒和喬家人談完？」

權仲白心頭就是一動：這出去走走而已，就算落了水，那也是小事。清蕙在那邊屋裡，談的可是大事，孔雀不至於這麼不知輕重，她急於要見主子，肯定是有自己的理由在的……

「還沒談完呢。」他不動聲色地道：「怎麼，妳尋她有事？」

孔雀慌忙地搖了搖手。「沒、沒事！我就是白問問——」她轉著眼珠子，顯然在尋找藉口。「我……我怕姑娘知道我闖了禍，要數落我呢！」

這麼拙劣的理由，權仲白要是會信，那也就不是出入宮闈，慣於處理多種複雜關係的權神醫了。他眉頭一皺，靜靜望著孔雀，並不說話，孔雀便被他望得如坐針氈，連坐都坐不穩了，扭來扭去的，好似一隻毛蟲，過了一會兒，便要起來告辭。

「天色晚了，我、我得去歇息，少爺您也早點休息吧！」

她是見到了什麼事，連他都不肯告訴呢？又或者，即使是一般消息，沒有經過清蕙的耳朵，她也萬萬不敢先告訴他？焦清蕙不說別的本事，只說輕描淡寫間，便把她手下這大小幾十個丫頭拿捏得忠心不貳的馭人之術，就真夠人佩服的了。

權仲白也不欲和孔雀為難，他收了責難的態度，溫和地道：「還是先坐下，扶脈開個方子吧。有些藥這裡有的，立刻就抓出來熬著吃了，不然，這裡不如沖粹園暖和，真是要得病的。」便給孔雀扶脈開了方子。

孔雀伏在地上，給他磕過頭，倒也是真感激。「少爺妙手仁心，憐惜我們底下人。」自然跟著就退出去了。

權仲白隔著窗子望了望對門——那邊西廂裡的談話聲，半點都沒有停過，清蕙對於這個小小的插曲，還是一無所知。

他不想仗著主子身分，威逼孔雀，那就只能繞繞彎，從清蕙這裡問了。但清蕙當晚和票號幾人商議到了三更後，回來還要洗澡、洗頭，把頭髮裡的菸味給洗了，折騰了一會兒，都快四更了，她直接就上床安睡。

直到第二天早上慣常時辰起來，都有點沒精神——根本也就無暇和孔雀說話。因此權仲白就是再好奇，也只能若無其事地等著、忍著，他特地沒出內院，起來洗漱過了，吃了早飯，便到東翼自己的書房裡去，搬了幾本書冊出來，慢慢地整理溫習。

可如意算盤打得再響也沒用，才是一炷香工夫，桂皮進來了——皇上急召他入宮有事。這時候入宮，能有什麼事？還不就是孫侯的事了。權仲白回裡屋換衣服時，清蕙特別站在一邊，兩人目光相觸，都看出了對方心裡的凝重：這個孫侯，還真是說一不二，居然真就只用了兩天的時間來鋪墊，便迫不及待地掀起了這一場轟轟烈烈的風暴……

「這次進去，小心點說話。」清蕙難得地開口囉嗦叮囑。「這不是鬧著玩的，萬一出了事，家裡人都要受牽連……」

「這妳放心，我一直都是很惜命的。」權仲白輕輕地按了按她的肩膀，本待就要抽身離去，可清蕙卻並不放過他，她整個人依靠過來，環抱著權仲白，靜了一刻，才抬頭笑道：「去吧！」

現在真是有妻有子，行險時心裡的壓力，要比從前大了好多。權仲白深深地吸了一口氣，將一切擔心置之度外，從容衝清蕙一笑，見她果然稍解憂色，他也顧不得再操心孔雀的事了，便收整形容，出了國公府，直往紫禁城過去。

是皇上有請，那自然有太監在國公府外等候引導，這麼簡單的活計，今日卻是李太監在做。他一路神色肅穆，一句話也不肯多說，只等兩人進了內宮，四周原本陪侍的宮人都慢慢地散去了，這才細聲細氣地從嘴縫裡給權仲白露口風。

「您可得小心點兒，這些年來，奴才從未見皇上臉色有那樣難看。孫侯在外頭見的他，卻被他直接帶到了坤寧宮裡，連太子也是不讓上課，立刻就帶進來了——」

正說著，前頭有幾個宮人向前迎來，李太監嘴皮子一閉，又若無其事，一路疾行，只管領路了。

皇上擺駕坤寧宮，連孫侯都給帶來了，這自然是件大事，坤寧宮也是嚴陣以待，裡裡外外都站著宮人，不比平日裡燕居隨意。就連皇后，都是盛裝打扮，穿了常禮服和皇上並坐堂上，太子、孫侯各自在左右下首坐著，幾人都是神色肅穆，一語不發，只盯著剛走進來的權仲白，使他本能地感到一陣不適。

他左右稍一打量，便給皇上行禮。

皇上諭免叫起，卻又不再說話了。他仔仔細細地打量著權仲白，過了好半晌，才道：「子殷，你素來給東宮把脈，都不曾給我報病……久而久之，我也就疏忽了不再詢問。」他頓了頓。「今日，你給我說說他的脈象吧。」

「並無特別可說之處。」權仲白緩緩道。「前些年那場折騰，元氣消耗不輕，又從您這裡繼承了天家的老毛病，這些年一直在將養，但元氣還是有些虛弱。別的，就並沒有什麼了。」

皇上哼了一聲，似乎是自言自語，也有點遷怒的意思。「還說是神醫呢……」他瞪了東宮一眼，喝道：「你自己和權先生說！你還有什麼症狀！」

東宮雖已有十多歲了，但在父親龍威之下，依然是小臉煞白，他求助一般地看了舅舅一眼，見孫侯神色端凝，緩緩衝他點頭，便有幾分無助地道：「我……我也許是年紀還小，這些年來，為將養元氣，絲毫不敢動情慾之念。如今到了破身的年紀，反而、反而十次裡，只能有五次陽足而舉……」

要從自己正在走的這條通天大道上撤出來，可不是什麼容易的事，太子和廢太子，不過一字之差，但待遇可是天壤之別。一個太子，年紀還小，可能根本看不到自己將來的危險，還有一個皇后，精神這麼不穩定，隨時可能爆發病情……權仲白瞄了皇后一眼，見她臉色蒼白，卻還從容望著太子，似乎神志相當清楚，再看不到那隱隱的混亂，心裡也不禁很佩服孫侯。這才兩天光景，就把這對麻煩母子給收拾成如今這樣，真是見手腕、見功夫……若要往大了說，由他牽線木偶一般擺布的，可不還有自己和皇上兩人嗎？

「這——」他神色一動。「我給東宮再請個脈吧？」

皇上一直狐疑地瞅著他瞧，此時神色稍霽，語氣卻還是不大好。「脈，不必請了。子殷你就告訴我，以他從前的脈象來說，這陽氣不足的事，到底是真還是假？」

權仲白略作猶豫，才徐徐道：「從前我也和您說過了，童子腎精虧損，事不在小，當然會有這陽氣不足的風險在。只能說經過多年調養，元氣可以培育回來幾分，事發到現在不過幾年光景，太子的元氣沒有培育回來，這陽舉有困難，也不是什麼稀奇事。」

皇上也看了皇后一眼，沈吟了片刻，才自嘲地一笑。「我說，皇后這些年來擔憂畏懼，失眠已成常症，究竟是在思慮些什麼東西？知子莫若母，這件大事，妳能死死瞞到定國侯回來，也不容易！」

有時候，一個人太聰明，也不是什麼好事，聰明反把聰明誤，給一點蛛絲馬跡，他自己就已經推演出了一條很完整的思路。十分功夫，他倒是幫著孫侯做了九分，這餘下的一分，就得看皇后能不能配合了。

一屋子人的眼神，頓時都落到了皇后身上，皇上是憤懣，太子是茫然，孫侯的情緒卻要更加複雜，非是言語能夠形容。

皇后抬起眼來，眼神輪番在幾人身上掃過，俱是木無表情，最後落到權仲白身上，才是微微有所觸動，勉強對他扯出一個比哭還要難看的笑。

權仲白忽然感到一陣極為強烈的同情，他想到十幾年前，他頭回給太子妃請脈時的情景。

那是他第一次見到孫氏，那時候的孫氏還很年輕、很美麗，在她身上，還隱約可以看見在重重禮教下頭的青春活力。她對未來，終究還是有些憧憬在的，和眼前這個有氣的死人比，那時候，她要幸福得多了。

「沒有福分，就是沒有福分。」她翕動嘴唇，聲音微弱卻清晰。「這個宮裡，除了權先生以外，沒有誰還把我當個人來看，我卻把這事瞞著權先生最久……是，東宮這個毛病，不是一天、兩天了。權先生次次進宮扶脈，我都很擔心您瞧出端倪，瞞了您這些年，對不住了。」

她竟站起身來，對權仲白微微福身行禮，權仲白忙退往一邊。皇后也並不介意，她徐徐下跪，對著皇上輕輕一笑，低聲道：「統率後宮、母儀天下，這是多大的尊榮，也是多大的擔子，我沒有福分，擔不起來。辜負了先帝、皇上的期待，從此後亦不敢竊居后位，更不願再見皇上天顏，我實在已經無顏相見，還請皇上賜我一條白綾、一碗毒藥吧！」

皇上神色更沈，還未說話時，太子一聲悲呼，已是撲到母親身邊，連連給皇上磕頭。「母親情緒一時激動，當不得真的！父皇萬勿如此！千錯萬錯，都是我的錯，真有一人要死，那也是兒子——」

「夠了！」皇上氣得將杯盞一把推落在地。

權仲白和孫侯都再存身不住，連著滿屋子太監宮人，全都矮了半截。

在一屋子逼人的寂靜之中，皇上自己穩了穩，方才一字字地道：「妳要唱戲，上別地兒唱去！廢立太子，多大的事，哪裡是你們兩個一言一語就可以作主的！孫氏妳這是什麼態度？難道妳有今天，還是我把妳逼到這一步的不成？」

皇后抬起頭來望著他，但卻並不說話，只是輕輕地搖著頭，眼神卻冰冷如水。

皇上閉上眼，重重地吐了一口氣，好半晌，才沈聲道：「子殷，你和我到後院走走！」

第一百四十九章

雖說已至深秋，但坤寧宮畢竟是皇后居所，後院自然另闢溫室，縱使寒風呼嘯，宮後這小花園，依然頗有可觀之處。

皇上負手在迴廊上站著，望著遍地花卉，許久都沒有說話，清秀面龐彷彿被一層薄紗罩住。權仲白站在他身後，好半天都沒看出他的情緒……即使是對皇上來說，這也是挺罕見的狀態。

權仲白和他相交已久，甚至在皇上還沒有定鼎東宮，只是個普通皇子時就已經相識。兩人關係，也不算是發小——皇上真正的發小（注），那是許鳳佳、林中冕和鄭家大少爺——他們沒那麼親密，又不算是泛泛之交。他們之間是有過一段很深入的來往的，也有過很密切的合作，也許就是因為這樣親近又疏離的關係，皇上在他跟前，並不太擺皇上的架子，又不像和許鳳佳等人在一處時一樣，嬉笑之餘，總還有點高深莫測。他往往是很放鬆、很愉快的，可今日裡，這愉快是再看不見了，餘下的與其說是憤怒，倒還不如說是迷惘。

「你是最熟悉孫氏的了，」好半晌，皇上終於開口了。他垂下頭去，徐徐地用腳trampled著花

注：發小，北京話的一個方言詞，常用於口語，指從小一起長大，大了還能在一起玩的朋友，感情不亞於親兄弟姊妹，一般不分男女。

磚上的一處凸起。「給她扶了有十多年的脈……子殷你告訴我，朕對她難道還不夠好？」似乎是問權仲白，又似乎是在自問，過了一陣子，見權仲白未曾回答，皇上便抬起頭來看他，修長的鳳眼滿是迷離，他輕聲催促道：「子殷，朕還在等你的回話。」

「以一個皇上待皇后來說，您待她是夠好的了，」權仲白道。「幾乎挑不出什麼不是來。雖說您也有制衡之策，不願後宮中她一人獨大，但這也是您吸取前車之鑑，為自己留的一記後手。要說動她的后位、動東宮的位置，您恐怕是未曾想過。一個皇帝能做到這樣，挺不錯的啦！」

前車之鑑，指的那明明白白就是昔年安皇帝病危時，如今的太后串通娘家，在權仲白診治途中製造種種障礙的往事。從前皇帝還只是太子，雖然未必贊同養母的做法，但對她的心意，自然只有感激的分。而如今他做了皇帝，則自然要防微杜漸，絕不會讓後宮之中，只有皇后一人獨大的。

皇帝長長地嘆了口氣，即使心境如此迷惘，依然也還能聽懂權仲白的潛臺詞。「你是說，按一個丈夫待妻子來說，我待她就不夠好嘍？」

「若是把三宮六院，當作一個家來看待，現在受寵的也不過就是幾房姨娘，有一個，還算是她的通房丫頭出身。」權仲白聳了聳肩，平靜地說。「您對她也還不差吧，三不五時，總要過去看看、坐坐，陪她說幾句話的。管家大權，也一直都抓在她手上，雖說婆婆有時偏心，可您倒不大聽她的挑唆。這樣的丈夫，即便在民間也算不錯了，就是兩家要坐下來說理，孫侯這個大舅哥，也說不出什麼的。」

「既然如此，那我還真不明白……」皇上閉上眼睛，長長的睫毛竟微微顫動起來。「你就在一邊的，剛才你看見了嗎？孫氏……她恨我！她恨我入了骨！我真不明白，子殷，我真是不明白，我——朕和她夫妻十多年，究竟待她有哪裡不好，能讓她這樣地恨我！」

「皇上，」權仲白猶豫了一下，還是慢慢地把手放在了皇帝肩上，他肯定地道：「為帝、為夫，您都待她不差，可娘娘也已經說了，在這三宮六院之中，唯有我一人將她當作人來看待。您是否也已經忘了，她也和您一樣，是個人呢？」

皇帝肩膀一僵，他喃喃道：「可，按禮教，我能做的，我也都——」

「從祖龍以降，只聽說女七出，沒聽說男子也有七出之條的。禮教對她的要求，本來就比對您的多，」權仲白道。「禮教對您幾乎就沒有要求。可拋開這些後天的規矩來說，您和她也都一樣是人。您有的感觸，她也一定會有，您會寂寞，難道她就不會？只是，您還能找別人排遣，不論是其餘美人也好，又或者是別的知己也罷。可宮闈深深，她只能偶然得見家人一面，這家人和她還未必貼心，她會感到寂寞，實乃人之常情吧？不過，正因為您做得無可挑剔，她甚至還不知如何抱怨，久而久之，也許就因此生恨。從一個人對另一個人來看，您對她是有點不大好，畢竟，在這後宮中，除了您這個做丈夫的之外，別人就更沒有責任去安慰她、體貼她了。可您們之間，雖然相敬如賓，卻還遠遠沒到貼心的地步。」

也就是他對皇上的後宮如此瞭解，才能這樣肯定地說出如此一番話來。

皇上渾身一顫，但卻亦沒有否認權仲白的評語。過了半日，他才自失地一笑，低聲道：「貼心？子殷，你也算是在這宮廷中浸淫久了的人，在這後宮之中，我又能和誰貼心呢？」

「誰接近您，不是為了從您這裡撈點好處呢？有了子嗣的，想要為子嗣謀些好處；沒有子嗣的，想要從您這裡謀求一個子嗣。」權仲白為他把話給說完了。「這還都是好的，最怕是有了子嗣的人，心裡太不安定，有些不該有的想法，甚至這想法，會危及到您的生命……」

皇上翻過身來，直直地望著權仲白。

權仲白夷然不懼，語調甚至還微微轉冷。「但您也應該知道，若沒有這些圖謀，憑您本身，是聚不攏這許多女兒的。皇上，您也不過就是一個人而已，要沒有別的圖謀，別人憑什麼白白為您獻上自己的一生呢？」

皇上面容微顫，好半晌都沒有說話。他低聲道：「嘿，我也就是一個人……子殷，難道這道理，我會不清楚嗎？我也就是個孤家寡人而已……」

「您也挺不容易的。」權仲白發自內心地說。「您這個人，雖不算極好，但也不是頂壞啦！」

這番評語，可謂離奇了，皇上想了一想，竟忍不住失笑起來，顫聲道：「能得子殷這一句話，我做人就不算是太失敗……」

笑完了，他又疲憊起來，靠著欄杆坐了，居然把頭埋到手裡，老半天，才低聲道：「子殷，我怎麼辦？我該拿她怎麼辦？」

「您想怎麼辦？」權仲白竭力穩定著自己的聲音，面上反而顯得更為平靜。也許就是因為這份平靜，皇上反而更為鬆弛了一點，他喃喃道：「廢后，必定會激起軒然大波，就算立泉極力約束，也還是會有很多質疑的聲音。無故廢后、廢太子，太麻煩了。」

他有些心虛地瞟了權仲白一眼，權仲白對他皺起眉搖了搖頭，倒有點對不聽話的病人的樣子。

皇上縮了縮肩膀，又嘆道：「讓她去冷宮居住？自請帶髮修行？史書上還不知會怎麼說呢……後人怕要以為是我昏庸了。可這事要鬧出來，也一樣是極大的笑話。子殷，這不好處置啊……」

他訴了幾句苦，話鋒一轉，又道：「再說，立泉把這件事掩飾得也有點太拙劣了。他才回來，那邊東宮就鬧出了陽痿的消息？」他的眸光銳利了起來，對準了權仲白。「這背後，恐怕不只是這麼簡單吧？」

「孫侯也有孫侯的難處。」權仲白沈著地說。「您也是皇子走過來的，大秦的皇子總是和母族親近一點的，同父親之間，倒都不太親密，您總是要接受這一點的。底下人再忠心、再好用，也總是要先為自己打算，都總是有私心的。」這是在告訴皇帝：皇子陽痿，應是遮掩了一段日子，才和母族的孫侯說，孫侯作出決定以後再告訴皇上的，這是很自然的事，希望皇上不要介意皇子不先告訴他，也別介意孫侯不一知道就告訴他。

這幾句話說得好，皇帝的眸光柔和了一點，他冷不防又道：「那你呢？在這件事裡，你有過什麼私心嗎？」

「我？我有什麼私心？」權仲白自然地道，頓了頓，又很快地修正了自己的說法。「喔，不，我是有私心的，我私心重得很，只怕已不適合在皇上身邊服侍了，還請皇上免去我入宮扶脈的殊榮，我權某願終生遠走江南，不再回京，也算是對得起皇上的寬大了。」

「去你的！」皇上笑罵道。「我算是看懂了，你是有私心！你的私心，就是想逃得遠遠的，逃開京城這一潭子黏黏糊糊的爛泥沼！」他又有點感慨，嘆了口氣。「天下間對我無所求的人不多，你權子殷肯定是其中一個。也許就是因為這樣，朕才會這麼相信你吧……朕有點拿不定主意了，子殷，你告訴朕，朕該拿他們母子倆怎麼辦？」

在這一刻，皇上的語氣裡，終於透出了一點軟弱——雖然不夠親近，雖然有猜忌、有防備，但皇后和太子，終究是他的髮妻和長子，要說全然沒有一點感情，那也是把他看得過分冷酷無情了一點。

「東宮的事，我不好隨便亂說。」權仲白說。「廢太子，在政治上太敏感了，處理不好，將來很容易鬧出風波。放在身邊怕出事，送到外地去就更怕出事了。」他頓了頓，拋出了驚人的言論。「我是比您要更早知道太子陽痿的事，上回去定國侯府問診時，孫侯告訴我來著。他還問了我太子治癒的可能性，這種訊息，他自然事前是做過瞭解的。」

皇上當然不會吃驚，他唇角逸出一絲笑意。「很正常，如你所言，立泉也是個人，總要先為孫家打算。」

「我也是實話實說，沒有瞞著孫侯什麼。孫侯聽後很受震動，過了一會兒，就作出了這個決定，願自請廢后、廢太子。」權仲白說。「……他還請我做一件事。」

皇上頓時來了興趣，他雖看似無動於衷，但卻從眼角瞟著權仲白，留神著他的表情。不過，權仲白並不緊張，因為他不需要作偽。

「本來，太子有事，廢太子即可，不必一併廢后，但孫侯說，一旦事發，娘娘不論被廢不被廢，在後宮中都將會極為艱難。娘娘這些年來身子不好，長期失眠……他這個做哥哥的，實在不忍心娘娘在宮中受別人的傾軋，因此希望我能適時美言幾句，成全他將娘娘接出宮中靜養的心意。」權仲白慢慢地說。「我這個做大夫的，也可以發自良心地說一句，娘娘她長期失眠，精神耗弱，即使太子無事，也實在已經不適合再做一個皇后了。而從一個人的角度來說……娘娘這一生，從未為自己活過。立后前，她為孫家活、為您而活；立后以後，她為天下活、為太子活。她雖然坐擁天下榮耀，卻實在非常可憐。雖說讓她出宮休養，從為君、為夫來說，都有極多顧慮，但一旦廢后，她對政局已不會再有任何影響，也不是您的妻子了，不過是一個庶人……皇上您就從一個人的角度，來看待她一次，放她出宮去，過幾年不那麼可憐的日子吧。」

皇上連呼吸聲都止住了，他茫然而迷惑地望著權仲白，像是想從他臉上找出一個答案來，可卻並不知道問題所在，那雙雲山霧罩的鳳眼，不知為何，竟落下兩行清淚，許久許久，他才勉強地一笑，低聲道：「唉，你還是那樣率性自我，總是想著為自己而活。」

「人生只有一次，多麼寶貴。」權仲白說。「我們應當鼓勵大家都儘量為自己活，也許這樣，世間就能少掉許多不快樂的人了。」

皇上笑著搖了搖頭，卻並未接他的話茬兒，他輕聲道：「被你這麼一說，好似她這一生，都在被我迫害、索取，可我從未感到，我從她身上得到什麼。子殷，我從她身上得到的，我都已經償還，我也將會償還……我雖覺得她很可憐，但你要我承認我對不起她，我也——」

「是啊。」權仲白沈聲說。「您何嘗不也一樣可憐呢？在我看來，您是要比她還孤獨得多。在這世上，尚且還有人能不求回報地對她好，還有人願為她遮風擋雨，有人能令她全心信任。而您，永遠只能是孤家寡人。」他衝皇上露齒一笑。「從為臣、為友的立場來說，我為您辦事，也關心您的喜樂。不過，從為人的角度來說，我雖也自身難保，但卻一直都很同情您的。」

今日這一番對話，足足持續了有五個時辰，權仲白才回府內，立刻又被國公爺叫走盤問，他雖長年打熬得好筋骨，但回到立雪院時，卻也覺得周身上下痠痛不已，可說是相當疲憊。只想到還要和清蕙談孔雀的事，他就感到又一陣倦意襲來：孔雀不肯把事情告訴他，甚至連深夜入稟蕙娘都不願意，明顯是不想給他發問的藉口。不論她見到什麼，這件事清蕙可能都不願意讓他知道，想要從她嘴裡把這事給撬出來，難免又要費上好一番心機了。在如此疲憊的情況下，要再和焦清蕙打一番機鋒、來一場無言的戰爭？

……真是想想都覺得頭痛！

可再頭痛，也要去面對。他重重地嘆了口氣，大步進了裡間——裡屋的氣氛，卻比他想的要輕鬆得多。

清蕙正和幾個丫頭說笑，見到他回來，她不讓他去淨房換衣，而是把手往桌上一放，唇邊逸出了一絲神秘的笑意，道：「快來給我把個平安脈，你這個月的補藥又忘記開了。今兒她們還問我呢，吃夠一個月，要熬新的了，是否還用從前的老方子？」

身為神醫家眷，自然是有些福利的。權仲白每月都給清蕙把脈開方，以便根據身體變化隨時進補，這個月因諸事忙碌，倒是都渾忘了。他「喔」了一聲，也就不去淨房換衣，坐在桌邊，拿住清蕙的脈門，閉目沈思了起來。

不到片刻，他便驚訝地睜開眼，和清蕙的眼神撞了個正著。

清蕙再忍不住，噗哧一聲就笑起來了。「我就說，今兒還不來，多半是……」

這會兒權仲白才終於消化了這個消息，他瞪著清蕙的手腕，嚷道：「還真是有喜啦！」

第一百五十章

雖說還沒滿三個月，不好太聲張，但小夫妻兩個努力成這個樣子，倒也不是就非得要在這風起雲湧、最不恰可的時候來生個孩子，終究是有自己的用意在的。

權仲白第二日早上起來，又給清蕙扶了幾次脈，便打發人去給權夫人報喜，自己則鄭重叮囑在廖養娘懷裡眼巴巴地望著母親的歪哥。「孩子，往後幾個月，你可就不能纏著你娘要抱了。」

這句話說得不大好，歪哥的臉色一下子就沈了下來，他和父親賭氣一樣地嚷了一句「不要！」——卻是才學會和大人頂嘴，有些樂此不疲呢！

權仲白才要說話，清蕙已笑著白了他一眼。「連自己的兒子都鬧不明白……放著我來！」

便攬了歪哥上炕，將他的手放到自己肚子上，緩緩摩挲，母子兩個呢喃細語，也不知說了什麼，歪哥便哭喪著臉，妥協了。

「不摸、不摸……」旋又念叨道：「弟弟……弟弟……弟弟壞！」

家裡獨一無二的小霸王當慣了，自然覺得弟弟壞，還沒出世呢，兄弟兩個就結下仇了。

權仲白和清蕙對視了一眼，都有些好笑。

清蕙道：「一眨眼就是要做哥哥的人了，現在路也能走，跑也能跑幾步，還這樣稚氣。」一邊說，一邊就從炕上站起來。

歪哥反射性地伸手要抱。「娘，抱——」話出了口，又自己覺得不對，便一臉怏怏地轉向父親，退而求其次。「爹，抱……」

要不然說，這有了孩子的夫妻，便不容易像從前一樣親密呢？剛扶出有喜，兩個人都高興，正是輕憐蜜愛、說幾句貼心話兒的好時候，可就因為歪哥在邊上，兩夫妻都顧著逗兒子，彼此反而沒說什麼。

今兒個歪哥又特別黏人，連午覺都是在爹娘的看顧下睡的，不然就要一臉怏怏地，癟著又紅又嫩的小嘴巴，可憐兮兮地望著蕙娘，又要討厭起那素未謀面的弟弟了……

兒子這番作為，權仲白自然也感到愧疚，想到自從回了國公府，他忙得厲害，也是有一陣子沒陪這小霸王了，最近他又是斷奶，又是學走路、學著說長句子，正是需要長上關心的時候。因此，便一心一意陪了兒子一上午，直到把他給哄睡了，才脫身出來，和蕙娘對坐著說話——昨兒時間晚了，他自己精神也是不佳，再說蕙娘如果真的有妊，那就更要好好休息了，兩人倒是沒怎麼細說宮中之事，便一道休息去了。

此時有了空暇，權仲白自然細細地將宮中之事說給清蕙聽了。「雖然也動了些疑惑，但事已至此，反正都是要廢，與其追究以前的事，倒不如多想想以後的事，接連廢后、廢太子，皇上煩都還煩不完呢，應當是不會再過問從前的細節了。」

「看來，皇上終究還是挺有情分的。」清蕙也免不得有些感慨。「不然，換作是我，這時候孫侯才回來，就是為了做給天下看，我也不會在這時候有動靜……」

這倒是正理。孫侯才立了大功，這邊剛回來家裡就塌了，知道的，說是孫家自己主動；不知道的人，還不知道要怎麼想皇上呢！這邊外戚才立了個大功，那邊就鬧上廢后了？就是過河拆橋都沒這麼快吧！

皇上就算是天下之主，也不可能為所欲為，就因為他身分崇高，所以才更要愛惜羽毛。一旦名聲壞了，好似前朝末年那樣，沒有人願意同朝廷做生意，西北大軍缺糧，還要將軍、元帥們自己想辦法去籌；民間商戶，想的不是報效朝廷，而是慌忙藏匿存糧，免得被朝廷盯上……這裡的損失，那就不是一句話能說得完的了。

「所以，這件事才要辦得很快。孫侯已經啟程去天津了，他到港的時日，是欽天監卜算出來的吉日，耽擱不得的。依娘娘本人意願，計劃有變，等他回了京城，娘娘會先從位置上退下來，至於東宮，應該也不會再耽擱多久了。」權仲白嘆道。「趕得急一點，對孫家也有好處，不然，他們要承受的壓力也就更大了。」

清蕙「嗯」了一聲，又道：「我不是這個意思，其實反正都是要廢了，做得絕一點，索性把他們用到盡，先試探一下後宮幾個有子妃嬪的心思也是好的。不過，那樣子，廢后母子心裡就更難受了。皇上對於元配、長子，到底也不是全無情分。待東宮退位之後，看看該怎麼安置吧……這可真是怎麼安置都不妥當了。」

她懷孕前期，腦子倒和從前無異，還是那樣靈醒，隨隨便便，就勾勒出了此事對朝政的影響。「此起彼伏，日後宮中自然是二鳳戲珠，是淑妃同寧妃的局了。牛家和楊家，從前還好，現在怕是要更加疏遠。二皇子終究年長些，天分看著也好，牛家往上提拔的空間也大，看來，牛家的好日子要來了……」

東拉西扯的，似乎很有談興，倒是一點都不急於說到孔雀的事兒。從昨兒他回了立雪院到現在，孔雀根本連面都沒有露過，今早給清蕙捧首飾的居然還是綠松……這可不大尋常，只要孔雀在，這就是她的活計，就是權仲白都注意到了，那些貴重物事，她是從不假手於人的。他耐著性子，和清蕙又閒談了一會兒。

清蕙又道：「現在我有了身子，咱們倒是能早些回去了。你就說我得閒來無事出去遛遛彎，這裡空間小，活動不開。再把我的症狀一說——頭三個月、後三個月都要靜養，中間四個月，我和廢人一樣，也管不了事。等月子坐完，四弟媳婦也說好了，咱們就又能偷來幾年安寧。要是他說了個好媳婦，沒準兒日後都不必操心——」

權仲白忍不住就道：「可這連著幾年沒有個靠山，妳就不怕，妳在宜春的份子——這幾年，正是宜春變化最大的時候，我看喬家人行事，不是很地道，總有幾分過河拆橋的嫌疑……」

清蕙揮了揮手，漫不經心地道：「難是難了一點，可你也別把桂家的話往心裡去。一、兩年之內，他家也好、喬家也好，都不會有什麼別的想法的。票號股東變動太大，容易招惹下頭人的不安。再說，他們也需要我居中和朝廷調停，這個差事，可是只有我能做。只要費點心思，他們是甩不開我的。」

雖說口吻如此輕描淡寫，可這其中要蘊含多少心機手段，權仲白也不是想不出來。他眉頭皺得越緊，要說什麼，又不知該從何說起，一時間對清蕙竟有一種強烈的歉疚之意：雖說追求不同，也不是任何一個人的錯，但對清蕙來說，他的理想，的確讓她的理想變得十分辛苦，這也是不爭的事實……

可有些話，說出來也是矯情。權仲白沈默了一會兒，才生硬地扭轉了話題。「前天孔雀掉進水裡的事，妳已經聽說了？是妳讓她回去休息的？下個月就是她的婚期，在家多住幾天也是好的，不過，記得過上幾日讓她給我再扶扶脈，免得落下病根，誰知道什麼時候一受涼，就轉為肺癆了。」

清蕙神色一動，瞥了他一眼，有點不好意思地說：「我還想和你說這事呢，要不然……你把甘草也給了我，讓他們兩人到外地去成親吧？這幾年內，都不必回來了，在外頭我的陪嫁生意裡歷練一番，等……等……」

「等什麼？」權仲白一下子就捉住了她罕見的結巴。「等風頭過去？等餘波平息？阿蕙，妳這還要瞞著我？」

清蕙白了他一眼，花一樣的面孔上，現出了極為複雜的情緒，似乎又是喜悅、又是埋怨。喜悅，是喜悅他畢竟還是關心立雪院的情況，不至於出點事情，便一推一攤手，不管不問。可這埋怨又是為了什麼，權仲白就看不明白了。就連她的語氣，都有幾分幽怨的。

「也不是要瞞著你，就是這丫頭，實在是太忠心了一點。當時，她要是把話先和你說明白了也好，又或者讓你等在外面，先和我說一遍，那又也好。偏偏，就是等在你出門的時候來和我說了這事，你一整天又都不在，那麼這件事，就不好再由她和你說了……」

清蕙有多少個丫鬟，就有多少個言聽計從的肉喇叭，一樣的曲子，怎麼定調、怎麼吹打，全聽她一人的安排。權仲白也明白她的避諱：夫妻兩個，剛剛修好不久，而且因為清蕙特別的身分，有時候關係還是頂頂微妙。她要避嫌，那是她自己尊重好強。

可越是明白，他心頭那就越涼，一股不祥的預感，隱隱約約，已經縈繞上來。權仲白深深吸了一口氣，低聲道：「妳說便是了。我知道妳的心意，現在，妳不會再騙我了。」

他望著清蕙，雖說心情沈重，卻仍擠出一縷微笑。

清蕙不說話了，她的神色反而更加複雜，似乎並未因為權仲白的表態而感到欣喜，反而越發心事重重起來，垂下頭沈思了好一會兒，才輕聲道：「讓孔雀來和你複述，這個做不到了。為保她性命，我已讓桂家交付給我的那一支人手，把她秘密護送到我的產業裡居住了，這種事就得求個快字，萬一被捉住行蹤，那她的小命如何，可就不好說了。這件事，我說，你來聽吧，我沒說完前，卻不要插嘴……」她便平鋪直敘，將孔雀出門閒晃的前因後果都交代了出來。「想是我提到了將來二郎養娘的事，綠松她們三個人，又不輕不重碰了一招，孔雀好勝心強，心思自然沈重，就想出去走走，散散心。這就……」

清蕙半點沒有渲染氣氛，語氣甚至還很平和，可她複述出來的那些話，是一句比一句都還傷人，像一把刀子、一塊石頭，毫不留情地衝權仲白丟來，每一句話，都給他的心頭壓了一千斤重的黃連！

「此事對我們的影響，還不是你這個層次的人能夠知道的，不過告訴你聽聽，叫你知道你那二嫂的厲害。她心思深沈如海，你年紀輕輕，哪裡是她的對手？」

「這一陣子，你最好夾緊尾巴，小心做人吧！」

這說的是誰，那還用問嗎？……這也就罷了，這個「我們」是誰，更令人有極可怕的聯想。權季青在自己心裡，一直都像還沒有長大，兄弟兩個年紀差得多，自己看他，總是覺得他稚氣未脫。可就是這個稚氣未脫的小季青，居然已經大到足以和歪門邪道勾結，滿口都是圖謀宜春票號這樣的話了！

如果他的思路不錯，清蕙被害，是那組織所為，那麼，季青可能由頭到尾，一直都知情不說，更有甚者，還可能是他親自主謀下手，定了這個主意……

就不說該如何懲戒、教導了，只說兄弟五人，伯紅遠走，叔墨性格太不適合，他若不願繼位國公，剩下的一點希望，也就只能放在季青身上了，幼金那是絕無可能指望得上的。可現在這孩子都歪成這樣了，這個家，如何還能交到他肩上去？他不把一族都帶進溝裡去才怪呢！

在一切複雜而混亂的情緒之外，隨著清蕙的說話聲，權仲白尤其還感到了一種突出的疲倦：這一輩子，他都在孜孜不倦地追求他遠遊物外、離開一切政治紛爭的夢想。他實在也不能說是庸碌之輩，可就是他的能力，一次次地牽絆住了他的腳步。他身後那養育了他的家族，使得他不能不主動地躋身於政治漩渦之中，幾乎是一手安排了昭明末年的政治風暴……甚至還為此耽誤了元配的病情。他以為這算是盡過了對家族的責任，從此孑然一身，可以遨遊宇內，再不用落入這泥沼裡去了，可萬沒想到，家裡人不放過他，之後兩次親事，這第二次娶來的妻子是如此強勢，不由分說，一手就將他拉入局中，自此又是一番令人筋疲力盡的明戰、暗戰。而事到如今，總算連妻子都已經讓步，願和他一道離開國公府去，可峰迴路轉時，冥冥中似乎有一股力量，一定要讓他走上這條既定的道路。他就像是一隻想爬出網的蜘蛛，才走了幾步，一陣狂風吹來，他卻又在網中央了……

如果不是清蕙有了身孕，禁不起刺激，他甚至也許會大哭一場，來發洩心中的憤懣情緒。可此際妻子正是脆弱之時，需要他的呵護；家族正是紛亂之時，需要他的力量……他的痛苦，說不得自然也就只有深深嚥下，不使任何一人發覺了。

「……這也是命中注定，偏偏就在石舫上。北地諸人，一般都不識水性，唯獨我們家因為當年的事情，我是學過泅水的，幾個丫頭在我身邊，也都跟著沾光。待那人一開門，她立刻就奔到欄杆邊上，燈籠一丟，人跳下湖裡。天色黑，風又大，吹得水聲本來就響，再加上那人本來也不敢聲張，逗留良久以後，恐怕以為她是不識水性，被逼跳湖後人也沒氣了，便逕自離去。她這才繞了一條遠路，游到岸邊上岸，回了院子。」清蕙的敘述，也已經到了尾聲。「茲事體大，我的丫頭，自然忠心於我。對別人一句話都沒有透露，硬是等到了昨日早上，才和我備細述說。她一直在我身邊服侍，沒有接觸家務，這兩人的聲音，卻是只認出了那位金枝玉葉的國公府嫡子……」她瞥了權仲白一眼，唇角露出了一點嘲諷而苦澀的笑意。「因職責所在，她成日幽居在我身邊，幾乎從不曾外出，叔墨又很少和我接觸，這聲音的主人，不用說，你也知道是誰了吧？」

權叔墨的確很疏遠府中人事，倒是季青，就不說在府裡，曾經還陪著瑞雨，到沖粹園去住過幾個月的……

權仲白想到往事，心中又掠過一陣劇烈的疼痛。他目注清蕙，冷靜地問：「妳不願主動將此事說出，又還籌謀著回沖粹園的事，難道是到了此時，還能看出一條生路，可以避開繼承爵位的結局？」

清蕙的唇角，逸出一線笑意，她淡淡地道：「我這個人，薄情得很，才入門沒幾年，除了你這個做丈夫的以外，其餘夫家親戚，沒給我留下什麼好印象，也沒幫過我什麼，對我而言，同陌生人也沒什麼兩樣……他們結果如何，我是不在乎的。反正現在票號有皇家股份，餘人輕舉妄動，不過是為皇室作嫁衣裳，我的安全，短期內有了保障，爵位對我已經無用，那麼就由得季青上位好啦，我們儘管逍遙快活。至於季青上位以後，會把國公府帶到什麼路子上，這又不是我該操心的事，我在乎什麼呢？」

倒是痛快淋漓地揭開了自己的態度：既然不願繼位，權家其餘人的結局，她焦清蕙是半點都不關心的。權季青再有問題又如何？國公府隨他去鬧，反正礙不著她！

她又瞅了權仲白一眼，寬慰他。「你也別想太多，季青年輕，還不懂事，多教幾年也就好了，那是爹的事，我們且別管那些。等二小子出生，我看，我們就可以分家出去了。到時候，你要去廣州，那也隨你，也許我還能跟著一起過去呢。往後海上生意，將是天下最賺錢的門路，我也想親自到口岸上去看看、走走……」

權仲白一時真是心亂如麻，好半晌，他才重重地嘆了口氣，低聲道：「這樣逃避下去……總不是個辦法。阿蕙，我們連逃開的最後一個藉口都沒有了，這時候分家、去廣州，那我權仲白成什麼了？我們二房成什麼了？駁得倒天下人，駁不倒自己的良心的！」

清蕙頓時也沈默了下來，許久之後，她才輕聲道：「那你的意思……是要查了？」

「不但要查，」權仲白一字一句地說。「還要查個水落石出，把季青給查個底掉！臥榻之畔，豈容他人酣睡？季青這件事，做得過分了！」

第一百五十一章

和歪哥不同，這第二個寶貝，也不論是男孩還是女孩，從這孕育的時機來說就透著乖巧，這個恰到好處的喜訊，一下子就把權夫人給堵得沒聲音了。現在府裡兩個媳婦，二兒媳有了身孕，頭三個月要回沖粹園去保胎，展眼就要動身出城，自然不能幫忙管家不說，連原來調教好的丫頭們都要帶走；這三兒媳呢，又沒完沒了地稱病，連歇芳院都不去了——畢竟是總督家的小姐，脾氣大得很，當時還對牌，長輩們收得那麼順暢，現在再想要把對牌給還回去，人家就不樂意接了。

從林氏進門開始，十多年了，權夫人都沒有親自管過家。如今兩個媳婦都不管事，她是不忙也得忙。正好，九、十月是各處莊頭過來送年貨、遞單子、各處鋪子奉帳的時節，權伯紅一去，雖有季青幫忙，但他年紀輕，不如哥哥有威望，也還有些不到之處，需要長輩們督導，良國公又哪裡有這個空兒？因此權夫人是裡裡外外，忙得分身乏術。倒是閒了蕙娘，在立雪院裡風花雪月，過得痛快，只等權仲白撥空出來，她就可回沖粹園去靜養了。

這一番進京，唯一的遺憾是沒有和文娘多見幾面，但她才為人婦，也不好和娘家來往過分頻密。蕙娘有時惦記妹妹，也不過常打發人給她送這送那的，所幸幾個剛成親的管事媳婦，都很明白她的心思，去過王家，回來便爭先恐後地給她報喜說「婆婆疼，夫君也疼，妯娌脾氣又好，就差個大胖小子了」。

再加上她親自過去拜訪的那次，親眼見到文娘起居之地，並不輸在娘家的住處，幾個親眷也確實沒有那一等好事之人，從婆婆米氏到弟媳渠氏，都是正經過日子的人品，這才慢慢地放下一樁心事。只安心處理票號入股的雜事，等桂家在西安和喬大爺交割了三百萬股銀，這邊準備文書正式入股，便算是把票號分股的大事，給辦下來了。

她有孕的日子還淺，上回懷孕時的一切症狀，都還沒有出現。可蕙娘不能不為自己最虛弱的一段日子做出準備，她自己思量著寫了幾個條陳，預備等來日和皇上交割貨銀時藉機陳上，其中不但詳細闡述了如何以宜春為模子，向其餘商家施加壓力，軟硬兼施令其就範，向皇家開放股權，更曲筆暗示皇上，將來在這場殺人不見血的商場戰爭中，若只有天家的支撐，宜春恐怕太勢弱了一點，能有桂家支持，就不至於輸給其餘大商家太多了。

當然，在具體操作手段上，她亦有許多看法想和皇上商議，奈何一來貴人事忙，二來男女有別，蕙娘只好退而求其次，先寫好了條陳，讓皇上緩出手，惦記起這一茬時能夠參閱。

準備好了這麼幾本「奏摺」，票號事務便算是告一段落了。餘下還有一樁事，那要等孫侯回天津以後再說了，四百萬兩銀子，是早預備好了，就等著貨物到港，天家來人聯繫交割。到時候這批貨該怎麼賣，她和喬大爺也要坐下來商量——票號事務繁忙，二爺、三爺都已經離京，只能在分股會上匆匆露個一面。這一、兩百萬兩銀子的生意，喬家人也不會太當回事，按喬大爺的意思，還要全權令蕙娘處理呢！倒是蕙娘自家人知自家事，她手裡那點人，管家倒是夠了，在京城附近做點生意，也鋪得開攤子，可要把商品分銷全國，那還非得借助喬家的力量不可，因便定了和喬大爺一道察看貨物價值，再定下分銷的方針。

這麼一件事，是她要參與的，還有接連幾件大事，是蕙娘已經知道將要發生，可卻還沒有發生的。整個九月，她都過得很有盼頭，每天教歪哥說話也來勁兒，倒是權仲白比較狼狽，後宮那一番大事，自然是紙包不住火，朝中各家重臣，家裡的老人免不得又要輪流作病，有些親戚連他都不能不給個面子。每日裡光顧著忙這無聊的應酬，就已經早出晚歸了，要說查權季青，他還真沒這個工夫。好在權季青最近也忙得是昏天黑地的，連帳房的門都少出，看來，是很聽那人的話，預備低調一段日子了。兩夫妻商議了一番，均都覺得此事可暫緩一段時間，或者等蕙娘生產完畢，或者等權仲白騰出空來，並且，總也還得等蕙娘手裡那一支桂家兵從河南回來再說。她要這一支兵來，本來打算讓他們回西北肅南的撒裡畏兀爾聚居之地去，探知神仙難救原石的來歷，可沒想到兵才到手，孔雀就出了事，倒是正好把他們派出去走一遭差事，也能令隨隊回去的廖奶公，冷眼看看他們的行事。

要說這桂含春，的確是妥貼之人，那日二人相談，看似該問的不該問的，什麼都問了，已經毫無保留，可對這一支十多個精壯漢子組成的小家兵，他卻是隻字不提。甚至不問蕙娘要人的用意，默不作聲就把他們交到蕙娘手上了，並且連介紹都沒有介紹，交代都沒有交代。這一支兵，畢竟是桂家給的，怎麼說，他也該提上一句「此後放心驅策，他們絕不會私底下告密」。

這不交代，就勝似交代了。蕙娘事後想想，也覺得桂含春為人特別靠譜，起碼是要比他父親誠懇得多。桂老帥也許是年紀到了，任何事情，都想埋伏兩、三個後手，能不能悟出來，就看你自己了。桂含春倒是乾淨爽脆，就算留了個後手，也都要事先言明，對於使心眼恍似嗑瓜子的京城人氏來說，這一點，是特別討喜的。

「也就無怪皇上這麼喜歡他了。」蕙娘一邊拍著兒子，一邊和權仲白說起時，也是有幾分感慨。「桂家這兩兄弟，倒是比京裡的那些名門之後，行事都要好。如今京裡這些軍門，真正頂用的也就是那麼寥寥幾個了，都是數得上的老熟人，孫家、許家——再勉強算個林家吧，也就出息了侯世子和三少爺兩個，別人也是一團糟。倒是那些邊疆裡從小歷練起來的少將軍，都頗有過人之處的。」

「皇上會把看重表露得這麼明顯，也未必沒有自己的用意。」權仲白才回來，正坐在蕙娘跟前用點心呢。「現在他是真騰不出工夫，船隊回津，太多事情要做了，沿海所有州縣，爭著都想開埠，想要往那所謂的美利堅、新大陸開闢航線，這就又要修船。另外，那邊菲律賓的紅毛人又鬧起來，這回也不假託海盜名義了，就直接劫掠商船！南邊是還要打，皇上惱火得很，拿著孫侯帶回來的海圖，和大臣們發火，口口聲聲，要把南邊海島上從澳門以降那一圈海島上的紅毛葡萄牙人，全都給趕回菲律賓本島去，要再不服，還要打小呂宋呢！」

天子當然有很多事情要操心，宜春票號不過是他似海心思中的一樁而已，就這，也還只是軍事上的動態呢。還有政治上，楊閣老的崛起，看來是不可阻擋了，王尚書對楊閣老，暫時還處於弱勢。從明年春天開始，北方最窮苦的幾省，就要免除人頭賦稅了，同時還要重新丈量田土——別看這細碎幾句話，似乎和前頭的拓土開疆、豪情萬丈沒法比，實際上一國所有口糧，就都是從這細碎功夫裡來的，皇上在這上頭花的心思，絕不可能比軍事更少。

蕙娘只是這麼想想，都覺得有點頭疼，她看權仲白，便沒有那樣不順眼了，也是有感而發。「一個人一輩子，專心做好一件事也就夠了。你看你雖然忙，但和他比，心裡就要寧靜得多了。像他這個樣子，沒有病，可不都要煎熬出病來？」

「皇上手裡，也算是有人才了，起碼戰將是不缺的。」權仲白嘆道。「要再往前些年，就有雄心壯志又如何？新一代還沒成長起來，老一代就已經逐一凋零啦……現在，海戰有桂含沁，一個許鳳佳是陸戰出色的，海戰也竟不差。北邊有桂家含春，諸家燕生，這都是年紀輕輕，就有戰功的人，還有崔家妹夫，也是能打的。再往後十年，等這些人都到了盛年，朝廷又有了錢，大秦軍事，恐怕要迎來一個全盛時代了。」他吸溜了一口素麵，縱使雙頰鼓鼓，看著也是一等仙人風姿。「風起雲湧、波瀾壯闊啊！」

會這麼上心發展軍事，可能也有提防魯王的意思。蕙娘想想日後的事，也興起了一種竟不知會走向何方的茫然感：承平八年間，實在是發生太多事，湧現出太多新人新事了。和那一眼看得到頭的昭明年比，承平年雖名為承平，但卻似乎根本和平靜毫無關係。

「聽說孫侯從新大陸帶回了成艙的種子，」她也就只能和權仲白說說這個了，其餘人如權瑞雲、權夫人、何蓮娘等，只會關心孫侯船隊帶回了多少西洋的奇珍異寶。「比我們這裡種了不知多少代的種子還要好，有些畝產是能上六百斤的，這要能夠傳開，二、三十年以後，人口就又要更多了。恐怕，不是個極盛之世，就是個極亂之世……皇上想要打呂宋，可能不只是情緒上來隨口胡說的，是想為將來布局了。」

兩人隨口閒談，想到哪裡說到哪裡，權仲白正要說話，那邊歪哥忽然一個翻身，緊緊地揪著手裡的小枕頭，雙眉擰起，呢喃了幾句什麼，他的聲音立刻就小了下去，也不再提外頭的事了。「沖粹園那裡，是都備好了。我們隨時可以回去，不過，娘今早把我喊過去，讓我勸妳幾句，人回去可以，但那些丫頭們別帶回去，好歹留下來給她幫幫手。」

權夫人都這麼說了，蕙娘還能怎麼表態？她無可無不可。「我都行，看你的意思吧。你要她們留，她們就留，你不想她們留，那就隨意編造藉口，要出來也就是了。」

明說丫鬟，實際上，還是在問權仲白對世子位的態度：既然前番表態，已經曖昧得不行，似乎如果權季青無可救藥，他推無可推時，也做好了上位的準備，那麼有些伏筆，早打就比遲打要好了。不過，這種事，蕙娘有前科的，因此她態度也很冷淡，權仲白不開口，她也是不會擅自安排的。

老菜幫子倒沒和她裝糊塗，他沈吟了一下，道：「就是要繼位，那也得按我的調子來，他們想擺布我，終究是不能夠的，這事，慢慢再說吧。既然娘都開口了，就把她們留下也好。正好，後幾天是下元節（注），妳也有幾天沒去後頭請安了，那天進去，大家吃一頓飯，和長輩們打聲招呼，過了下元節，我們就回園子裡去。」

蕙娘含笑點頭。「是，官人說的都是。」

她這會兒倒開始裝賢慧了——卻也畢竟是有身孕的人，平時就比較慵懶，再難抬出那威風八面、唯我獨尊的態度來了。權仲白卻偏偏就吃賢良淑德這一套，他哈哈一笑。「早知道妳懷了崽子就這麼乖，真該讓妳一個接一個地生，生了十個、八個才干休！」

「一個就帶不過來了，十個、八個，那總歸要掐死一半我才能得點空閒。」蕙娘也不和他頂嘴了，只順著和權仲白說笑。

這邊歪哥一聲呢喃，又翻了個身，小被子踢掉了半邊，伸腿拉胯，睡得好香，褲子往上跑了點兒，露出一截小腿來，白生生、嫩乎乎的，襯著睡得通紅的小臉，和那實實在在的呼吸聲，她看著看著，忍不住就伸手捏捏兒子的臉蛋，和權仲白說：「真奇怪，剛生下來的時候，倒沒覺得什麼，疼他還不如疼文娘多。這會兒大了點吧，會說話了，倒是有點離不開了。有時候出門久了，回家路上，心裡就惦記著這個小歪種。他咿咿呀呀幾聲，倒是勝過那些南班小戲唱百段崑曲。」

說著，便低下頭去，輕輕地拍著歪哥。過得一會兒，權仲白也伸手過來，卻不捏兒子，倒是捏了捏蕙娘的臉蛋，她忙捂著臉，嗔道：「幹什麼？疼呀！」抬起頭來瞪了權仲白一眼，卻見權仲白一手托腮，望著他們母子，淡淡的笑意從眼底漫到唇邊，在隔窗天光之中，真好似連一根頭髮絲兒都會發光……

注：下元節，中國節日之一，農曆十月十五日。

她心頭一顫，一時心尖竟泛開一點疼痛，卻又怕權仲白瞧出端倪，便忙遮掩過去了，低聲道：「成天就知道欺負人……」

權仲白哈哈一笑，雙手齊出，竟擰得蕙娘左右兩邊臉頰都有些發疼。「擰妳一下怎麼了？大不了，妳擰回來嘛！」

「呿！」蕙娘啐道。「我才——」

話猶未已，那邊綠松過來傳話：宮中賞了東西出來，自然是人人有分。因布疋花色是不重樣的，權夫人讓兩個媳婦派人過去商量著分了，也免得她還要花費腦筋。

此等小事，蕙娘隨指一人也就去辦了。

不多時，瑪瑙領回幾疋花色一般的料子，和她咬耳朵。「三少夫人的陪房小山，就站在我邊上，盡揀我眼睛望過去的要，我就沒和她置氣，索性把好的都讓給她了。」

蕙娘聽得直笑。「蓮娘還是有點脾氣的。」她拍拍瑪瑙。「妳辦得好。對了，這料子，是哪位娘娘賞下來的？」

瑪瑙道：「夫人也讓我和您提一句呢，其實這批物事，是下元節賞賜群臣，年年都得的。不過，今年我們家得的厚了幾分，除了這料子以外，有幾色是牛娘娘指名賞賜給您的。我都放在外頭了，一會兒您有空就瞧一眼。」

蕙娘「嗯」了一聲，漫不經心地把瑪瑙給打發出去了，自己托腮想了想，也不禁為牛家絕倒——這也太心急了點吧？消息還沒過官路呢，就已經開始為二皇子造勢了。咋咋呼呼的，還真是牛家人的一貫作風……

也不知是不是那幾疋新鮮花色的貢緞、貢綢起了效用，下元節這天，蓮娘居然沒有稱病，而是罕見地坐到了擁晴院的花廳裡，見到蕙娘進來，還擠出笑容，和她問好。「蕙姊姊來了，我這一向病著，雖知道妳的好消息，可也沒去前頭看妳，真是失禮了。」

說著，還要起來給蕙娘賠罪，蕙娘自然並不介意，忙笑著客氣了幾句，又道：「我前一陣子忙，最近有了好消息，更加懶了。這麼久也都沒去看妳，妳不怪我，我就心滿意足了，哪裡還會反過來怪妳？」

蓮娘畢竟也是有城府的人，雖說早沒了往日的精氣神，但面子也撐得住，臉上微微露出笑來，若無其事地道：「那就都別怪啦，這互相賠罪的，多顯得生分！」

她又活躍起來，和蕙娘套近乎。「我入門也都要半年了，還沒消息呢，蕙姊姊從前，可曾去過哪裡進香，求過什麼平安物事？又或是吃過什麼補藥——二哥最近忙，不然，倒想請他給我扶扶脈，要不，明年到南邊去，就更沒機緣了——」

兩人正說著，那邊叔墨、季青兄弟也先後進了花廳。

權叔墨衝蓮娘道：「舅舅家來人，現在屋裡等著妳說話呢。還以為妳在娘那裡，小山尋過去，又說妳在這裡。妳腿長啊，這麼會鑽？走吧，那位嬤嬤明日就要回去了，妳有話、有東西，都得趕緊吩咐。」

他說的舅舅，自然就是蓮娘的娘家舅舅了。蓮娘忙站起身來，衝蕙娘抱歉地一笑，便順從而自然地被權叔墨牽出了屋子。

權季青友善地衝蕙娘一笑，倒是在她對面坐下來了。「祖母這是還沒睡醒呢？」

「倒是醒了，正做午課祈福呢，外人輕易不能進去打擾的。」蕙娘淡笑著和權季青應酬了幾句。權季青又和她道喜，也說最近忙，無暇過去探望，倒是和和氣氣、從從容容，似乎壓根兒就沒有一點不對。

快到請安時辰，權叔墨兩口子及權夫人、權仲白，都隨時可能過來，此時拔腳走開，不大可能，反而似乎透了心虛。蕙娘和權季青相對而坐，在一室丫鬟中，兩人很快就把能說的話題都說完了，都沈默著打量著對方，好像兩隻野貓，正弓著背、豎著尾巴，繞著彼此踱步。

過了一會兒，權季青露齒一笑，和蕙娘道：「我上回走到石舫邊上，拾到二嫂你們院子裡失落的一個燈籠，倒是忘了送還，今日見到二嫂，我就想起來了。一會兒回去，給您送來。」

「你又知道是我們院裡落的了？」蕙娘笑道。「四弟年輕就會瞎想，也許是別人落的，你猜錯了吧？」

「上頭刻著立雪院的字呢！」權季青的眼睛一閃一閃的，衝蕙娘亮著牙。「怕是哪個丫頭無意間失落了吧？那個木燈籠挺輕巧的，用料也還算名貴，二嫂可得仔細數落數落她才好。」

蕙娘一彎唇。「你說的要是真的，那倒真要罵了。我回頭查查，如是真的，倒要多謝四弟有心。」

「哪裡，些許小事罷了。」權季青的背真的慢慢弓起來了，他專注地望著蕙娘，輕聲道：「說起來，二嫂院子裡最近有喜事呀，兩個大丫頭都成了親。我就奇怪，從前聽說時，恍惚覺得是三場酒來著，除了桂皮、當歸以外，不還有個甘草，也是二哥身邊的近人……」

孔雀的失蹤，自然瞞不過有心人。不過，像權季青這麼大膽，明知被人偷聽了，還要理直氣壯地把這事拿出來當面質問事主的人，恐怕也並不多。蕙娘掃了他一眼，剛想說話，太夫人已從裡間走出，倒是正好把話頭打斷，她也就免去了一番思量。

豪門夜宴，無非就是這些動靜，今晚人到得還並不齊，因如今的首輔鍾閣老害瘧疾，已經高熱幾天了，權仲白才回來沒有多久，就又被他家請走，熱鬧就又更減色了。

大家吃吃喝喝了一番，各自便往回走。蕙娘在幾個丫頭陪護之下，緩緩穿過園子，往立雪院過去，走了幾步，看周圍屋舍，倒是暗處比亮處更多，一時便不禁和石英感慨。「大門大戶，還是人多熱鬧。要是四叔、五叔還住在家裡，這片亭臺樓閣，現在就不會這樣黑漆漆的了。他們住在裡面的還好，不覺得什麼，我們要穿過來，就覺得冷清了。」

才這麼一說，從身後一側那燈籠光照不到的黑暗裡，忽然行出一人，趁眾人均都一驚時，他行動迅速，一伸手便要去扣蕙娘脈門！

蕙娘手掌一翻，才要躲開，那人輕哼一聲，低聲道——

「妳不想保胎了？」

聲音入耳，蕙娘頓時為之一怔，就是這片刻猶疑間，她已被人握住手腕，生拉硬拽地就扯出了人群！

待前頭提燈小鬟回轉時，這一點光暈，在一園子的暗裡，又好似泥牛入海，哪裡還激得起半點波瀾？

第一百五十二章

從小練就了一身的功夫，就是怕有朝一日出現這樣的情況，純以蠻力對抗時，蕙娘會無力保全自己，可沒想到頭一次遇到這樣的衝突，蕙娘就因為身上有孕，不敢提氣動武，恐怕損傷了胎兒。好在那人的動作也並不粗暴，他似乎極為熟悉地形，拉著蕙娘的手，在迴廊上三繞兩繞，已經將她帶到了一處假山石後面，雖然和人群只隔了一塊石頭，隱約還有光遙遙透過來，但被重重花木遮擋，只怕丫頭們要找到這裡，也得費一番功夫了。

那人才停下腳步，蕙娘便已經將手抽出，壓低聲音怒道：「權季青，你發神經病啊！」

權季青倒還有點風度，不曾繼續以武力壓制她——很可能也是不想把她給逼急了。他退開一步，語調居然還挺從容，甚至隱隱帶了一點笑意。「今兒下午的話沒有說完嘛，我性子急，等不得明日了，冒犯嫂子也要借一步說話，嫂子妳可別和我較真。」

話雖輕描淡寫，可兩人心裡也都明白，深夜這樣把蕙娘拉到一邊，甚至要以肚裡孩子來威脅，權季青和蕙娘之間，根本是已經形同翻臉了。起碼，他是已經承認了孔雀聽到的那一番話的真實性，承認了他從前私底下是有對付二房的計劃。

蕙娘撫著手腕，先不理他，她踮起腳尖張望了一番迴廊，見幾個丫頭並未慌亂、聲張，從燈籠來看，已經靜靜在周圍開始尋找，她心下稍安，沒好氣地回答權季青。「什麼事？聽不懂！有什麼事，你當著爹娘的面問我、當著你哥哥的面問我好啦，這麼黑燈瞎火的，我什麼都聽不懂！」

權季青呵呵一笑，也不和她多嘴，手一撥蕙娘的手臂——她下意識一直護著肚子呢——就要往她小腹摁去。

蕙娘忙雙手抱住肚子，就是這一下分神，已為權季青所乘，被他連推幾步，脊背頂到石上，徹底落入被動。

他二話不說，低下頭便尋到了蕙娘的雙唇，毫不客氣地熱吻了上去！

和權仲白不同，權季青的吻是極為急切、極為野蠻的，這倒不像是兩情相悅時的挑弄、嬉戲，而像是一場用唇齒發動的小型戰爭，不管蕙娘如何激烈的掙扎，他只是捉住她一個弱點——不敢太動肚子，便到底還是把她給壓制住了。畢竟是男人，身強體壯，他甚至還能騰出一隻手來，死死地捉住蕙娘的下顎，使她無法逃脫。

這火熱、濡濕、狂野、危險的吻，似乎足以點燃任何一個女人的情慾。在這極為不恰當的時間和地點，與這極為瘋狂的情人暗中熱吻……沒有人不愛好刺激，就是最嚴謹的淑女，心裡恐怕也未必沒有這樣的幻想，蕙娘當然也只是個人，要說她沒有被挑起絲毫，那就有點矯情了。可她畢竟是焦清蕙，她也要比一般的女人更危險得多。

雖說唇瓣已被撬開，可她牙關依然緊咬，權季青只能舔吻著她的貝齒，甚至是想要封住她呼吸的通道，迫使她啟開牙關。這激烈的爭鬥持續了不過一會兒，便似乎已經見效，蕙娘喉中嗚嗚幾聲，終於無奈地張開口，權季青便立刻把握機會，纏住了她的香舌，盡情地掠奪了起來——

「喔！」他忽然後退一步，吃痛輕呼——若非到底還有幾分理智，只怕就是這一聲，便足以將丫頭們引來。權季青有幾分惱怒地道：「妳知不知道咬斷舌頭，是會死人的！」

「死了正好！」蕙娘吐了一口唾沫，使勁拿手背擦著唇。「咬死了你都沒處說理！你再碰我一下，就等著嘗嘗王氏鴛鴦腿的滋味吧！拚上這孩子我不要了，也得教你識得看看別人的眉高眼低！」

比起她的凜冽，權季青倒是沒那麼大的氣性，他的態度又軟和下來了，聲音裡甚至還帶了點笑意。「我知道嫂子心狠，嫂子咬得死我的。不過，這會兒妳怕也不想著立刻就叫人，能靜下心來和我好好說幾句話了吧？」

激吻、掙扎，肯定都會留下痕跡，就算妝容衣飾上的痕跡能夠遮掩過去，可權季青這小孽畜咬得這麼用力，這會兒她雙唇生疼，肯定都已經腫了，一時間必定沒法見人。

蕙娘也被這個小無賴鬧得有點沒脾氣了，她沒好氣地道：「你還想知道什麼？懂不懂聽人話？這燈籠是我院子裡的，又有一個丫頭被我打發出去辦事了，這是什麼意思，你難道不明白？不明白，你就不會自己想想？」

權季青聲線沉了一點。「立雪院被妳把守得太好了，這幾年來，漸漸的消息連一點都傳不出來，去年冬天那事以後，就更是如此。跳水的那個，真是妳身邊的孔雀嗎？」

這是在疑她的布置了。蕙娘不免也有幾分好笑：特地把孔雀調走，果然令權季青疑神疑鬼了——究竟孔雀聽到了多少，又聽出了什麼，需要她如此慎重對待呢？

他越是聰明，就越是免不得要思量、猜度，而一個人要是想得太多了，行事就很容易露出破綻……只是千算萬算，到底還是算漏了一點——這個小流氓，真是膽大包天，才受了一點激，就瘋成這個樣子，居然幹出了半夜挾持的事情！

「聽到多少，你自己去猜！」她沒好氣地說。「怎麼，我不說，你還真能把我殺了嗎？」

其實關鍵還不在於她說不說，而是說出來的話，權季青是否能信？蕙娘忖度著，他這番舉動，無非就是想鬧清楚那丫鬟究竟是不是偷聽到了他的對話？又聽出了他的聲音？現在這兩個問題，後者答案已經可以肯定，至於前者嘛，那一番說話也證明不了什麼。在權家這樣的大環境下，做弟弟的算計哥哥，也不是什麼見不得人的事，再說，沒有絲毫真憑實據，蕙娘也不可能指控他什麼，頂多日後提高戒備而已。現在兩邊都等於是把臉給撕破了，這麼一點小事，權季青也大可不必如臨大敵，過分著急上火。

「殺？我怎麼捨得殺。」權季青又笑了，他伸手想摸蕙娘的臉頰，蕙娘含怒一掌拍出，倒是用了幾分真功夫，好在他收手還算快，沒被她擊個正著。「其實這一次，也就是想告訴嫂子一句話。」

雖說星光黯淡，蕙娘只能隱約瞧見他的面容輪廓，但隨著聲音中的慵懶笑意，她還是輕鬆地想像出了他現在的表情：在陰沈後頭，又有難言的誘惑，充滿了說不盡的曖昧風流……

「嫂子曾經說過，像妳這樣的人品，也只有天下最優秀的男人才能配上，這話實在不假。」他的聲音沈了下去。「當時妳還問我……」隨著遠處燈火漸漸接近，他一步一步地靠近了蕙娘，讓自己能夠繼續掩藏在暗影之中。「問我權季青何德何能，有什麼本事，能夠將您這株名貴的蘭草收歸苗圃之中？當時時機還不成熟，如今我倒是可以告訴嫂子一句話：雖然現在，我還比不上二哥，但二哥老了，我還年輕，假以時日，我不會比他差上多少。術業有專攻，二哥能救多少條性命，我就能殺上多少條……」他幾乎是貼著蕙娘的鼻尖，咧嘴一笑，欣然道：「救人是功業，殺人也是功業，嫂子妳說，是也不是？」

蕙娘怔然望著他的雙眼，幾乎遺忘了這過分接近的距離。

權季青睫毛微顫，他垂下眼，看似十足純情，漸漸地縮短了兩唇間的距離……

「去年冬天，立雪院的那枚人頭，」可就在他吻上的前一刻，蕙娘開了口，她的語調冰一樣的冷靜。「是你丟的吧？」

權季青失望地嘆了口氣，他伸出手，撐著蕙娘頭兩側的石面支撐自己，維持平衡，微微矮下身子，躲過燈籠微光，順帶著也就把蕙娘困在了他的臂彎中。

「嫂子妳有證據嗎？」他懶洋洋地道，見蕙娘緩緩搖頭，便又和聲道：「沒有真憑實據，感覺再強烈，也是當不得真的。不過，嫂子不愧是跟著老太爺修道的人，果然是靈性十足——」

「你覬覦我，沒什麼話說。」蕙娘忽然感到一陣惱火，她冷冷地道：「可你對你哥哥也太狠了點吧？你哥哥對你，一向都是很不錯的。連他你都能這麼狠，你還指望著我能心甘情願地跟著你？」

「我從未指望過嫂子能心甘情願地和我在一處啊！到時候，在不在一處，那可就由不得妳了。」權季青怡然道。「但有句話妳說得不對，二哥待我不錯，我對他狠不起來，我心裡可愛他呢！知道他受了傷，我好不開心，這不就立時給他出了氣、報了仇嗎？」

蕙娘嗤之以鼻，她正要駁斥權季青的說法，可再一細想，幾個細節融會貫通後，她不由得「啊」的一聲，輕呼了起來。

權仲白遇襲的經過，她是知道全部細節的。在車隊遇襲之後，毛三郎估計是私底下布置了一條引火索，想將火器炸開，毀去痕跡之餘，也能重創敵人；之後又詐死伏在雪地之中，伺機行刺權仲白。這一切或者可說是車隊主使人的命令，但以當時情況的緊急程度來看，也很可能是他自己的主意……

這個主意，直接導致了權仲白遇險受傷，之後那一顆人頭，更把眾人嚇得魂不守舍，收足了警告的效果。可蕙娘一直都沒想明白，為什麼這顆人頭，就非得是毛三郎的人頭？他都已經成功逃出密雲，回到組織報信了，這麼能幹的人，只為了警告權仲白，就這麼殺了？

雖說心底已經或多或少，把權季青認作個瘋子，也知道和一個瘋子說理，是天下最無謂的事情，但蕙娘依然不禁一陣頭疼，她糾結地道：「你既然這麼愛你二哥，又還要奪他的妻子？我和他彼此傾心相愛，過得……過得好得很，你——」

「清蕙妳不必騙我。」

權季青居然首次叫出了她的閨名，這兩個字，被他喊得深情款款，聽得蕙娘起了一背的雞皮疙瘩。

「我和妳是同一種人，我們都配不上二哥。妳現在一步步走得很順，總是有點得意忘形，我也能夠體諒，可妳要記住，二哥天分超群、慧心清明，有一日他靜下心來好好想想，自己總是可以想通的。到得那一天，妳現有的一切，都將失卻，他給予妳多少，就會收回多少。」

他的手指又爬上了蕙娘的臉頰，有力而穩定地摩挲著那細嫩的肌膚，合著那帶了氣音的呢喃，好像要把他的聲音揉進蕙娘的皮膚裡。「妳爬得多高，就會摔得有多疼……不過妳放心，我會在下頭接住妳的。清蕙，妳和我才是一種人，我第一眼看見妳時，就已經明白。我對妳是一見鍾情，當時我恨不得把二哥推到一邊，上來同妳喝了交杯酒，妳本該就是我的女人——」

「噁心！」蕙娘猛地回過神來，她顧不上顯露形跡的後果了，使勁將權季青給推開了幾步。「見色起意，純粹下流！權季青，像你這樣的登徒子，我見得多了，不要以為你很——」

權季青出手如電，一把捏住了蕙娘的腕骨，他柔聲道：「誰說我只圖色？我圖的是妳的人。二哥不能欣賞妳的才華，我能；二哥不能懂得妳的理想，我能。唉，清蕙，別做無謂的掙扎啦，同我在一塊兒吧！這世上有很多事等著我們去做，以後妳會發覺，有些事，和我去做，比和二哥一起做，要輕鬆得多，也有趣得多……」

他似乎還想再吻她一口，可在蕙娘冷冷的凝睇下，終究只是微微一笑，將她的手腕翻過，在她的脈搏處落下輕輕一吻，便鬆開掌握，後退幾步，對蕙娘稍微揮手作別，轉身就要行開。

蕙娘站在當地，望著權季青的背影，心頭波濤洶湧，無數疑問此起彼伏，眼看他就要轉過迴廊，她猛地一咬唇，趕上幾步，對著他的背低聲道：「你告訴我，我成親之前、在你對我一見鍾情以前，說實話，權季青，你——是不是對我動過殺機？」

見權季青止住腳步，她的心跳頓時加速。

蕙娘緊盯他的背影，一字一句地問道：「你說你造的殺業，和你哥哥的功業一樣多。當時的我，對你而言只是一塊擋路的石子，你直接回答我，是不是曾安排人，給我送過一碗能置人於死地的湯藥？」未等權季青回話，她又斬釘截鐵地道：「我以性命擔保，只要你能說句實話，即使是你，我也不會怪你。殺伐決斷，本來就是大丈夫當有的氣魄，我反而會更佩服你，更將你的話當真，甚至，也許，從今日起，我會把你的那些話當真，將你當作……當作有資格追逐我的人來待！」

第一百五十三章

權季青扭過身子來，多少有些不可思議地看了蕙娘一眼。

兩人身在暗處，蕙娘看不清他的表情，只能隱約察覺到一點情緒，她覺得他也在仔細地研究她，判斷著她的情緒、她話中的真假。

雖說這虛無縹緲的感覺，終究當不得真憑實據，但也在她心裡點燃了一把熊熊的烈火：若是此事和權季青真正無關，他的沈默，便顯得有些畫蛇添足了。這種事，就算她說得再好聽，心裡難道就真沒有一絲恨意？

她緊咬著牙關，慢慢地續道：「當然，如若真正是你，而你又並不開口，將來還叫我查到了你頭上，如此藏頭露尾的鬼祟之輩，我自然是極看不起的，這輩子要從我這裡得一個正眼，那卻難了。」

權季青默然片刻，忽然微笑道：「嫂子，妳這是在激將了？」

「你愛怎麼想，那就怎麼想吧。」蕙娘的態度反而淡了下來，自然而然，流露出了淡淡的輕視。「四弟，就一個要做大事的人來說，你是有些拖泥帶水，不夠決斷了。」

燈籠已隱約到了近處，就算有重重山石遮掩，兩人也不能放開說話了。權季青又再短促地沈默了片刻，他的口氣有點鬆動了。「把我當作有資格追逐妳的人看待……原來從前在妳心裡，恐怕還把我當作一個不懂事的孩子，就有些癡心妄想，那也是可以教好的，我始終還不夠資格，下場陪妳玩上一局吧？」

蕙娘並不回答，竟全盤默認。

權季青頗有幾分感慨地嘆了一口氣，他年紀輕輕，可這一聲嘆息中，卻大有些感慨、悵惘，似乎並不符合他的年齡。

「也所以，我雖然屢次對妳有所冒犯，妳卻都還不為所動……」他語氣一變，忽然間，所有感情全都褪去，餘下的只有冰一樣的冷靜，彷彿任何感情因素，都不會被計入權季青的算計裡。「嫂子所說倒也不假，若我真直認此事，妳必定對我大為激賞，更把我的話當了真，把我當作有資格追逐妳、同妳一道入局的高手看待……而到了那個時候，我所說的話、我所做的事，對妳如今的身分所造成的威脅，恐怕只會引向一個結果吧？」

話說到這個地步，以蕙娘的身分，難道還挺住不認？她露出微笑，鎮定地道：「那又如何？我可沒對你說謊吧？」

認可一個人是否有資格追逐自己、和自己在同一個層次上對弈，與是否對其動了殺心、想要將他除之而後快，其實的確並不矛盾。但蕙娘剛才種種言語，多少是有點誤導權季青的意思——有資格追逐她，是否就代表蕙娘一定會接受他的追求？還是只是更增她對他的疑慮？一個野心勃勃、手段狠辣詭秘，情緒激動瘋狂的對手，曾經在沒有見她一面的情況下，就能下得了手奪取她的生命，如今更是放言要剝奪她的身分地位，讓她從國公府嫡媳，變作見不得人的外室，只能看他權季青的臉色過活，更有甚者，她和權仲白孕育的一雙孩兒，說不定也會被他除去……

不要說焦清蕙素來總是先發制人、寧可我負天下人，不可天下人負我，就是平時最馴順、最沒有心機的大家閨秀，當此恐怕也要動了殺機吧？畢竟，若送藥一事不是權季青所做，蕙娘總不可能憑他幾句胡言亂語，就要剝奪他的性命。可如果他在少年時分，就已經有能力、有魄力、有決心安排謀害相府千金，則一切又不一樣了，在成為有資格追逐蕙娘的那種人之餘，他也勢必將一躍而成她的心腹大敵，必須處置而後快的眼中釘、肉中刺。

權季青微微一笑，他愉悅地道：「我確實是能給二嫂一個答案……可二嫂妳是知道我的。我平時時常想起妳，妳想起我的次數卻並不多，兼且妳苦惱的樣子，又這般好看、這般動人，不若就讓妳多苦惱一段時間，多想想究竟是不是我吧？」

他又再伸手要摸蕙娘，可這一次手才伸出，蕙娘一巴掌抽將上來，權季青躲閃得快，雖未抽中，但掌風竟搧落了他的一枚帽墜，可見蕙娘含怒出手，勁道非同小可。權季青哈哈一笑，怡然道：「嫂子仔細動了胎氣。」

深夜寂靜，即使聲音再小，也始終有些動靜。遠處燈火，已經不再徘徊，而是目標明確地往這邊行來。

權季青不等蕙娘回話，伸手握住廊簷雕花，一借力頓時翻身而上，只聽到一串細細的腳步聲，輕輕巧巧地自屋脊上往遠處去了，不多久，便再沒了動靜。

蕙娘也顧不得石面嶙峋了，身子一軟，頓時將所有重量都交付了上去，她一手護住肚子，緩緩揉搓了片刻，方才有幾分乏力地彎下身去，拾起了那猶帶一縷殘布的鑲銀玉帽墜，擰著眉頭思忖了會兒，這才開聲道：「我在這兒……動靜都小點兒，別那麼鬧騰。」

片刻後，她頓時被一群沈靜而憂慮的丫頭們給包圍住了——畢竟都是清蕙親自調教出來的人，雖然有些小姑娘眼角已經掛了淚，看著十二萬分的可憐，但從頭到尾，沒一個人放聲。

為首的石英將燈籠擱在一邊，三步併作兩步，就奔到蕙娘身邊，把她攙扶了起來。「您無恙吧？還能走動嗎？要不要派人把少爺請回來——」她也是機靈之輩，這麼一奔一扶，就把蕙娘的身形給籠罩住了，借著身後燈光，將她審視了幾眼，口中一邊問，一邊就隱密而迅速地為蕙娘順了順鬢角，又理了理凌亂的釵環。

蕙娘讚許地望了她一眼，口中道：「我沒事，能走。少爺那裡，別驚動了，回來我告訴他吧。」

她挺直脊背，掃了眾人一眼，心中對權季青更添了幾分惱怒：好在自家園子，沒想那樣多，今晚輕裝上陣，只帶了幾個可以絕對信任的心腹丫鬟，以及才剛上位近身服侍，平時就被拘束在立雪院中，沒有外出機會，根本接觸不到外人的新人。如有帶了一般隨從的老婆子，光是這「深夜為歹人擄走」的事，一旦作興起來，就算自家人不在意，她在眾女眷之間，也根本別想著抬頭做人了……

「今晚的事，」這種種顧慮，並沒有體現在蕙娘的聲音裡，她的態度還是那樣冷靜而威嚴。「一旦傳揚了出去，對我只是麻煩，對妳們來說……」

「姑娘請放心。」石英口齒清楚明白。「今日跟隨在側的幾個人，都是曉得事的，從海藍、石榴到東珠、我，剛才逐個發過誓了。姑娘讓我們說什麼，我們就說什麼。」

幾句話，就已經點出了在場所有人的名字，眾人哪還不知道表態？紛紛妳一言、我一語，表過了忠心，發下了毒誓。

蕙娘反倒說：「這件事，又不是我故意去做，我也是被歹人制住，和他搏鬥了一番才掙脫出來的。我們自己並不虧心，就鬧騰出來也是不怕的，只是大年下的，還是不要隨意生事為好，這才多一事不如少一事吧。」

回到立雪院內時，這一行人，也都早已回復了平常的神態。

石英把蕙娘送進屋裡，方露出憂色。「您有身孕的人了，剛才那一番折騰，沒有動著胎氣吧？」

如今孔雀已去，綠松新婚，和石英是輪流進來服侍蕙娘的。屋內只得主僕二人，大可不必避諱說話，蕙娘搖頭道：「就因為有了孩子，我沒敢怎麼用力掙扎，他也沒有怎麼推搡我——」她看了石英一眼。「妳認出他來了？」

因權季青的狼子野心，她身邊三個大丫鬟都是心知肚明，平時當然會特別留意這個四少爺，他一開口說話，別人聽不出倒正常，可石英是沒道理聽不出來的。

石英面色沈肅，點了點頭，低聲道：「四少爺是越來越過分了。」

蕙娘嘆了口氣。「妳不知道的事還有呢……」

因今晚石英的表現可圈可點，眼下綠松又不在身邊，她便多少點了幾句當年湯藥有毒的事。「麻海棠一個無知女子，哪來這麼好的毒藥？這些年來，我心裡一直牽掛著這一方藥。只有千日做賊，沒有千日防賊的道理，這個人不揪出來，我一輩子飲食難安。如今看來，似乎倒是真有個結果了。」

當年的事，要說石英心裡沒有想法，那也是假的，畢竟明眼人多少都能看得出來，這五姨娘要給蕙娘下藥，簡直難於上青天。她很輕易地就接受了蕙娘的說法，思來想去，亦不禁蹙眉道：「按他剛才那樣說法，您問他，他不說是也不說不是，倒有點像是默認了。可，就憑這暗處的一番對話……」

「就算他剛才當著我的面直接認了下來，我拿什麼去和仲白說？」蕙娘想到權季青臨走言語，眉頭又蹙了起來。「沒憑沒據，就靠我空口白牙的，就算姑爺信了我，我們拿什麼和家裡人說？」

幾句話，頓時把石英問得沒聲了。她左思右想，越想就越是不服氣。「這……這四少爺也太……太……」

「說來說去，還不是欺負我沒有自己的手下。」蕙娘冷冷地道。「他倒是能耐，自己有武功不說，和那神神秘秘的幫派堂口，還有千絲萬縷的連繫，檯面下的事，辦起來自然就方便了。管他殺人放火，還是陰謀下毒，都有人為他去辦……」她唇角微微一翹。「妳當他這一次找我，是興之所至？他就是想套出孔雀出走一事的真相，究竟是我故布疑陣，做了個套給他鑽，還是孔雀真的聽到了什麼……要是我被他套出話來，妳就瞪著眼瞧吧……」

石英聽得一愣一愣的，此時方才想到，孔雀所聽到的那一番對話，現在還不算什麼，可等姑娘掌握到真正的證據，把四少爺給扳倒之後，倒是可以火上澆油，把他的黨羽從府裡給挖出根來。而姑娘之所以著急上火地把孔雀送走，一個是為了她的安全，一個，恐怕也有刺激刺激四少爺，讓他多出幾招，俾可尋找破綻的用意。

而這個計策，也不能說不成功，眼下，四少爺不就露出了破綻？至少如今姑娘已經知道，當年的事，他有極重的嫌疑。

有一個凶嫌，要再尋找雙方的連繫，那就要容易得多了……

想到姑娘即將出世的第二個孩子，石英想要追趕綠松的心思就更加熱切了，她立刻為蕙娘出謀劃策。「香花、螢石幾個，如今在府裡也都是有頭有臉，對府裡人事認識得更深刻了不說，螢石每常出入裡外，對內、外兩本帳都挺熟悉，家裡生意那些掌櫃，她就沒有不知道的。還有香花，現在管著各院子裡每日的供給，小丫頭們和她可好得不得了，都喊她好嫂子。從前是不知道該怎麼查，如今知道該怎麼查了，便覺得她們能派得上用場……」

一邊說，石英一邊就覺出了姑娘當時的用意——入府兩、三年，執掌家務的時間雖並不長，可如今不論從地位、姿態還是實際影響力來說，二房的地位……不，姑娘的地位，都超然主動。良國公府的水就是再深，至少這內院的底，幾乎已經被她給摸透了。起碼如今，說聲要察看四少爺平時的起居，那也就是一句話的事，自然能找得到人去辦。姑娘是用這兩、三年的時間，織起了一張大網，只怕，隨著這查案的發展，這張網，連國公府的外院，都要給涵蓋進去了……

她正胡思亂想時，蕙娘已經悠然開口——

「這件事不必急。」她的語調，還是那樣沈靜而穩定。「我們還是準備回沖粹園去。甚至少爺那裡，都不要著急把實情全都說出，但妳可以私下露出一點端倪，讓少爺從妳這裡問出一點口風，把從前在沖粹園裡發生的事告訴出來，再點一點妳聽出四少爺聲音的事……餘下的事，就讓他自己去想吧。」

她打了個呵欠。「如此大事，任何時候，都不必急，急就出錯了。妳看四少爺，不就急得出了錯嗎？有一句話妳說得對，從前是不知道該查誰。現在知道該查誰了，不把他查個底兒掉，我焦清蕙還能夠干休？今兒都累了一天，好好睡吧，多休息一會兒……明兒起來以後，妳還怕沒有差事等著妳？」

石英也露出笑容，她跪下來給蕙娘磕了個頭，不言不語地便退出了屋子。

蕙娘坐在燈下，一邊撫著肚子，一邊將今日之事來來回回仔細思量了許久，直到肯定自己的所作所為並未有什麼錯處之後，她方才從袖口掏出了那枚精緻的帽墜，用兩隻指頭捏著，在燈下仔仔細細地賞玩了起來。

權季青怎麼都是國公府少爺，隨身之物，自然細巧得很。這帽墜用料先不說了，只說上面雕了的幾片四季青，便很見神韻。蕙娘摩挲了半晌，不知想起什麼，唇邊又露出笑來。她彎下腰捧出了一個小匣子，用嫻熟的手法，將它層層打開，露出暗格，自暗格裡又取出了一根晶瑩剔透的水晶簪子，放在燈下，看了看這上頭的海棠紋飾，又將兩樣飾物並在一起，歪頭欣賞了片刻，這才隨手又都擱進了暗格裡，將其合攏，再從上部的格子中，抽出一本筆記，蘸了墨，迅速在上頭書寫了起來……

第一百五十四章

這做醫生的，就有千般好處，唯一的一點不好，就是工作時間往往不大固定，生老病死，畢竟是不看時辰的。尤其是老人彌留，真是最折騰人的事，有時眼看就要下世，又能回轉過來。權仲白曾跟隨他師父歐陽老神醫，在先代平國公身邊守候了足足半個多月，他才嚥下最後一口氣。

這一次露出下世光景的，乃是秦尚書的岳母大人，因長孫還在外地辦事未歸，老人家心有不甘，遂由秦尚書出面，轉致楊閣老，鄭重地把權仲白請來護持，言明請務必護住三天，待長孫回來見到祖母一眼，才能去得了無遺憾。又偏偏還有鍾閣老，瘧疾高熱，態勢也很危急。這兩家距離也近，權仲白只好在兩家之間來回奔波，足足忙了有兩、三日，鍾閣老高熱消退安穩，吃藥沈眠；太夫人見過長孫，歡喜之下，精神反而更好，看來是又把去世之日往後給延了延，他這才脫出空來，正欲回家好好休息後，再進宮給幾個主位請脈時，鄭家卻來人急請，說是姑奶奶早上起床崴了腳，剛剛發覺見紅了。

這產婦的事，最耽誤不得的，權仲白連家都來不及回，立刻便趕到鄭家，為鄭家姑奶奶——也是桂家二少奶奶鄭氏把脈開方，又親自施針施藥，力圖保住鄭氏此胎，並細問個中緣由，這才知道原來鄭氏最近害喜，早上常常頭暈，下床時腳沒使上勁，膝蓋一軟，頓時便跌了一跤。當時覺得肚子不大疼痛，又因權仲白本人正在忙碌，請不到也就罷了，便給請了其他醫生來扶脈。直到下午見了紅，這才著慌起來，忙令人來請權仲白。只是她這一胎，本來就不大好，途中經歷了一場顛簸，孕婦還習慣流產，如今再這麼一折騰，權仲白就有千般能耐，也要大搖其頭。

他索性就命桂皮。「去把我的鋪蓋和換洗衣物取來吧，我就在這兒叨擾幾天了。看看能怎麼辦再說。」

他這麼一說，鄭氏頓時花容失色，就連陪著她的鄭夫人，都是面色沈肅。過了一會兒，把女兒安置睡了，鄭夫人便悄悄來尋權仲白，問道：「仲白你看，她這一胎，究竟如何了？」

權仲白默然片刻，還未答話，鄭夫人已是嘆了口氣，伸手拭淚。「終究還是沒福，千挑萬選，這才選中了這麼一戶人家。姑爺人品端方，公婆疼愛無比，一家子蒸蒸日上，再沒有可挑剔的了，卻沒想到，還是她自己不爭氣……」她一時激動，難免多說幾句，過得一會兒，自己也就平復了下來，抹了眼淚問權仲白。「這一胎不成，那也就罷了，日後……還能再生育嗎？」

這種事，讓人抱有希望好，還是實話實說好，素來也都是眾說紛紜的。權仲白是主張實話實說的，尤其這還是鄭夫人來問，又不是鄭氏，他便老實說：「這一胎要滑胎，損傷就大了，最好還是先休息四、五年，就是這樣，以後還不好說呢。最怕還不是懷不上，是怕懷上了，保住了，到後來胎兒長大，宮壁卻已太薄，一旦胞宮破裂，那就是大羅金仙，也難再救了。其實就是這一胎，也一樣有這種風險的。流產很傷胞宮，尤其幾次流產懷孕，間隔的時間又很短，這種可能，我是要說給你們知道的。」

鄭夫人的眼淚頓時又落了下來，連和權仲白客套的心思都沒有了，站起身就要告辭，還要權仲白反過來提醒她——

「世伯母心裡明白這一胎極凶險就好，此時卻又無須說出來給世妹知道，免得再添她的心事了。」

「這一胎眼看就要保不住了，她早點知道也好。」鄭夫人抹著眼淚，倒是勉強一笑。「出嫁的女兒，護不得一輩子的，早知道了，還能早做些打算。」

這就牽扯到鄭家、桂家的家事，權仲白就是再不以為然，也不便多做置喙。鄭夫人同他再客氣了幾句，便迫不及待地沒入鄭氏閨房之中，只怕是同女兒商量去了。沒有多久，屋內就傳來了鄭氏細細的哭聲……

桂含春因今日一大早就入宮辦事，估計連鄭氏跌倒的消息，都是回來才知道的，他和鄭大少爺一道回來，兩人都進來探視，不料鄭氏吃了藥剛剛睡去，不好打擾，便到權仲白住處來說話。權仲白將對鄭夫人說的、這一胎眼看要保不住的話再說了一遍，桂含春立刻就坐不住了，眉頭深鎖，就要進屋去看妻子。

反而是鄭大少爺攔住他道：「她這會兒正睡著，你進去反而還擾了她，且讓她先好生歇一會兒吧。」說著，也不禁是大為痛惜，嘆息著道：「明美，這可真是……唉，你放心吧，娘乃是深明事理之人，小妹就是再不懂事，她也能勸服的。再說，小妹也不是那等妒忌之輩，日後抬舉幾個屋裡人，一樣生兒育女，她是絕不會做那等妨害子嗣的傻事的，定會視若親生，其實同你們親生的，也一樣差不了多少。」

「大哥快別這麼說話。」桂含春忙道。「我們又不是沒有兒子，壽芸不就是傳嗣宗子嗎？我們家家規不許納妾——」

他見鄭大少爺面上閃過不快之色，便住了口。

鄭大少爺面色方才好看了一點。「宗房宗子，沒有幾個兄弟幫襯那怎麼行！你在我、子殷跟前還說這種話，也未免太假了點吧？明美你放心，你的為人，我們一家人是看在眼裡的，都放心你不會寵妾滅妻，虧待小妹。」

他關切地看了鄭氏居處方向一眼，口氣一變，有些親暱地道：「再說，你將來是要當元帥的人，按我們所說，沒準兒要進京也不一定，府裡沒幾個服侍人，難道還和你兄弟一樣，要做個全國聞名的怕老婆大將軍？就是你願做，我們鄭家可還要臉呢！小妹若同你弟妹一樣，得了這麼一個善妒的名聲，以後我們家的女孩兒還怎麼說親？以後啊，你就安安心心，享你的豔福，府裡的事，照舊交給小妹，儘管放一百萬個心，再不會出差錯的——子殷你道是不是？京裡大多數人家，哪個不是這樣過來的？」

以權仲白的性格，這一番話，自然是聽得刺耳無比，處處都是可以反駁的破綻。他微微一笑，低聲道：「人各有志吧，這種事，沒聽說過還要相強的。」

鄭大少「嘖」了一聲，看了看權仲白，又看看桂含春，很有些不悅，響亮地清了清嗓子，言簡意賅地說：「裝！」

桂含春和權仲白不禁相顧愕然，此時外頭來人，請鄭大少過去前頭「同夫人說話」。三人都知道，這是要商量鄭氏的事了。

鄭大少也不敢怠慢，衝權仲白拱了拱手，起身便出了屋子。

權仲白和桂含春對視了一眼，權仲白苦笑道：「京裡的紈袴，多半都是這個作派。明美你剛剛進京，恐怕還不大適應。」

「京裡的子弟雖然多，可能當面衝你的，卻也沒有幾個吧？」桂含春微微苦笑，搖了搖頭。「都是皇上發小，眼下許家那位，儼然已是邊境重臣了……」

許鳳佳和權仲白雖然也有過一段不睦的日子，可待到成人以後，便不可能再這樣鋒芒畢露地來頂當世神醫了。何況再怎麼說，人家坐在這裡，也是給你妹妹看病來了……

權仲白倒不太在意這個，只道：「她入了你桂家門，就是你桂家婦了。納妾不納妾，還不是你說了算，娘家人窮折騰，讓他們折騰去，這件事，你不點頭，別人難道還能逼你？」

他這等於是把態度擺得很明顯了，桂含春若有所思地點了點頭，背著手走到窗邊，出了半日的神，方才低聲道：「我從小便一邊讀書習武，一邊為家人辦事，從前未及弱冠時，還以為天下的道理，我已經瞭若指掌，任何事都在掌握之內，情義竟可以兩全——何止是兩全，甚至是所有因緣，都能安排出一個滿意的結果。如今年歲漸長，才覺得自己真是庸碌無能，受這世事擺布，身陷沼澤深處，何曾能憑著本心行事……如今才知道，這『人在江湖，身不由己』八字，蘊含了多少道理。唉，從前不懂得取捨，也不知犯下了多少錯誤，鑄造了多少憾事……」

這一番感慨，看似和當前態勢無關，但只稍微一想：宗房子息少，簡直就是家族分崩離析的前兆。雖說子息多，也有子息多的隱憂，但這道理對著一族人那是講不通的。任何人要對抗約定俗成，都得付出慘痛代價，這個代價，也許別人能付，可從桂含春擔上宗子名分的那一天起，他就已經不能再承受了。就算他願意承受，鄭家也不會讓他承受，他們家費了老大的力氣，和桂家聯姻，可不是為了拱手將宗房旁落的。事實上，鄭大少剛才發那麼一大通議論，在妹妹才剛得知消息的時候，便這樣積極的表態，是真的絲毫都不心疼妹妹嗎？他正是為了妹妹著想！宗婦不能生育，就此被休棄都是有可能的事，就算不被休離，日後這庶子出自誰的肚子，那也是大有講究的……

自家、妻家的意願，都是希望他就此坐享人間豔福，桂含春能往外推嗎？於情於理，他不能，既然如此，方才那一番表態，在鄭大少眼裡，自然也就是一個「裝」字了。權仲白嘆道：「所以說，這宗子、少帥兩個字，誤人啊！明美，你年少無知時，又何必上趕著往火坑裡跳？」

桂含春唇角逸出苦笑，他轉過身來。「家裡就那幾個兄弟，大哥、三弟性子都有缺陷……雖說當時那話，是衝口而出，少年血勇，可現在回頭想想，也許我也還是會作一樣的選擇。」他也不知想起了什麼，竟又嘆了口氣，才道：「只是這一次，我會懂得取捨、懂得放棄了……有些事，從接下宗子位置的那天起，其實就已經不該去想，也不能再想……」

權仲白也已經明白他的選擇——只想到林中冕多麼風流的一個人，卻攤上了一個非常妒忌的老婆，而桂含春分明是如此克己自持之輩，將來卻也許要因為妻子的安排而坐擁眾多鶯鶯燕燕，他不禁心潮起伏，勾動無限情思，出了半晌神，才陪著桂含春嘆了口氣，道：「我還是盡一點力吧，這一胎，還是有一點希望的。」這倒真是安慰之詞了。

鄭氏本來心情就激盪，下午和母親再那麼一談話，到晚上就又見了紅，孩子到底還是沒了。所幸有權仲白在旁親自施針，及時給止住了血，未釀成母子雙亡的慘劇。不過，經過這連番變化，眾人也都做好了準備，就連她本人，也是神色堅毅寧靜，很顯然，已經接受了已然發生的事實，說不定都已為將來諸事考慮了。

這麼一折騰，等鄭氏事完，已是後半夜了。權仲白思念妻兒，便不在桂家留宿，而是趕回國公府，匆忙洗漱了一番，也不去打擾清蕙了，在自己的書房裡，倒頭便睡到日上三竿，還是清蕙把他給揪起來的。才起來，便有幾個小廝過來，推著他去洗漱換衣，權仲白還以為是又有病人呢，等他略進幾口早飯，回過神來了，才發覺清蕙在他身邊坐著，指揮丫鬟給他收拾包裹。

他不由得便奇道：「怎麼，咱們這是去哪兒？」

「一出門就鬧得昏天黑地的，連日子都顧不上算了！」清蕙白了他一眼，嗔怪裡終究帶了幾分微微的、只有權仲白能察覺出的心疼。「明天孫侯的船隊就到天津了，爹今早就過去了，還喊你一道呢，可我看他們怎麼都叫不醒你，便索性讓你多睡一會兒，這會兒卻不能再睡，再睡下去，你要趕不上入港大典了。你到港口去，為我多看寶船幾眼吧。」

權仲白這才恍然大悟：畢竟是要合夥做生意的，對包走了所有貨物的大盤商，皇上當然要給點特權。要不是清蕙懷孕，這一次出行，他不過是她的幌子和護衛罷了。可她如今懷了身孕，不能親至，若他還不去，就有點不尊重皇上了。

就算再勞累，媳婦的事不能耽誤，權仲白只好打點精神，又上了去往天津的馬車。

昨晚到了皇家行宮，又是一番忙碌，不過，皇上也的確很給面子，今日入港大典上，權仲白居然也在高臺上得了一個位置，能和楊閣老等重臣站在一處，和他老子良國公的距離也不是很遠。

今日港口天氣正好，權仲白吹著小風，眺望萬頃碧波，精神倒是為之一爽，正是遊目四顧，打量四周地形時，只聽得四周數聲炮響，鑼鼓喧天中，數艘大得遠超想像、在一般人看來甚至有遮蔽天日嫌疑的大船，漸漸從遠處靠近了眾人的視線之中。在這蕩漾的波光中，它們彷彿一小片堅實的陸地，那份壯闊之美，頓時就令原本已經足夠肅穆的場面，更添了一層崇敬的沈默。

皇上眼中，也放出了激動的光芒，他一揚手臂，竟親自站起身來，默然看著大船靠港……也唯有那起伏不定的胸膛，稍微洩漏了內心中的感慨。

船行得近了，眾人已可看見孫侯一身戎裝，立於船頭，身後甲板上密密麻麻，排列的都是軍士。這群人遠離故土已有多年，雖然在廣州短暫靠岸，可今日能回到北方老家，自也是一番激動，又得皇上親迎，心中情緒，可想而知。

孫侯一聲喝令，這數船上萬兵士，頓時整齊下跪，伴著鐵甲觸地聲，同時山呼：「吾皇萬歲！」

海港邊擠擠挨挨，過來觀禮的士農工商，也都附和著歡呼起來，眾大臣勳貴亦跪下恭賀皇上。在這極致的吵鬧、極致的熱鬧中，權仲白大膽地抬起頭來，望向了皇上。

此時此刻，皇上的神色是多麼的玄妙啊，他似乎早已經習慣了這獨立於眾人之上的高貴，甚至並未有一點激動，而是極其感慨、極其複雜地望向了遠處的旗艦，彷彿能隔著這遼闊的距離，和孫侯對視。

承平八年冬，定國侯遠航歸來，皇上賞遍諸功臣，獨獨不賞定國侯一人。朝野之間，自然議論紛紛。

後數十日，皇后以病自請廢后，聖諭可。

又數日，以多病廢太子。

朝廷上下，一片譁然，正是驚魂未定之時，皇上又以皇后多年掌管宮闈無過，孫家教養有功為由，為孫家論功，此時方重提孫侯遠航功勳，數功並賞之下，遂增封定國侯為二品定國公，世襲罔替，並恩封定國侯次子為千戶，賞丹書鐵券（注），給承平八年，添了一個極為有趣的尾聲。

第一百五十五章

「簡直不知如何是好了！」尚書王光進的太太米氏發自肺腑地同權仲白感慨。「朝堂裡的風雲變幻，看不明白！」

王尚書本人如今入閣有望，一心錘鍊自己的養氣功夫，話倒是越發少了，雖然這病的人是他，可從權仲白入門開始，他就只是撚鬚作沈思狀，這套話的事，就交給了米氏來做：以權仲白和王辰的連襟關係，米氏也算得上是他的長輩了，自然而然，就陪伴在王尚書身邊，一路和他說道家常，慢慢地，就把話說到了孫家這件事上。

也還算是給兒子留了點體面，沒把王辰給拉進來，不然，這樣的事讓王辰來問，權仲白要不說，損傷的就是焦家十四姑娘的面子了……

「那都是勳戚之間的事，孫侯的沈浮，和朝政也沒有多大的關係。」權仲白睜眼說瞎話，手上不停，已經寫好了一張藥方。「世叔如今位高權重，政務繁忙，心思的確是要比從前重了。有些事何必那麼操心，謹守本心，走在自己的路上，任何疑難，想必也都能迎刃而解了。」

米氏望了丈夫一眼，還要再問，王尚書已道：「好啦，仲白也是個大忙人，進宮前撥冗

注：丹書鐵券，即免死金牌的意思。

過來，已屬難得，妳再這麼嘮嘮叨叨的，耽擱他的時間，萬一皇上怪罪下來，我們如何承擔得起？」

權仲白望了他一眼，見王尚書對自己點頭微笑，便也微微一笑。

王尚書道：「前陣子過去府上拜見老師，老人家經過病劫，如今精神倒是更見矍鑠了。仲白你悉心調養，功不可沒啊！像老人家這樣身分，雖說已經退下來了，可健在一天，對朝政都還有影響力在。平時還看不出來，如今朝中風波又起，聽說最近往老閣老府上去討主意的人很多。」

政客之間互打機鋒，潛臺詞自然層出不窮。楊家的顯赫，除了皇上的賞識和提拔之外，還有他們家姻親孫家興旺發達的關係，甚至和楊娘娘在宮中受到的寵愛，都是分不開的。畢竟那些官油子、官痞子們，自有一套看人的法門，各世家大族做政治投資時，也要把數十年後的潛力列入考慮。而在這幾個月的後宮風暴之中，孫家勢力大減，那是不爭的事實。雖說皇上態度，耐人尋味，一面大削廢后及廢太子的勢力，一面又加封孫家籠絡孫侯，不但破了一百多年來絕不晉封爵位的老規矩，令其晉位國公——還是世襲罔替的鐵帽子——甚至連次子得封千戶，都有丹書鐵券傍身，但如此尊榮，和東宮之位比，卻又算不得什麼了。

再一結合此前牛娘娘春風得意，皇次子大放異彩的訊息，很多人自然會作出自己的聯想，此消彼長之下，楊家將來，自然也就為人看淡。以焦閣老、王尚書為代表的保守派，又重占到了上風……

但政事就是這麼微妙，不要看楊家看跌，王家占了便宜，可焦閣老當年卻是支持孫侯出海的堅定人選，為此和楊閣老還發生過幾次爭執。孫侯這一次出海，雖然賺了銀子，但兵力損耗也大，且出海時間長、風險大。開埠、官方貿易還要不要繼續做下去，朝野間是有爭議的。王尚書向權仲白問口風，又或多或少，是看中了宜春票號和天家的連繫——這一次宜春票號吃下了天家盤回的所有貨物，如今已不是什麼新聞了。這批貨能賺多少錢，對這場爭論肯定也是有影響的。

如此錯綜複雜的關係網、利益網，也就令得網中的任何一人，行動起來都分外謹慎。王尚書在這一次爭議中還未發表自己的意見，新任意見領袖，總是很珍惜羽毛，不希望初試啼聲就碰了鐵板，也是很自然的事。就是楊閣老，歷年宦海沈浮，如今又和皇上君臣相得，一心要推行地丁合一的人，這一次不也是患得患失，幾次把自己請上門去，為的就是要套問牛淑妃、皇次子的情況……

權仲白心底雖然煩厭，但不能不為文娘、蕙娘的體面著想，一如在楊閣老跟前，不能不為瑞雲著想一樣。他擠出一絲笑容，從容道：「別的事我也不知道，不過，老太爺多年首輔，自有過人之處，我看，不說別人，就是世叔您，也該常常聽聽老人家的意思。」

王尚書眼神一閃，若有所思，他起身要親自送權仲白出去，卻被權仲白給勸住了。

「您頭暈未癒，還是別起身來的好。」

王尚書便令米氏代送，米氏不由分說，領著權仲白就往外走，口中還笑道：「前陣子，我外甥女從廣州送了些物事來，其中有幾座牙雕，雖說象牙本身也不甚名貴，不是什麼上品，但勝在細巧可愛，有個牙球，層層疊疊可分可合，很是新巧。大郎媳婦一看就說，這是她姊姊愛好的東西。本待節下送禮時一道捎去，今日既然你過來了，便由你帶回去吧，免得這禮物送到國公府，還要特別帶話，令人再轉送到沖粹園去。」

只這一句話，就可見尚書太太做人功夫，起碼她就記得清蕙這一陣子在沖粹園養胎，和府裡來往不多。權仲白正要代清蕙推辭一番時，正好見到王大少奶奶——也就是清蕙的妹妹焦令文進了院子。兩人見面，自然互相行禮。令文又對公公、婆婆有一番殷勤慰問。

米氏春風滿面，笑道：「我料著妳那裡家務完了，是必定要過來的。果然是趕在妳姊夫告辭之前，跑過來了。」

令文對婆婆也很親熱，好似母女一般，攙起米氏的胳膊撒嬌。「什麼事都瞞不過您！」她轉向權仲白，明眸閃閃，就如同幾次見面一樣，有幾分戒備和敵意地將他從頭到腳掃了一遍——像是打從心底還有所疑慮，總覺得他薄待了清蕙一樣，要考察一遍，才能放心開口說話。

「又有一陣子沒見姊姊了，我心底掛念得很，偏偏沖粹園也遠，家裡臘月事情多，又走不開，一聽說姊夫過來，可不就趕來問問姊姊好，問問小外甥好了。」

「都挺好的。」權仲白微笑道。「妳姊姊這一胎倒要比頭回好得多了，也不太犯頭暈，精神頭也不錯。至於歪哥嘛，剛出過水花（注），也是無驚無險，現在又長高長壯了不少。」

米氏和令文都不知道歪哥出水花的事，自然驚訝詢問，又好生慰問了一番。
令文再三道：「正月裡一定和夫君過去沖粹園看望姊姊。」
米氏也道：「臘月不好上門作客，不然，就讓妳現在過去。」
兩婆媳相視一笑，和和氣氣地將權仲白送出院子，看著上車去了，這才回轉不提。

權仲白這裡，卻是馬不停蹄，先往宮中過去，給幾個主位請了脈，又和皇上盤桓片刻，眼看天色過午，皇上這才放他出來，說是「不然，等你趕回沖粹園，天都黑了！」。

皇上對權仲白是有幾分體貼的，就在過去一個月，朝中風雲起伏時，良國公府也不平靜，歪哥居然出了水花，權仲白忙得是暈頭轉向，府外不斷有關係深厚的人家相請詢問，府中又要忙兒子，又要忙媳婦。而且蕙娘因為身懷有孕，必須和歪哥分開居住，他比較放心不下兒子，一貫是親自把兒子帶在身邊睡，這一片慈父之心，固然值得感念，可小孩子周身發癢，哪裡能睡得好？權神醫自己也沒休息好，蠟燭兩頭燒，硬是把權神醫給熬得失了幾分神仙風範。就是歪哥康復以後，經常來往於京城和沖粹園之間，來回奔波，也是不小的折騰，皇上甚至特許權仲白，什麼時候愛入宮問脈都成，反正只要他來，自己這個九五之尊，一般都在。

如此聖眷，從前自然是實打實地看在兩人的交情分上，現在嘛，有幾分是因為清蕙，因

注：水花，即水痘。

為宜春，卻也難說了。

權仲白一路行到路口，見往日裡冷冷清清的小道上，幾輛馬車正徐徐往裡駛去，便不禁隔著窗戶，和桂皮笑道：「天氣冷，病人少來了，卻未更清靜幾分——就是再冷，也擋不住這商人謀利的腳步。」

到得沖粹園裡，清蕙行事就更方便了。喬家幾位高層管事索性就住在了沖粹園裡，以便和大家溝通。這裡儼然已成了華北一帶宜春票號的大本營，如今正是年下，本來事情要多，又逢宜春有大生意要做，全國各地專做西洋貨的大商家，全都匯聚到了京城來，要從宜春這裡拿貨——這一次孫侯船隊回來，帶回的所有貨物，迄今都還沒有流入市場，眾人自然急得是抓耳撓腮，見天地過來拜訪喬家大爺。因此雖說天氣轉冷，各地病人俱都進城過年去了，可沖粹園卻還要比往日裡都熱鬧了幾分。對權仲白來說，也自然很有些新鮮，他心裡有數：要不是清蕙現在身懷六甲，不便出面見客，很多事都要透過喬家人作主，這些人來求見的，就不是喬家大爺了，畢竟如今人們口耳相傳，宜春票號真正當家作主的幕後東家還不是喬家三位大爺，而是相府千金、國公府少夫人，集才、財、勢於一身，一般人甚至不敢以名號呼之，只以「女公子」代稱的焦清蕙……

如今清蕙懷孕也有幾個月了，雖說身體狀況要比從前那胎好了一些，可依舊是缺乏精力，平時懶怠移動。自從一個多月之前，她堅決要求從國公府搬回沖粹園之後，就是深居簡出，安心養胎。每日裡除了和喬家大爺見見面，商議商議宜春的事務，便是和娘家人聯絡感情。對國公府的事，反而變本加厲，更加漠不關心。雖說沖粹園熱鬧非凡，可甲一號卻是重簾深垂、寧靜悠閒，權仲白每每回去，甚至能聽見琴聲——

他心頭忽然一動，被繁忙外務遮掩的慧心，終於發覺了少許蹊蹺：公府風雲，清蕙絕不可能漠不關心，不想接位是一回事，府中有人能威脅到她，那是另一回事。尤其如今季青都浮出水面了，自己雖然實在過分忙碌，無暇處理這小子，只是隨指一事叮囑父親，把他暫且打發出京磨礪心性，但她難道就不能暗中起起季青的底嗎？這般行事，是一反清蕙行事的一貫作風呢……

可還沒琢磨出個所以然呢，前頭甲一號院門一開，一道熟悉的身影在眾人簇擁之下，緩緩步出小院，清蕙扶著肚子，竟親自送了出來。

權仲白在轎中望見，不禁大吃一驚，他掀簾下了轎子，拱手對那人道：「真是稀客！孫夫人怎麼這就要走？不留下用個便飯？」

孫夫人衝權仲白欣然一笑。「神醫是貴人事忙，我們也都深知的，最近要你撥空出來，那就是在為難你。正好今日到山裡進香，就順帶過來冒昧拜訪一番。沒想到倒是談得忘了時間，這會兒再不過去寺裡，就誤了參拜的時辰了。」

清蕙在她身邊，緊接著就道：「他何止事忙，忙得忘性也大，都不記得帶話了。嫂子所說合作的事，我竟沒從他口中聽到隻言片語，不然，早就上門拜訪，哪還要親自勞動嫂子過來呢？」

她和孫夫人相視一笑，倒竟十分相得，孫夫人莞爾道：「弟妹妳也不必如此說話，前陣子我們家官司沒完，自然不好開口。這會兒我們得空了，妳又要一心養胎，不方便進城拜訪。再說，這件事本是我們有求於妳，自當我們上門才好。客氣話都是不說了，我先走一步，改日等妳也空閒下來，再促膝深談吧。」

又同權仲白微微致意，便彎身上轎，往沖粹園偏門方向去了——那裡直通香山山路，和幾處名剎都很相近，看來，孫夫人為了今日這一番拜訪，倒也是做足了功夫。

送走了孫夫人，夫妻兩個說話，就沒有那麼拘束了。權仲白擰了清蕙的臉蛋一下，道：「妳又栽派我！誰傳話傳漏了？總之為了妳好做人，我就只能揹黑鍋。」

「不就是客氣幾句嗎？」清蕙捧著肚子，跟在他身後進了屋，乏力地嘆了口氣。「唉，一談就是半天，餓死我了。人家孫夫人多明白，三言兩語就點出了各種關節，又沒有真個怪你的意思……就你小肚雞腸，只顧著和我計較。」

自然有人送上點心，讓孕婦止飢。

權仲白將令文問候姊姊的事告訴蕙娘，又道：「她正月裡還說要來看妳。我看她的意思，是想住上幾日，她婆婆倒也許了，可見很是疼她。」

清蕙的眉頭反倒一蹙，她若有所思地搖了搖頭，倒沒繼續這個話頭，而是說：「你每常和我誇孫夫人是女中豪傑，此話果然不假，的確是個可以交往的朋友，孫家做事，也著實爽脆……她這次過來，是為了孫家自己那幾船貨來的，孫家想把這幾船貨批給我做。」

孫侯就是再大公無私，船隊出海，自己籌措幾條船的私貨，那也是題中應有之義，反正海船是自家買造，不過借朝廷東風，只要不大肆宣揚，朝廷也不會和他計較。權仲白先是一怔，之後很快便明白了孫家的意思，他嘆道：「孫家這是想還情了。」

「那麼大的情，這麼一樁小方便可還不了。不過，這也的確是彼此兩利。」蕙娘露出一絲笑意。「本還想主動找孫家買下的，又怕有挾恩之嫌，孫家如此識做，的確讓人舒服。看來，這四百萬兩的買賣，還真賠不了。這還不算皇上撥給我的那些工匠，只要有一、兩樁商機，沒準兒能夠大賺，那也是難說的事。」

「給妳的，都是皇上篩選過一遍的老弱病殘之輩，要嘛就是愚鈍不堪，難以溝通的那些人。」權仲白有點好奇。「這還能發掘出什麼商機不成？妳今日倒是好精神，應酬了這麼半天，還有大精神思量這事。」

清蕙正要說話時，屋外忽又來人道——

「雲管事從城裡過來，求見少爺、少夫人，並問少夫人身體如何，說是國公府有件為難事，想請少夫人出面措辦。」

第一百五十六章

夫妻兩人對視了一眼，都有些驚訝：國公府雖然人口不多，但總也還沒有凋零到那個地步，自己不出面，國公爺就真有辦不下來的為難事。當然，若是和宜春票號有關，那也就罷了，不過是打一聲招呼而已。可雲管事說的是「出面措辦」，一聽就知道，這件事肯定和宜春票號沒有什麼關係。

而且，居然是雲管事過來，看來，也不是內院的事……自然，現在的內院，也不可能再出什麼事，蓮娘已經將三房去江南的事給過了明路，這會兒她已經是看熱鬧的人，要說攪和熱鬧嘛，那起碼是得等季青的媳婦進門以後了。

蕙娘徵詢地望了權仲白一眼，見權仲白不大高興，便道：「我最近忙，本來就有些不太舒服，才剛睡下呢，他要是願意等，就讓他等我起來再說吧。」

這個姿態，是拿得很高了。

權仲白果然搖頭道：「算啦，這也沒多大意思。雲管事上門，不會有小事的，妳要不是真不舒服，就別拿捏他了。」

本來嘛，拿捏雲管事，也是為了討丈夫的好，蕙娘欣然從命，自己和權仲白進了裡間，略說些權仲白在城內的見聞，至於孫家上門談的那筆交易，雖然寥寥幾句，但權仲白已經掌握核心，雲管事又隨時可能進來，兩人就都沒有多提。

雲管事進屋時，權仲白正好在問歪哥的情形——這孩子水花平復以後，為了保險起見，還是在外院住了一週，這才回到蕙娘眼皮底下，正是黏人的時候。

蕙娘道：「唉，再不要說他了。他現在竟然怕生起來，剛才孫夫人進來，他便不願意待在屋裡，這會兒在養娘那裡睡著呢。」

雲管事給兩個主子行了禮，便自然笑道：「小郎君這一次水花，發得如何了？國公爺也很是惦念，若非天氣冷，走動不便，還想親自過來探視歪哥呢！」

自從歪哥抓週時，抓了良國公隨身的小印，他對這個孩子，的確就很是看重——不過，那也是因為現在國公府裡唯一的第三代，就是這茁壯胖大的小歪哥了。蕙娘欠了欠身，笑道：「多謝爹想著，他這一次也算是無驚無險，就是癢了幾天而已，痘子便消退了。」

這話一出，雲管事頓時肩膀一鬆，露出了滿意之色。而這神色實在是流露得太過明顯，蕙娘和權仲白都有所發現，他自己也察覺有誤，只好遮掩著道：「小郎君是府內唯一的嫡傳血脈，身分貴重，能夠安然無恙度過這一災，想來日後定會無病無痛，平安長大的。」

只是這句話，說得就很有文章了。

權仲白略有不悅，但並沒開口：雲管事直接就沒算大房，多少有點勢利的嫌疑。

可蕙娘卻是心中一動，別有深意地望了雲管事一眼。

雲管事恍若未覺，又問了蕙娘的好。

權仲白代答道：「養胎還不是這麼一回事，雖然這一胎好些了，但也要專心靜養，不能太動心思。」

這已有擋駕之意，但雲管事在國公府裡也是有一定威望的人，哪裡會被這一句話給擋回去了？他微笑道：「國公爺說，日後要執掌國公府，就是再艱難的時刻，也都要度過呢！雖然保胎為上，但借此躲回沖粹園萬事不管，令家人忙碌，少夫人是有些不孝了。」

不孝的大帽子都扣下來了，蕙娘還能怎麼說？她忙盈盈起身，向雲管事請罪。「爹教訓得是，是我托大了。」

雲管事代國公爺傳話，身分比較特殊，因此只是側過身子，還是受了蕙娘半禮。他衝權仲白微微一笑，忽然開了個玩笑。「二少爺心疼媳婦了？老爺子說，這話是重了點，但亦怪不得他，這二少爺不管事，總得有個管事的人吧？」見權仲白想要說話，他又搶著道：「可二少爺要是這會兒忽然想要管事了，那也不行，您啊，這是心意不誠，還是好好看病吧……」

父子人倫放在這裡，國公爺要揉搓權仲白，他有什麼辦法？要是兩人面對面，那還好說了，可這隔了個雲管事，什麼話都不方便講。

蕙娘有點頭疼，捂著額頭道：「好啦，爹有事交代下來，我們量力而為，能辦的自然不會不辦——」

見雲管事還要再開口說些什麼，她便銳利地掃了他一眼，一時氣勢迸發，竟把雲管事死死鎮住，又續道：「不能辦的，那也就實在是沒有辦法了。」

雲管事雖然遭到蕙娘壓制，但卻似乎更為滿意，他一垂手，行了一禮，恢復了一個管事應有的禮儀，不再把國公爺搬出來打頭陣，而是一板一眼地道：「的確是有一樁為難事，國公爺無暇分心，這才想要交到少夫人手上。」

因便自懷中取出一卷地圖，展開了給蕙娘看。「我們家的藥材生意，做遍了天下，能與之媲美的也不過是寥寥數家。與其他託庇於我們家照看的商鋪，如昌盛隆等不同，這同和堂一直以來都是家裡直接照管，我們的股份，十成裡占了能有九成。甚至連昌盛隆等藥鋪，其實也都是從同和堂拿貨，並不只是做些零碎銷售生意。」

再顯赫的家族，都要有個細水長流的收入來源，指望靠無本生意維持奢華生活，那就真是其興也速，其亡也忽。要不是票號是新興生意，當時焦閣老上升的勢頭也是無人能敵，喬家哪有這麼快發家？同和堂是權家的根本生意，一直以來，都是良國公親自指定管事打理，有時候甚至連兒子們都沾不到邊。大少爺、四少爺都有管過一點瑣事，但真正主事的還是老總櫃張氏，這一點，蕙娘和權仲白都是心知肚明的。從另一個角度來說，能打理同和堂生意的，那就肯定是權家的承嗣宗子、宗婦了。一時間，蕙娘不禁皺起眉頭，瞅了權仲白一眼：良國公怎麼搞的？自己這兒還懷著孩子呢，他怎麼就迫不及待地開始給她鋪路了？這個差事辦下來了，家裡還有權季青什麼事兒啊？他自己要趕上權仲白、他媳婦要趕上自己，似乎都難了點吧？

權仲白也是眉頭緊鎖，剛要說話，雲管事又給搶了一句——

「這一次，就是江南往京都必走的一條路，出了點麻煩。當地有一夥占山為王的好漢，專打過往商戶主意，行事也很過分，我們家折損了不少人手。當地總兵卻推說兵口往廣州一帶聚集，遲遲不肯出兵剿匪，連老爺親自出面打了招呼都沒有用。偏偏這些年來，我們在江南的人脈，一個個不是高陞就是調離，新任江南總督雖是親家，但才堪堪上任，貿然就寫信求助，未免讓人小瞧我們家手段。再加上當地局勢，錯綜複雜，即使以何總督的地位，都不好輕易插手。」

他在地圖上指指點點，就給蕙娘說了起來。「這裡是廣州往上必走的一條陸路，這兒是一個小野村，村民和山賊都是有所勾連的。過此關隘時，因峽谷狹窄，如有人埋伏，很容易以少打多。這裡植被茂密，小路眾多，不是當地土人，很難一一認清，是以當地軍官不肯出面剿匪，也算是有他的道理在。沒有個懂地形的人帶路，過去也是送死。

「若只是這樣，那猶還罷了，大不了我們換條路走。但此等賊子非常狡猾，專挑我們運送貴重貨物的車隊下手，有時請了高手護鏢時，則又龜縮不出。更兼這村子靠近義烏，義烏人不要命的名聲，想必少夫人也是聽說過的。」雲管事徐徐道。「如果我們壓得太過分，激起了民憤，事態一經擴大，對何總督也是個麻煩。畢竟這才上任，不好激起民亂……國公爺的意思，是想借此機會，把商號內那一等眼淺的奸細給揪出來，再順帶打通這條道路，使其不要針對我們權家。若這支賊兵背後有京裡的力量，能順藤摸瓜，查個清楚，自然就是最好了。」

這三個目標，的確都頗為棘手，換作權仲白去操辦，他少不得是要動用些私人關係的——何總督不能請，有什麼要緊？大江南北，哪個人家沒欠過他的人情債？

權仲白剛想說話，雲管事已道——

「如今朝中多事，這件事畢竟不大，還是別鬧得人盡皆知為好。國公爺的意思是，就用我們家的力量，能辦就給它辦了，別再驚動別家……可他老人家又忙於朝事，無暇他顧，思來想去，這樁差事，不交到四少爺頭上，也只能交給您來辦了。」

話都說得這麼明瞭，蕙娘雙眉一挑，這會兒倒是不看權仲白了，略作盤算，便道：「給家裡生意出力，自然是無可推諉。只是我進門時日淺，對同和堂的人事，恐怕不比四弟清楚……」

「我此次前來，也帶了同和堂京城、江南兩地的花名冊，並歷年的帳本。」雲管事絲毫不動聲色，彷彿蕙娘會作這個選擇，早就在他算中。「眼下就快過年了，諸事辦得都慢，少夫人只年後儘快拿個章程出來便成了。」他又道：「這一次的事，張總櫃也很上心，效仿宜春票號，特地選了幾個積年懂事的掌櫃，在您身邊聽用。您是主子，他們是僕，如有半點違逆之處，您儘管開口，一句話的事，管叫他革除出門，以後再也別想在這行當內混下去。」

良國公看來是根本沒想過蕙娘還會回絕，一步接著一步，什麼都給她安排好了。

現在就是權仲白，也強烈地感到了不對，他皺眉道：「爹是怎麼搞的，竟主次不分。繁衍子嗣，多大的事，被如此小事打擾，那成何體統？南方脈絡我又不是不清楚，上半年淡得要命，現在海運開闢了，走海運不比走陸路便宜得多——」

雲管事掃了他一眼，露出一絲淡然笑意，雖未明言，但看得出來，根本就沒把權仲白的意見放在心上，他只望著蕙娘，等她發話，眼神像做無形的詢問，只等著一個回答。

蕙娘心裡，也是思緒翻湧：任何事情牽扯到國公府，就是玄之又玄，謎團一個接著一個。權夫人還好，這個國公爺，這幾年以來，她竟是一點都未看透。想知道他平素裡都忙些什麼，可就連祖父都不甚了了。這運送買賣軍火的危險組織已經把權季青滲透的事，他到底是知道還是不知道？若不知道，何必忽然生出這麼一番事來？若知道，又何必讓她出手？權仲白說得不錯，現在她身懷六甲，哪是和人勾心鬥角的好時機……

權家的水，實在是有點深。她忽然間很想託人帶信，問問大少夫人：這個家裡，我還不知道的事，到底又是什麼？

「仲白，你不必說了。」她衝權仲白搖了搖頭。「爹肯給我們這個機會，我們哪能再推辭呢？倒要多謝爹肯賜下磨礪的機會才對。只是這件事雖然不大，但關隘重重，隔得又遠，兩邊消息溝通不便，我這裡也有別的事分神，怕是只能慢慢地辦了。別的都無所謂，怕是要耽誤了幾個掌櫃平時的經營呢。」

「二少爺說得對，事有輕重緩急，您正忙著大生意，不便為小事分神。這件事大可以慢慢來，」雲管事眼角笑出了淡淡的細紋。「只要在明年下半年旺季開始之前，給個章程出來，國公爺自然也就沒有二話了。」
他之前沒和蕙娘正面接觸，這算是兩人第一次談話，一開始，他給蕙娘行禮時，態度多少還有些敷衍，可道別時的鞠躬禮，就行得很自然了。
權仲白開始並沒有說話，待到雲管事出了院子，才有幾分迷惑地道：「這件事，妳也不和我商量商量……」
蕙娘掃了權仲白一眼，打從心底嘆了口氣。權仲白這個人，至情至性，對感情是太看重了點。大房被逐出國公府，已經很傷害他了，如今眼看又要少個權季青，雖然這個小瘋子，好似根本就沒把和他的兄弟之情看在眼裡，但要權仲白不受震動，那也是不可能的。感情的事最沒道理，雖然她沒有什麼可以指責的地方，但也許到了權季青被揪出尾巴的那一刻，他難免會有點遷怒。
「你是累得有點粗心了。」她輕聲道。「只看出來爹的一層意思，沒聽見雲管事話裡，特別點出了昌盛隆。」一見丈夫神色一動，蕙娘又道：「不但點了昌盛隆，又忽然在這個時候過來，還把時間限制給放得這麼寬，提到了內鬼之意。爹已經是說得很明白了，當時串聯昌盛隆給我下藥的人，應該就在同和堂內部，不論家裡是誰搞鬼，他都會給我一個機會，把這條線給揪出來。」
權仲白低聲道：「這老頭子——」他也不是反應不快，但最近實在是太累了，心思難免有點緩慢，片刻後也就悟出來了。「所以他說，這件事只能妳來辦……」

「他知道你忙嘛！」蕙娘笑著說。「這你就別多心了，如今後宮中風雲變幻，爹不是讓你專心看病嗎？」

見權仲白有幾分怏怏不樂，她按了按丈夫的肩膀。「這件事，就別和爹嘔氣了，不然，把我從同和堂趕出來，也就是一句話的事。橫豎距離生產還有點時間，要查同和堂，得用水磨功夫不說，也不是我本人親自去做，你就別為我擔心了。」

雖說喊著要放下執著，可揭開謎題的機會放在跟前，誰能不動心？權仲白神色數變，面上閃過幾絲憂慮之色，最終到底還是答應了下來。「這個老頭子，永遠都有辦法來捏我！」

蕙娘靠到他懷裡，環著他的脖子，兩人喁喁細語了片刻，所談之語過於肉麻……片刻後，權大神醫被安撫了下來，聽到窗外傳來孩兒的呢喃聲，便要起身把兒子抱來。

「我累了，是真的要睡一會兒了，你自個兒過去兒子那裡吧。」蕙娘卻道。「石英妳也過去，給養娘帶句話，昨兒他在我這裡吐了一點奶，今日就別給他餵那樣多了，還是多餵點米飯好啦。再有，今兒早上得的那些果子，妳也揀幾個送去。」

石英和主子交換了一個眼色，眼中波光粼粼，她恭敬地輕聲道：「是，聽憑您的吩咐。」

第一百五十七章

歪哥剛出生的時候，蕙娘只覺得他讓自己受了極大的苦楚，又紅通通、皺巴巴的，並不如自己想像的那樣可愛，她親自餵奶那幾日，睡眠又被他擾得厲害，要說有什麼母親的慈愛，那真是太高看她了。就是他半歲之前，成天除了吃就是睡，被幾個養娘帶得妥妥貼貼的，在她心裡，也沒把他看得有多重，依然沒找到做母親的感覺。

可等到他一天大似一天，也會說話了，也會和她鬧脾氣了，蕙娘倒真有幾分牽腸掛肚的，漸漸有些母愛出來。前陣子歪哥發痘，她不能親自看管，好在權仲白疼歪哥只有比她更多，便睡到外院去陪兒子，也不大進來看她，她大著肚子，難免有幾分寂寞。這幾日朝廷事情雖多，可和她沒太大關係，宜春票號吃下的那批海貨該如何籌賣，她早有章程，如今正辦得熱火朝天，若不是今日孫夫人過來，她本打算抽出幾天的空兒，好好和兒子親熱親熱的。就是這在外院的十多天時間裡，歪哥就又不知從哪裡學來了好些奇言怪語，叫人聽了好不發笑。

因權仲白前陣子忙得不成樣子，一、兩個月都沒有找到機會進言，今日她把石英打發過去，想必若事情進展順利，權仲白自然要盤問石英，此時若要派人去把兒子抱來，那就有點攪局了，反而不美。蕙娘怏怏地嘆了口氣，摸了摸肚子，便和綠松抱怨道：「這人生在世，就有許多不公平。憑什麼女人要生孩子？遭罪不說，連天性都要來束縛妳。妳別看姑爺好似很疼歪哥，其實他又哪有女人這樣，天生就是牽腸掛肚呢？妳瞧著吧，現在還是好的，等他會走路了、會上學了，操的心就更多，待到他娶妻生子了，也都還要操足一輩子的心。再生若干個，就要多操若干份的心，真是煩也煩死了。下輩子投胎托生個男人才好呢！」

綠松笑道：「您就安生睡吧，別又擔心這、擔心那的了。上回情況那麼緊要，姑爺還不是給您救回來了？都說經產婦（注）要順得多，您這一次就不會那樣受罪啦！」

卻還是以為她在擔心幾個月後的分娩事宜。蕙娘想到那業已模糊的劇痛回憶，更加沮喪，搖了搖頭。

蕙娘居然真迷糊了半個時辰，才起身梳洗。

她有意沒打發人去找歪哥和權仲白，倒是問知喬大爺在沖粹園內，便命人請來說話，把孫夫人的來意和他說明。

喬大爺自然精神一振，撚鬚笑道：「好事、好事！這樣一來，西洋大貨，十成都在咱們手上，那些下游商人，更是無法可想了。就不知侯夫人和您簽了契紙沒有？」

「是國公夫人了。」蕙娘笑著糾正了他一句。「孫家素來是牙齒當金使，我今日已經點了頭，就不必契紙，生意也能做成。只是人家有意幫襯，我們也好來好往，孫家開價公道，我們加多一成給現銀吧？」

山西人做生意，從來不把事情做絕，做那「絕戶生意」，尤其現在宜春又急缺靠山，雖說孫家形勢並不分明，但喬大爺信任蕙娘的眼光，也欣然點頭，作了這麼個小主。「這幾天又談了幾筆大生意，十停貨倒是走了有五停了，現在是趕上春節，不然，再一個月必定能夠走完。就是……又有人託了面子來講情了。」

這一批貨雖然值四百萬兩銀子，但因為種類繁多、數量巨大，又要趕在第二批船隊出海前賣空，宜春兼且從未做過零售生意，所以必定是只能批發了。一旦批發，大盤商殺價就特別狠，而且挑三揀四，個個都要揀上等貨色，成色稍有不足，剋扣貨款、興起口角，那是常有的事。蕙娘不耐這樣行事，便和喬家人商議，將貨物分作了數百份，每份搭配著來賣，各色種類齊全不說，且還分上中下三等，幾等均有，這樣他們賣家方便，買家卻大感吃虧。雖說宜春也不是沒有靠山，如今似乎和皇家眉來眼去的，說不定改日就要披了個黃綾，因此也沒人敢強買強賣，但從宜春發賣開始，就不斷有商家走了關係來託人開口，無非是講價、挑貨這樣的需求。宜春軟硬兼施，有的答應了一點兒，有的乾脆就給推回去了。只有寥寥幾家的面子沒有駁，那幾家也都知趣，好比封家，只開了一次口，封錦猶自親自給權仲白打了招呼，說那是他微時恩人求上門來，請蕙娘不要見怪。至於王尚書家，更是約束旗下那些官兒們，使其不來滋擾宜春，做人也算是很到位了。

「一個是牛家……」喬大爺輕輕地咬著牙，一邊看蕙娘的臉色。「這已經是第四次開口

注：經產婦，第一次生孩子的婦人叫「初產婦」，已經生過小孩的則叫「經產婦」。

了。」

牛家的吃相，從來都這麼不好看。蕙娘多少有幾分惆悵：前一陣子，實在是千頭萬緒，因孫家退下去以後，牛家必定水漲船高，多事之秋，上回重算股份，她只出了一筆銀子，把達家股份給買回來了，算是大家兩清，權家、牛家的乾股，都還安然無恙。

「出了兩個娘娘，就美得和什麼似的。」她喃喃自語。「事不過三，宜春又不是沒有他們的股……這一次，你回了吧，話說得軟和一點。」

雖然兩人說來都是東家，喬大爺和蕙娘在票號事務上，那是平起平坐，可不知如何，這兩年多相處下來，到如今蕙娘隱隱有執宜春牛耳之意，別說從開頭就很服她的喬二爺，就是喬大爺，也都漸漸越來越言聽計從，如今倒像是她的下屬。倒是喬三爺連年在外，兩邊關係，還有些若即若離。

「朝廷的事，我們粗人也實在是不懂。」喬大爺有幾分快意，又有幾分擔憂。「可現在，大家不是都說，原太子去位後，皇次子不論從年紀還是從天分來說，都足以獲封東宮之位……」

「桂二少不是還沒回西北去嗎？怎麼你們平時，竟沒什麼來往？」蕙娘淡淡地道。「牛家那兩位娘娘，大娘娘早就無寵了，倒是小娘娘前程遠大，她從小孤苦，父女是相依為命，親爹現在正在衛家養活……這衛家嘛，正是桂家的老嫡系，要不是兩家都是兒子，桂家族中也實在沒有合適的女兒了，恐怕早就結成秦晉之好，他們家次子，剛和孫家做了親事的。」

這等宮中秘辛，喬大爺去哪裡知道？他眨巴著眼睛，和所有聽到天家八卦的平民百姓一樣，表現得有點澎湃，雖然懵懵懂懂，卻很有參與感。「少夫人的意思是說……」

「孫家雖然退下去了，可將來如何，怕還很難說。」蕙娘笑道。「小牛娘娘最近，也時常請孫夫人進宮，問原皇后的好呢。」

拋棄自家宗族，去和宿敵家套近乎……喬大爺有點暈了，一時不禁嘆道：「這天家真是處處有悖常理，我們也實在是看不懂了。反正，少夫人怎麼說，我老喬怎麼辦吧！還有，就是何總督寫信來，給江南王家十七房說情，想要挑走一盒紅寶石。」

因大秦幾乎並不出產紅寶石，這東西是最受歡迎的西洋貨，很多財大氣粗的珠寶商就是衝著紅寶石來的。何總督一開口，氣魄可真不小。蕙娘不禁冷冷一笑，低聲道：「要不然，怎會說是物以類聚、人以群分呢？王家十七房……當年王家往下倒的時候，他們的表現也夠好看的了。否則，他們找文娘的公爹一開口，我還能不賣這個面子？你就說，紅寶石分完以後，實在餘下不多了，也都被多年的老交情、老主顧給挑走。情分難捨，就是天大的價錢也破不了這個臉，實在沒有多餘的，還請他見諒吧。」

雖說宦海風雲，彼此構陷的事情很多，爭鬥起來什麼招數都使，但學生背叛老師——且還曾是心腹幹將的學生叛出師門，投到敵對魁首門下，何家是走遍了天下都找不到一個理字。若不是何蓮娘做了她的妯娌，喬大爺連問都不會問。沒想到她一點都不顧忌蓮娘的面子，指桑罵槐，根本就是在打何總督的臉。喬大爺挪了挪屁股，道：「世姪女，不論是商場還是府裡，不好意氣用事啊……」

見蕙娘似乎不為所動，他鼓足勇氣，僭越地道：「這不是世子還沒封下來嗎？下了三少夫人的臉面不要緊，您是嫂子，可她頭頂，那不是還有個婆婆嗎……」

蕙娘也知道他是好意，亦不由得失笑道：「您就放心吧，何家就是在試探宜春對他的態度，這一次您不頂回去，下一次他就越發撒瘋賣味兒了。王家十七房和他有什麼老交情？他是想著仲白沒有出仕，叔墨很快就要入伍了……」何家這個態度，意思很深，她一時也說不明白，只好道：「那話是露骨了，您可以不必穿，但態度要做得硬點。且放心吧，在江南，他們也不大敢為難宜春的。楊閣老一系，關係通天，也被天子拿捏得最緊。如今，宜春和天子，也不是沒有關係。」

喬大爺疑慮盡去，正好見到權仲白進了屋子，神色並不太好看，眉宇間似乎心事重重，便知趣告辭。

蕙娘亦不甚留，她還和權仲白商量呢。「再過幾天就是臘月二十五了，咱們什麼時候回府，什麼時候再過來？前後兩次有孕都碰到年節，確實不大方便……」

權仲白俊朗的眉眼間，少見地寫滿了陰霾，他隨口道：「這一次就不要回去了，妳不便搬動，我在這裡陪妳。兒子大病初癒，還那麼小，就更不會回去了。」

二房在京，但卻不回府過年，這件事傳出去，有心人肯定會做出種種猜測。蕙娘心裡明鏡也似的，面上卻有些不解，看了看丈夫，卻亦做出鬆了口氣的樣子，並不問緣由，反而解頤一笑。「那敢情好，我們一家人過年，也是親近。就是祖父那裡，要失點禮數了。不若傳信過去，等過了初一，把祖父、娘和姨娘幾人接來小住幾日，也是好的。」

權仲白「嗯」了一聲，依然是心事重重的樣子。他連著看了蕙娘幾眼，蕙娘都由得他看，她也有幾分好奇：這小叔子圖謀嫂子，絕不是什麼光彩事，最為難的只怕還是做哥哥的。兄弟之情還在，可世上沒有哪個男人是喜歡戴綠帽子的，臥榻之畔，豈容他人窺伺嘛……但以權仲白的性子，看來又不像是會翻臉無情，搶先對弟弟下手的人，他會做什麼反應，她倒真是猜不出。

不論如何，事情是擺在這裡的，她問心無愧，權仲白看了若干眼，蕙娘都由得他去看，她瞧他一時半刻像是理不出頭緒的樣子，吃過晚飯，索性把歪哥抱來。

歪哥趴在母親肚子上，小心翼翼地聽了聽「弟弟吃奶的聲音」——因這孩子最近正在斷奶，養娘哄他「斷奶就是大人了」，因此他很以吃奶為小孩子玩意兒，便把弟弟的動彈，理解為吃奶的聲音，以示自己很是成熟，是個大人了——便又失去興趣，開始嘰嘰喳喳地和蕙娘說話。

「娘，燈晃呢！」

「嗯，有風來就晃了。」蕙娘隨口應著。

歪哥頭一歪。「為什麼呀？」

這問題真是問倒他娘，隨口搪塞過去了，過一會兒，歪哥又道：「娘，妳給我說個笑話吧！」

都不知道笑話這個詞是哪裡來的！怕是從閒談裡聽來了，便試著用出來。蕙娘隨口給他說了一個最簡單的笑話，歪哥聽得唔唔連聲，卻顯然沒有把握到笑點，只是跟著身邊的養娘哈哈大笑。這才安靜了一會兒，又不消停了。

「娘，我給妳講個笑話！」

伶牙俐齒的，便把蕙娘給他說的笑話，原封不動，連語氣都不錯地給蕙娘說出來了，要求還很高。「娘妳都不笑！」

這孩子從在胎裡就是難帶，出生後種種做作，什麼硬要人抱，放下就哭呀、什麼挑乳母的奶頭，把人家吸破出血呀、什麼白日沈睡，夜半啼哭呀……總之是不讓養娘安閒。現在會說話了，那還得了？廖養娘有時竟無法應付。

就連蕙娘也大為頭疼，只好哈哈笑了幾聲，道：「好笑、好笑，我們歪哥說的笑話，真是好笑！」

「笑得不好！」歪哥一跺腳，還是有話說。這回，別說老資格的廖養娘、天不怕地不怕的綠松，連石榴、海藍等新丫鬟，都笑得前仰後合。歪哥指著她們道：「妳瞧呀，她們都笑！」

蕙娘啼笑皆非，指著權仲白道：「你看，你爹也沒笑！」

這孩子非但很作孽，而且還精得很，巴著母親的肩膀，看了看父親，便老成地嘆了口氣，擺手道：「妳自己玩，爹有事兒呢！」

顯然是又把權仲白某次和他說的話給活學活用，搬出來了。蕙娘被他逗得忍俊不禁，連權仲白都哈哈笑了幾聲。

歪哥見父親笑了，越發高興，纏著父母玩了一會兒，便呵欠頻頻，睏得不得了，卻又不肯去睡，硬要躺在父母身邊。

蕙娘知道他的意思，便撫著他的頭，柔聲道：「放心吧，明早你起來，養娘就把你抱進來了，不會再把你關在外院啦！」

歪哥睡前喜歡含大拇指，蕙娘為糾正這個愛好，便給他做了個木製的小含嘴，此時乖乖含著奶嘴，醒時所有頑劣一收，看來不知多麼惹人憐愛，這麼似睡非睡地衝母親點了點頭，又去看權仲白。

權仲白也許諾道：「等你起來，爹也一定在，哪裡都不去，就專陪你。」

歪哥得了這句話，方才合上眼睛，不片刻便呼吸均勻，睡得酣甜。

蕙娘讓人把他抱走，還同權仲白道：「你這話是說壞了，小歪種現在記性好得很，你隨口一說，又做不到，他心裡肯定怨你。」

權仲白「唔」了一聲，又瞅了蕙娘幾眼，他顯然正處在極為複雜微妙的情緒鬥爭中，這一眼好像要看到蕙娘心裡去，卻又迷茫得好像不知在找什麼好。

蕙娘奇道：「你今晚這是怎麼了？」

「世子位……」權仲白默然片晌，整個人忽然又靜了下來，他語出驚人，雙眼一瞬也不瞬地望著蕙娘。「恐怕到底還是要接下來了。我心意已決，妳意下如何呢？」

即使心中早已經算到這麼一天，當權仲白說出這一番話來時，蕙娘亦不禁微微一怔，一時間，真恨不得大鬆一口氣，跌坐在地，再自飲數杯——這千般思緒，終不過是片刻間便被壓到心底，她將詫異露出，眨了眨眼，也看向丈夫，道：「這又是怎麼啦？」

權仲白此時卻垂下了眼簾，令她看不出他的神態，他深深地嘆了口氣，低沈地道：「我也是無路可走了！」

第一百五十八章

國公府的爵位，說句老實話，權仲白要接，那是早都可以去接了，可他這十多年的種種作為，已把態度表露得堅決無比，這接位與不接位，如今倒像是父子間的一場戰爭。蕙娘和他的婚姻，也不過是戰爭中的一個籌碼而已，也就是為了這接位不接位的分歧，兩夫妻一度鬧得是離心離德，權仲白連貌合神離的話都說出口了。可沒想到，不過是兩、三年時間，他的態度居然來了個一百八十度的大轉彎，現在回頭看看從前的種種紛爭，便不禁令人感慨萬千了。

蕙娘也沒有故作糊塗，她沈默了片刻，便道：「石英這丫頭……居然私下告密？」

「這件事，妳本應當告訴我的。」權仲白嘆了口氣，也沒有問個究竟的意思。「唉，畢竟也是不好開口。看來，季青這孩子，骨子裡已是長歪了。」

不論從哪個角度來說，權季青的作為都和正大光明有極大的距離，當然，他現在年紀還小，日後也不是不能教好，但不論如何，仗著嫂子有孕，私底下把她拉走逼問，絲毫不顧忌男女大防，這已是極為粗魯無禮的事了，更別說石英身為蕙娘身邊有臉面的大丫鬟，也不是沒有別的事可以說：昔年在沖粹園裡，那一曲《梅花三弄》、後來在立雪院中，不顧丫頭在側，情挑嫂子……蕙娘不說，是她身為妻子，不好離間兄弟感情的意思，但以權仲白的性子，卻不會因為自己的心意，而扭曲了對權季青的判斷。又是和外人勾連，同神秘組織有說不清的關係、又是癡心妄想，似乎有滅兄奪嫂的意思。這樣的人，自然是不能把全家人的身家性命都交付上去的，不然第一個受害的，還不是二房？

蕙娘長長地嘆了口氣，想到權季青，真是百感交集。「從前，我是覺得他還小，有些遮遮掩掩的陰暗心思，長大了自然也就消散了，想不到，他是人小鬼大，這個家裡恐怕誰都節制不了他。」

權仲白對權季青的瞭解還是多一點的。「季青性子執拗，認定了就不會改……」他面帶憂色，低聲道：「叔墨才去江南，季青就又出這事，娘要傷心了。只怕爹也是顧忌著這個，才把同和堂的人派到妳這裡來……」

現在大家心中多半都是有數的，立雪院那人頭、自雨堂那碗藥，甚至是那一場針對權仲白的爆炸，怕都是權季青的手筆。但權季青畢竟是良國公的親生兒子，還有個主母親娘，沒有真憑實據就把他當個賊審，這審出來了還好，要是審不出來呢？良國公還要不要同權夫人做夫妻、要不要權季青這個兒子了？良國公把找出證據這個差事交給蕙娘來辦，也算是一舉兩得，一面培養她的威望，一面也是讓她親自挖出權季青的暗線，免得他日再出什麼事情，二房埋怨他偏心四兒子。

這個中委屈用意，蕙娘自然也是明白的，她沒有就這個問題多談，而是淡淡地道：「其實，是你自己放不下。你要真不願意接位，季青不行，叔墨不行，你也不願意，還是可以把大哥大嫂接回來的。他們雖然厭棄我，但看在你的面子上，日後也不會多為難我的。我們分家另過，何等自在逍遙，你也不必為種種情勢所迫，做你不願意做的事。不然，將來你心裡難免是要埋怨我的。」

權仲白多麼嚮往逍遙的一個人，偏偏就最得不到逍遙，下了這個接位國公的決定，他心中有多苦澀，也是可想而知。蕙娘還要這樣一說，他自然更為頹唐，只道：「妳放心，這是我心甘情願的，不關妳的事。」他長長地嘆了口氣，解釋道：「雖說追逐大道，是任何人都應作的決定，但這條道，總不能是斷絕情誼、斷絕責任的死路吧？傷盡身邊人，只為成全我一個，損不足而益有餘，那也沒什麼意思。現在大哥就是從東北回來，在家中權威盡喪不說，他本人心態發生變化，又如何能執掌國公位？再說，族中規矩森嚴……」他顯然不願意再談這個讓人沮喪的話題，只是一語帶過，轉而問道：「那晚季青都和妳說什麼了？」

權季青和蕙娘談了什麼，顯然不是石英能夠知道的，他也難免有此一問。蕙娘輕描淡寫地道：「也就是那些瘋話，影影綽綽，有把立雪院的事往自己身上攬的意思。但這也未必就是他做的，說不定是吹牛逞能，也難說的。」

權仲白的嘴角抽動了一下，終究還是有些心痛。「他雖然面上不顯，但聰明伶俐，我曾也是很看好他的，甚至連爹都對他有幾分另眼相待……」他畢竟是三十多歲的人了，即使是在妻子跟前，也就是這麼一句話，便收斂起了種種情緒，若無其事地道：「那現在，妳打算怎麼查他？我雖忙，可妳現在不好多動心思，要有了思路，有些事，就打發我辦吧。」

蕙娘有點吃驚，見權仲白也看出了她的情緒，便直言：「我還以為，對付你弟弟，你怎麼都要有點無措的……」

「要做，就做到盡嘛！」權仲白說。「婆婆媽媽的，有什麼意思？」他略作沈吟，便提出了幾點。「我看，妳那支私兵就分兵一部分去肅南追查神仙難救的來歷，也算是以防萬一了，其餘大部分力量，便可盯住季青平時的一舉一動，外出時他如果和不該接觸的人接觸，自然就有消息回來。還有他的院落，妳設法安插進去兩個人，應該也不大難吧？妳的那幾個丫頭，現在不都在管事媳婦的位置上待著嗎？安排一二，揀選些心腹婆子過去打雜，也算是充作細作，他在自己院落和在外頭，就都在妳的眼皮底下了。只有一點，他在內院活動時，還是掌握不了他的去向。」

這也是無可奈何之事，權季青怎麼說是大家公子，又不是囚犯，一天十二個時辰貼身盯梢，那是太監盯皇帝。蕙娘道：「這件事你還是別管了，我知道你，怎麼說對付的都是你弟弟，你心裡不會太開心的……」

她懷孕有些時日，小腹已經漸漸開始隆起了，此時坐在床邊，頭髮放下，真有一番特別的柔和溫婉。權仲白走到她身邊，不禁摸了摸她的小腹，低聲道：「既然覺得是他，就要把他當個人物看待。懷孕生產，是妳最虛弱的一段時間，萬一他有所異動，妳耗費心神，損害了身體，日後很難補得回來的。」

「我也就是奇怪，爹為什麼這麼著急，」蕙娘皺眉道。「等我出了月子不成嗎？非得在這時候打發人來，還指明了一個時限。老人家的心思真是令人費解……但不論如何，他指名要我去做，是不是我的手筆，那是一眼就能看得出來的。橫豎，這一胎懷得也比較輕鬆，這種時候，還是別把局面攪和得更複雜了吧。」

她也是言之成理，再說，要權仲白這個當大夫的，拋下那隨時可能處於危險之中的無數病人不管，跑去忙他並不擅長、也不感興趣的查案一事，的確也有諸多不便。權仲白就是再不情願，也只能認了下來。

他沈默了一會兒，慢慢地把頭埋到蕙娘頸窩裡，低聲道：「人一落地，就要做種種鬥爭，同種種想要擺布你的力量抗衡。我之所以學醫，便是不甘於讓這苦海孤舟一般的皮囊，受病魔的擺布；之所以拋棄國公位，也是因為不願受家人的擺弄。可，同人鬥，簡單；同天鬥，原來卻是這樣難……」

雖未一語抱怨，但初見時那個無拘無束、瀟灑自如的絕世神醫，此時似乎已經隱沒在了重重的痛苦與煩難下，蕙娘心中也不知是何感慨。她絲毫不懷疑，以權仲白的天分、灑脫、決斷，他將會是一個很稱職的國公爺，他曾讓她多頭疼，日後就能給她多少幫助。可今日以後，那個快活而闊朗的權仲白，似乎亦很難再度出現，她是親手把他拉上了這條艱難的道路，卻又終究為他的妥協而感到一絲悵惘。

心底深處，她也有幾分想逃避這個話題，沈默片刻，便隨口提起權季青，來分他的心神。「你如今才知道，我當時所說害怕權季青，是什麼意思吧？倒是早就想和你說了，可又怕你傷心，只好輾轉暗示，你偏又都沒想歪。」

權仲白苦笑了一聲。「妳和他年貌相當，要不是爹亂點鴛鴦譜，其實，你們倆是更配一點的。再加上妳身後的那滔天富貴，季青有點心思，也很正常。」

「任何人中意我，都挺正常。」蕙娘故意和他開玩笑。「你可要仔細些，心裡對我懷有傾慕的男人，他可絕不是頭一個了。」

「喔，」權仲白也順著她的話往下說。「妳當中意我的姑娘家，也就只有和我議親的那幾個嗎？」

他平時很少談到自己就診時和女眷的對話，蕙娘從前也見過他治病時的樣子，真是孤高冷傲、纖塵不染，在他眼裡，似乎美醜貴賤根本沒有任何分別。即使是她，當時也未曾得到特別的好臉，此時忽然來了這麼一句，她不禁就問了。「懷春少女，對你想入非非、有點浮念，也沒什麼大不了的。可聽你的意思，還真有人是把一腔纏綿情思寄託到了你身上，還給表現出來了？」因在孕期，情緒到底起伏不定，也沒那樣爭強好勝了，這酸意便不曾壓制，隱隱地透出來了。「……是哪家的閨女，這麼大膽啊？」

權仲白在這件事上倒是很君子。「雖有那麼幾人，但也都是年少無知，我自然不假辭色，如今事過境遷，何必再提？」他又想起來一件事，便似笑非笑地道：「妳當時還懷疑達家呢，如今季青雖然栽了，但達家倒挺清白。上回侯爺過壽，我過去盤桓了半日，連那個寶姑娘的影子都沒看到，這麼一、兩年過去，想必她早都嫁人了吧？我雖昔年有幾分姿色，但如今垂垂老矣，她哪裡還看得上我呢？」

提到達家，蕙娘也不得不有點尷尬。長達一、兩年未有動靜，再要堅持自己的懷疑，就顯得有點沒風度了。如今她也無謂一點意氣之爭，順嘴便賠了個不是。「倒是我想得多了。」

權仲白也不可能真箇和她計較，不過這麼一說，岔開話題而已。兩夫妻收拾了上床就寢，油燈都吹熄許久，他依然輾轉反側，蕙娘都被他吵得難以入睡，她索性便道：「你心裡有什麼不舒服的，就都說出來吧，別悶在心裡，你個當大夫的，反而病了。」

權仲白沈默了一會兒，便翻過身來，把她當個竹夫人（注）般抱著，他低沈地道：「其實有時候，妳罵我罵得也不假，我是比較幼稚，比較不負責……我天性便是畏難喜易，不想接國公位，根本上來說，還是沒有擔當。」

君子一日三省吾身，權仲白如此自省，蕙娘反而不知該說什麼好。要跟著數落他，她有點心虛，只好輕聲道：「人誰不是這樣呢？不然，我也不會出嫁了。就是爭，我也都會爭著留在家裡……」

「那不一樣。」權仲白輕輕地說。「那是不一樣的。阿蕙，妳有擔當、有決斷，這一點，要比我強得多。」

注：竹夫人，古時消暑的器具，作用如今天的抱枕。由光滑精細的竹皮編製成長圓形的竹籠，四周有空隙，可吸收汗水，亦可加入薄荷葉、梔子花等鮮花香草，具有清神怡情的效果。

也許是因為他今夜思潮翻湧，竟有點自暴自棄的意思了，笑聲中多帶自嘲。「我是比較懦弱，唉，放不下，沒那份道心。」

他要是滿口埋怨蕙娘招蜂引蝶，蕙娘還好受一點，如今這麼說，她反而有點愧疚、心疼，一時間，竟真有放下一切，和權仲白遨遊宇內的衝動。她心想：這有什麼不好呢？他開心，我……我嘛，享盡人間清福，我又為什麼會不開心呢？

但這典型的相夫教子心理，很快又被專屬於焦清蕙的倔強給壓下了。她想：憑什麼我要委屈自己，去成就他的開心？我不過生就女子，又不比他低等什麼。我所求的也不是什麼貪贓枉法、喪盡天良的東西吧？人人都和他一樣任性自我，那真成何體統？他自己願意委屈自己，那是最好。

於是這一時的心軟、一時的不安，也很快被鎮壓到了心底，蕙娘柔聲道：「你要追求大道，自然有無數的挫磨和痛苦，說不定柳暗花明，總有一天，你能夠將家族和夢想兩全呢。再說，上位者也有上位者的好處，若你早幾年就是世子，那雨娘的婚事，也許就不會成就得這麼草率了。這個家有種種你看不慣的地方，待你當家作主時，少不得一一地改過來了。」

權仲白苦笑道：「哪有妳說的那麼簡單……」說完這句話，他又長長地嘆了口氣，卻也不往下說了，輕輕地吻了吻蕙娘的額際，道：「好啦，不多說了，快睡吧，不然明早歪哥起來，我們還沒有起身，妳要被兒子笑話了。」說著，自己不多久，倒是呼吸均勻，睡了過去。

只留蕙娘怔在當地，將權仲白今晚的表現，反反覆覆來回咀嚼，越是回想，越覺得迷惑，彷彿有一個謎團就在眼前，但她卻始終無法找出頭緒，只有那疑惑的感覺留了下來似的……

既然真要察看權季青，蕙娘也不會再做拖延。翌日早上起來，她聞知那幾個管事已被送到沖粹園內，便先將私兵首領，喊來勉勵了幾句，又發派下了新的差事，這才令人喊這些管事來見。又因為這些人從前都沒見過，還特地把人面比較熟悉的張管事喊來，陪她一道廝見。

張管事這些年來，多半都忙藥鋪裡的事，對管事們都是比較熟悉的，管事們才剛進門，他就連珠炮般給蕙娘介紹。「這是蘇州分號的某某、這是京城總號的某某——」才說了幾句話，他便驚喜地喊了一聲。「周供奉，您怎麼來了?!來來來，您快請坐!」

說著，便指著一個六十來歲、形容清矍的老先生，對蕙娘道：「這是少爺除歐陽氏外的授業恩師周供奉，自從少爺出師以後，本來一向在老家居住，沒想到今日也過來沖粹園了。」

一日為師，終生為父，蕙娘不免起身道：「您老人家好。可惜仲白出去了，不然，立時就能喚來相見。」

周供奉笑咪咪地擺了擺手，蕙娘只覺得他的眼神，仔仔細細地在自己身上刮了一遍，個中謹慎打量之意，倒是和那仙風道骨、慈眉善目的氣質大為不類。

他道：「老夫此來，也是為了追查奸細。再說，本身便是世代為僕的人，不過僥倖傳授一、兩手技藝，少夫人不必多禮，還是將老夫當個下人看待便好。」

他雖然這麼說，但口口聲聲老夫，顯然並不是真有這麼謙卑。蕙娘到底還是給了他一個座位，這才令張管事繼續介紹。所幸餘下那些人，不過是服侍有年、權柄較大而已，沒有誰身分特殊。

這麼介紹過了，蕙娘一時沒有說話，而是垂首去拿茶杯。就這麼一低頭，她只覺得十數視線，全都集中在了她頭臉之間，似乎這些管事趁她不留神，都運足了目力打量她的周身作派。她心裡自然也不是不吃驚的：雖說商號管事，地位有些也比較超然，並沒有賣身契，但興旺發達，還不是東家一念之間？從來宜春票號的掌櫃見到她，都恨不得把頭割下來獻上，同和堂的這些管事，也未免太桀驁不馴了吧？

看來，雖然國公屬意，但權家上下，不想見到二房上位的人，始終也都還有不少哪……

——未完，待續，請看文創風108《豪門守灶女》7（完）

吉時良緣 百里堂㊔ 全套二冊

老天爺給了她這個大好機會！
看她怎麼收拾惡姊姊、壞小三，
然後甩掉爛男人，
讓自己活得精彩痛快——

文創風 100 上

說什麼名門閨秀生來好命的，其實都是假象！
她沈梨若沒爹疼、沒娘愛，處處吞忍才能在沈家大院艱難求生，
本以為嫁了風度翩翩的良人，就能從此擺脫悲慘人生，
哪知道手帕交和夫婿偷來暗去，還勾結她的貼身婢女陷害她——
她含恨嚥下毒酒，一縷芳魂飄啊飄～～
再睜開眼看見的卻不是奈何橋，而是五年前還未出閣時的光景！
天可憐見，讓她的人生可以重來一回，
前世欺她、侮她、輕慢她的人，這一世她都不會再忍讓，
這一次她要拋棄那些溫順軟弱，勇敢追求嚮往的自由！
為了離家出走大計，她偷偷攢錢打算開鋪子營生，
卻三番兩次遇到這奇怪的大鬍子男插手管閒事，
加上一大堆亂七八糟的陰謀算計，搞得她頭都昏了。
唉，這一世的日子，好像也沒有那麼平順好過……

文創風 101 下

上天可真是和沈梨若開了個大玩笑！
一心想挑個普通平凡的良人度過一生，這挑是挑好了，
結果樣貌普通的夫君新婚之夜才知是個傾城的絕色美男？!
而且原以為出身小戶人家竟成了高門大戶，讓她心情跌到谷底。
實在不是她愛拿喬或不知足，
她真的怕了那些花癡怨女又來和她搶條件優秀的夫君啊！
而且她明明選擇了和前世相反的道路，身分、際遇都大不同了，
命運卻還是讓她和前世仇人兜在一起，麻煩接二連三找上門。
瞧他們神仙眷侶的生活不順眼，真要跟她鬥是嗎？
要知道她可不是當初那個任人擺佈的軟柿子了！
況且如今的她不必單打獨鬥，
和他相攜手，她有信心面對即將襲來的狂風暴雨——

文創風
107

豪門守灶女 6

國家圖書館出版品預行編目資料

豪門守灶女 / 玉井香著. --
初版. -- 臺北市 : 狗屋, 民102.07-
冊 ; 公分. --（文創風）
ISBN 978-986-328-108-5（第6冊：平裝）. --

857.7　　102011361

著作者　玉井香
編輯　黃淑珍
校對　黃薇霓　林若馨
發行所　狗屋出版社有限公司
地址　台北市104中山區龍江路71巷15號1樓
電話　02-2776-5889～0
發行字號　局版台業字845號
法律顧問　蕭雄淋律師
總經銷　知遠文化事業有限公司
電話　02-2664-8800
初版　102年8月
國際書碼　ISBN-13　978-986-328-108-5
原著書名　《豪门重生手记》，由北京晉江原創網絡科技有限公司授權出版

定價230元
狗屋劃撥帳號：19001626
網址：love.doghouse.com.tw　E-mail：love@doghouse.com.tw